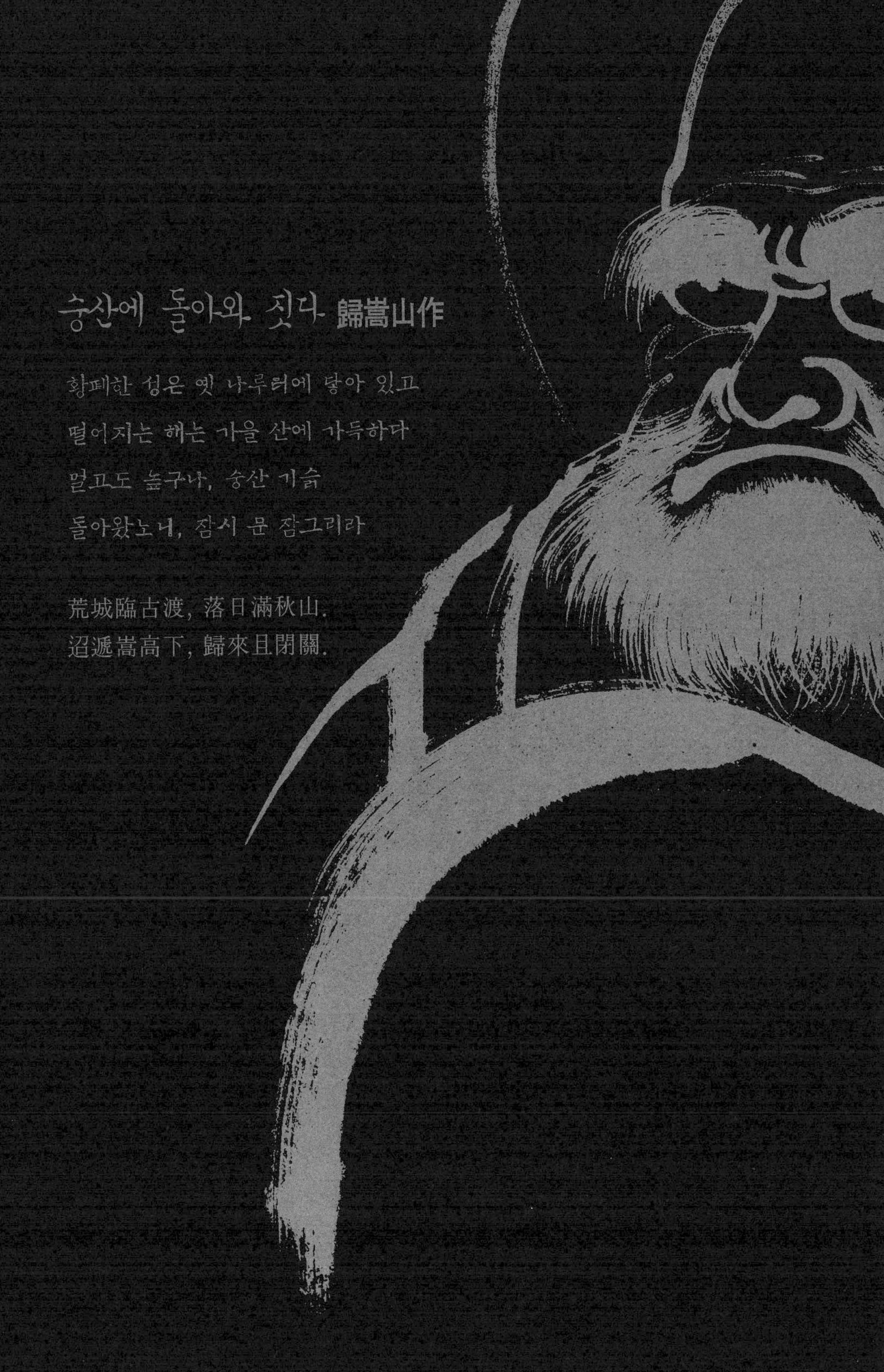

숭산에 돌아와 짓다 **歸嵩山作**

황폐한 성은 옛 나루터에 닿아 있고
떨어지는 해는 가을 산에 가득하다
멀고도 높구나, 숭산 기슭
돌아왔노니, 잠시 문 잠그리라

荒城臨古渡, 落日滿秋山.
迢遞嵩高下, 歸來且閉關.

소림사
少林寺

少林寺 2

금강金剛 新무협소설

초판 1쇄 찍은 날 § 2004년 9월 20일
초판 1쇄 펴낸 날 § 2004년 9월 30일

지은이 § 금강
펴낸이 § 서경석

편집장 § 문혜영
편집 § 장상수 · 김민정 · 최하나
마케팅 § 정필 · 강양원 · 김규진 · 홍현경

펴낸곳 § 도서출판 청어람
등록번호 § 제1081-1-89호
등록일자 § 1999. 5. 31
어람번호 § 제2-0435호

주소 § 경기도 부천시 원미구 심곡1동 350-1 남성B/D 3F (우) 420-011
전화 § 032-656-4452 팩스 § 032-656-4453
E-mail § eoram99@chollian.net

ISBN 89-5831-253-X 04810
ISBN 89-5831-251-3 (SET)

소림사

少林寺

2

Oriental Fantasy

금강金剛 新무협소설

도서출판
청어람

목차

第一章
인연을 뒤로하고

첫째 마당

정신이 핑핑 돌았다.

걷잡을 수 없게 살기가 치밀고 모든 게 붉게 보였다. 세상이 피에 잠긴 듯했다. 모두를 그 핏물에 담가 버리고 싶었다. 눈에 보이는 모든 것을 다 파괴하고, 죽여 버려야만 속이 시원할 것만 같았다.

"모두 죽여 버릴 거야, 다 쓸어버리고 말 테야……."

운비룡이 주먹을 움켜쥐었다.

눈이 핏빛으로 변하면서 이마에서 붉은 빛이 선명히 떠오르기 시작했다.

바로 그때였다.

"말호야."

나직한 음성과 함께 손 하나가 운비룡의 어깨에 올려졌다.

그러자 운비룡의 전신이 부르르 떨리더니 마치 거짓말처럼 운비룡의 눈에서 이글거리며 피어오르던 살기가 가라앉았다.

그가 세상에서 제일 좋아하는 사람의 목소리였기 때문이다.

"형……."

대호를 본 운비룡이 문득 눈시울을 붉혔다.

"그래, 그래……."

대호가 운비룡을 안았다. 작은 운비룡을 안고도 남을 넉넉한 가슴이었다. 대호는 운비룡의 등을 토닥거렸다.

"어엉엉……."

울음이 터졌다.

아버지가 죽어서 슬픈 건 아니다. 아니야.

운비룡은 그렇게 생각했다. 하지만 갑자기 울음이 터져 나왔다. 술 마시고 주정할 때마다 아버지가 죽어버렸으면 좋겠다고 생각했었다. 얻어맞고 도망가면서, 집 밖 어둠 속에 쭈그리고 앉아 밤을 새면서 늘 그랬었다. 아버지가 빨리 죽었으면 좋겠다고…….

그런데 이건 뭔가.

왜 이렇게 가슴이 찢어지는 것 같을까?

울음이 참을 수 없게 계속해서 저 가슴 깊은 곳에서 터져 나왔다.

꺼이꺼이…….

운비룡은 목을 놓아 울었다.

"옴 아모가 바이로차나 마하 무드라 마니 파드마 즈바라 프라바를타야 훔……. 옴 아모가 바이로차나 마하 무드라 마니 파드마 즈바라 프

라바를타야 후움……."

지장보살본원경의 광명진언(光明眞言)이 나직이 맴돈다.

향이 피워지고 사자의 저승길이 평안하길 기도하는 자리. 졸지에 선방은 죽은 자의 안식처가 되었다.

"……."

대호는 병풍 뒤에 안치되어 보이지 않는 아버지를 망연히 바라보고 앉아 있었다. 살아 계실 때는 알지 못했었다. 그런데 이 가슴이 온통 빈 듯한 허전함이라니…….

"이제 어찌할 텐가?"

대우가 물었다.

"집으로 모셔가겠습니다."

"현명한 생각이 아니네. 아직 집은 안전하지 않으니……. 하지만 내일이라면 크게 문제가 되지 않겠지."

내일이면 귀영신투가 송왕부로 보내질 터였다. 그렇다면 백존회에서 운비룡의 집을 노릴 이유가 없어진다. 이런 평범한 집안이 백존회의 주목을 받을 이유가 없는 것이다.

"제 동생은…… 정말 소림사에서 받아주실 겁니까?"

"그렇네."

"음…… 그 아이는 출가할 아이가 아닙니다. 산중에서 수도를 할 성격이 아니지요."

"그건……."

그때 문득 들려온 소리.

"설명은 내가 하겠네."

심경 대사가 안으로 들어섰다.

대우가 황급히 일어나 그를 맞았다.

"소시주의 동생은 특별한 아이라네. 결코 세속에 그대로 버려두어서는 안 될……. 만약, 세속에 그대로 둔다면 천하에 변란(變亂)을 몰고 올 가능성이 있으니…… 이 늙은이가 지옥에 갈지라도 그 아이를 그대로 두고는 소림으로 돌아갈 수가 없다네. 아미타불……."

대호가 눈을 끔벅였다.

"그게 무슨 말씀이십니까? 그럼 말호를……."

"그걸 막기 위해서 그 아이를 소림사로 데려갈 수밖에 없다는 걸세. 그 아이에게 깃든 것을 알아보셨기에 이 늙은이의 사백께서 그 아이의 몸에다 자신의 흔적을 남겨두신 것이지."

"……."

순박해 보이는 대호의 얼굴에 곤혹스러운 빛이 떠올랐다.

심경 대사의 말속에서 소림사로 말호를 데려가지 못하면 죽이기라도 해야 한다는 뜻을 읽을 수가 있었기 때문이다. 그렇다면 이건 이야기를 해서 해결될 문제가 아니었다.

*　　　　*　　　　*

"으으……!"

운비룡은 양손으로 머리카락을 움켜잡았다.

생각 같으면 저 중놈들의 머리카락을 다 뽑아버리고 싶지만 민대머리라서 뽑을 머리카락이 없는 게 한이었다.

눈엣가시 같던 아버지가 죽었다.

이젠 누구도 날 간섭하지 않을 거야!

라고 생각했었다. 그런데 꼼짝도 할 수가 없었다.

이 빌어먹을 절 밖으로 한 걸음도 나갈 수가 없었다. 별 놈의 잔머리를 다 썼지만 이놈의 중들은 도무지 속일 재간이 없었다. 여자에도 관심이 없고, 재물에도 음담패설에도 관심이 없으니 아무리 뺀질거려 봐도 달밤에 혼자 춤추고 담벽에다 머리를 들이박는 꼴이었다.

이건 인간들이 아니었다.

운비룡은 눈을 들어 하늘을 보았다.

꺼먼 하늘에는 이미 별들이 두런두런 나타나고 있었다.

"미치겠다이……."

운비룡은 똥 마려운 강아지처럼 초조해서 입맛을 다셨다.

조금만 더 어두워지면 어떻게든 절 밖으로 빠져나가 볼 참이었다. 안 되면 땅굴이라도 파서……. 불안 초조하니 조금 전까지 꺼이꺼이 울었던 그 슬픔은 어디로 가버렸는지조차 기억이 나지 않았다. 이러다가 잡혀가서 중이 되는 게 아닌가 싶어 초조하기 이를 데가 없었다.

"뭐가 그리 급해?"

뒤에서 묻는 소리가 들렸다. 형 대호가 뒤에 서서 순한 눈을 끔벅거리고 있었다.

"마침 잘 왔어, 나 좀 도와줘!"

운비룡은 대호의 손을 부둥켜 잡았다.

"돕다니?"

운비룡은 떠벌떠벌, 하지만 최대한 작은 음성으로 형에게 지금 절을 떠나야 하는 이유를 말해 주었다.

"중이 되는 게 싫으냐?"

"그렇지 않고! 그럼 형은 중이 되는 게 좋아? 이 운비룡이 왜 중이 되겠어? 앞으로 절세고수를 만나서 천하제일의 고수가 될 수도 있을 거고 미인들을 고르고 골라 삼처사첩을 거느리고 떵떵거리고 살 건데! 그걸 다 팽개치고 아버지의 유언 한마디에 무조건 소림사에 가서 중이 되라니 그게 말이나 돼?"

운비룡은 눈을 동그랗게 뜨고 거품을 물었다.

"네 말이 맞다."

"그렇지? 그러니 형이 어떻게 좀 해봐. 저 중들이 얼마나 교활한지 도대체 도망갈 수가 없어!"

"말호야."

"우씨~ 그렇게 부르지 말랬잖아? 비룡이라니까!"

운비룡이 눈을 부릅떴다.

고소를 머금은 대호가 머리를 긁적하고는 정색을 했다.

"내 생각에는 네가 포기하는 게 좋을 거 같다."

"뭐라고?"

운비룡이 눈살을 찌푸렸다.

"넌 아버지의 유언을 받았잖니? 소림사로 가야지. 아버지의 마지막 말씀이셨어."

"……."

운비룡은 대호를 사납게 노려보았다.

"형도 그 딴 말밖에 못해? 아버지가 뭐 어때서? 아버지가 내게 뭘 해

줬다고 날더러 중이 되란 거야? 난 싫어! 억지로 중이 되라면 난 이 자리에서 그냥 콱, 죽어버리고 말 거야! 그래도 돼?"

대드는 운비룡을 향해 대호는 웃었다.

"죽어봐."

"뭐?"

난데없는 소리에 운비룡은 얼떨떨해서 형을 쳐다보았다.

"넌 욕심이 많은 놈이야. 그런 사람은 결코 스스로는 죽지 못해. 미련이 많기 때문에. 안 그래?"

대호는 웃으며 운비룡을 보았다.

"젠장!"

운비룡은 신경질적으로 머리를 긁었다.

처음부터 죽고 싶은 마음 따위가 있을 리 없었다.

그때였다.

"너 왜 무공을 배우지 못하는지 알고 싶다고 했지?"

"그게 왜 지금 나오는……!"

갑자기 운비룡의 안색이 달라졌다.

"설마, 형…… 알고 있는 거야? 정말?"

운비룡의 얼굴이 갑자기 험악하게 변했다.

"그러니까 뭐야? 알면서도 그간 모른 척했다는 거야?"

"아니. 나도 잘은 모른다. 하지만 소림사에 가면 그걸 고칠 수 있을지도 모른다는 것만 전에 아버지가 말씀하신 적이 있었어. 그 외에는 나도 몰라."

"소림사에 가면……."

운비룡은 입을 닫았다.

"말호야……."

"비룡이라니까!"

운비룡이 신경질적으로 소리쳤다.

망할!

왜 하필 소림사로 가야 한단 말인가? 왜 내가 중이 되어야 한다는 건가 말이다. 무공을 배우기 위해서 모든 걸 포기하고 중이 되어야 한다고?

무공, 무공…….

머리를 싸매고 있던 운비룡의 눈빛이 문득 달라졌다. 고개를 든 운비룡이 대호를 쳐다보았다.

"정말 소림사에 가면 무공을 배울 수 있을까?"

"아버지 말씀대로면……. 그리고 다른 사람이 아닌 너라면 충분히 가능할 거다. 모두를 깜짝 놀라게 하면서. 누가 아니? 제이의 달마조사가 나타났다고 할는지……."

"그, 그럴 수도 있지……."

운비룡의 얼굴이 금세 달라졌다. 아직 아이니까 저를 칭찬하면 자연히 입이 째질 수밖에 없었다. 눈빛이 갑자기 반짝반짝 했다.

'좋아! 까짓 거 중이 되는 거야 어렵겠어? 무공만 배우고 다시 환속하면 될 거 아냐?'

회심의 미소를 짓는 운비룡.

하지만 일이 과연 그렇게 간단할까?

"저 아이를 소림사로 데려가는 것이 과연 옳은 일인지 모르겠군요."

대호가 운비룡의 어깨를 두드리는 것을 보고 있던 대우가 중얼거렸다.

"다른 방도가 없지. 만에 하나라도 저 아이가 마도(魔道)에 빠지면 누구도 그 뒷감당을 하기 어려울 것이다."

심경 대사가 고개를 저었다.

두 사람은 어둠이 깃든 선방 옆에서 두 사람을 지켜보고 있었다.

"하지만 너무도 불문과 인연이 없어 보이는 아이라서……."

"아미타불……."

심경 대사는 대우에게 등을 보인 채로 길게 불호를 외웠다.

"세상사를 어찌 겉으로 보이는 것만으로 판단할 수 있겠느냐? 혜인 사백께서 저 아이가 소림과 인연이 있다 하셨으니 그냥 하신 말씀은 아닐 터이다. 내가 보기로도…… 저 아이의 근기(根基)에는 한 가닥 불성(佛性)이 있구나."

"불성이 없는 사람이 어디 있습니까? 누구나 다 불성이 있으니 도도(屠刀)를 놓으면 부처가 되리라 한 것이겠지요. 하지만 저 아이는 다른 사람과 달리 천살(天殺)……."

"경망하구나!"

심경 대사가 대우를 돌아보면서 나직이 꾸짖었다.

"죄송합니다. 제자가 흥분하여 그만……."

대우는 당황한 표정으로 입을 다물었다.

"그 말은 소림으로 돌아간다 할지라도 결코 입 밖으로 내어서는 아니 될 말이다. 결코! 잊어서는 아니 될 것이다. 알겠느냐?"

"예."

대우는 더 깊이 허리를 굽혔다.

그의 머리 위 하늘은 이미 충분히 어두웠다. 그 어둔 하늘에 검은 구름이 이리저리 몰려다니고 있었다. 이따금 보이는 달빛도 구름이 늘어나면서 점차 빛을 잃고 있는 것 같았다. 아직은 구름이 달빛을 완전히 가리지 않았지만 곧 구름이 달빛을 모두 가릴 수 있을 것같이 보였다.

과연 하늘은 무슨 생각을 하고 있는 것일까.

둘째 마당

송왕부.

송왕 주대진은 뒷짐을 진 채로 하늘을 올려다보았다.

지난밤 새 비가 내렸다.

그 비는 오후까지 내렸고 지금은 뜸해졌지만 여전히 하늘은 검푸르다. 잔뜩 찌푸린 날씨는 언제 다시 비가 쏟아질는지 알기 어렵다. 휙휙 부는 바람에 빠르게 움직이는 검은 구름들은 어쩌면 이제 시작될 풍운(風雲)의 요동을 의미하는 것인지도 몰랐다.

송왕부의 후원은 다섯 개의 정원이 잇닿아 커다란 하나의 정원을 이루고 있다. 이러한 형식은 오랜 세월에 걸쳐 만들어진 조경의 걸작이라 할 만했다.

난간들이 계속해서 이어지고 이따금 만나는 계류(溪流)를 건너는 난

간은 구름다리로 화해 꿈틀거리며 정자를 떨구어낸다. 그 정자는 눈앞에 잉어들이 요동치는 연못을 보고, 그 연못들은 다시 이어져 하나의 호수처럼 배로 왕복할 수 있도록 컸다. 청풍루(聽風樓)는 그러한 정자 중에서도 가장 중심부에 있었고 이층으로 이루어져 있으며 호수의 가운데 있었다. 외부에서는 배로 출입이 가능하고 내원에서만 구름다리를 통해서 들어갈 수 있었다. 일곱 개나 되는 정자 중 가장 큰 이 청풍루는 한 번에 칠십 명의 사람을 수용할 수 있는 큰 전각이지만 송왕의 허락이 없을 때는 누구도 접근하기 어렵다.

생각이 필요한 일이 있을 때마다 송왕 주대진이 여기에서 생각을 정리하기 때문이다.

검은 구름의 움직임을 쳐다보고 있던 주대진이 문득 입을 열었다.

"결과가 나오는 대로 나에게 이야기하거라."

"예."

사람은 보이지 않지만 답은 들린다.

"소림사가 물러난다는 뜻이겠지? 지난 며칠 초청했던 무림고수들이 죽고 다친 숫자가 마흔이 넘고, 알려지지 않은 자들까지 합한다면 못되어도 백여 명. 이자들이 정말로 움직이려는 것인가?"

송왕 주대진이 후우…… 다시금 숨을 몰아쉬었다.

좀 전에 소림사에서 귀영신투를 보내왔고 심문이 끝나는 대로 결과가 보고될 것이었다.

그때였다.

퉁탕퉁탕…… 요란한 소리와 함께 나비 한 마리가 날아서 그의 목을 향해 달려들었다.

"부왕!"

"이런, 이런! 이 다 큰 계집아이가 이게 무슨 짓이냐?"

당황한 송왕 주대진이 짐짓 꾸짖었지만 그 얼굴에 서린 웃음기는 사라지지 않는다.

만에 하나 송왕부의 다른 누가 이런 짓을 했다면 당장 물고가 나겠지만 지금 그의 목에 매달린 것은 다른 사람이 아닌 운혜 군주. 그가 눈에 넣어도 아프지 않도록 사랑하는 막내딸인 것이다.

"아무도 안 보잖아요?"

"아무도 안 본다고 이러면 되겠느냐? 넌 다른 사람이 아닌 일국의 군주란 말이다."

"군주 이전에 아바마마의 딸인데요?"

송왕의 목에 매달린 운혜 군주가 생글생글 웃었다. 천사의 얼굴이 따로 없었다.

"허허, 이런 고얀 놈…… 다 큰 녀석이 어리광만 늘어가지구…….
그래, 무슨 일로 여기까지 온 게냐? 난 지금 바쁘다."

"음, 밖에 잠시 다녀올까 해서요……."

운혜 군주는 슬그머니 말끝을 흐리며 아버지를 보았다.

"안 될 걸 알고 있지?"

"그게……."

"지금은 안 된다. 개봉성이 매우 흉흉하다. 지난번과는 비교도 되지 않도록 상황이 험악하여 너는 물론이고 우리 가족들은 별도의 명이 있을 때까지는 아무도 외부로 나갈 수 없다!"

송왕 주대진의 음성은 단호했다.

"알았어요……."

운혜 군주의 음성이 잦아들었다. 이럴 때의 아버지는 항거 불능임을 잘 알고 있기 때문이다.

"가 있거라. 아비는 폐하께 글을 올려야 한다."

송왕 주대진이 그녀의 머리를 쓰다듬어 주면서 부드럽게 말했다. 다른 사람이라면 어림도 없었을.

결국 운혜 군주 약지는 맥이 빠진 채로 구름다리를 건너갔다.

시비 두 사람이 다리 건너에서 그녀를 기다리고 있다가 같이 가는 것을 보고 송왕 주대진은 미미하게 웃음을 지었다.

"녀석……."

막 탁자에 앉으며 붓을 들어 먹물을 찍던 송왕의 전신이 문득 굳어졌다.

비가 오는 것도 아니다.

그렇다고 바람이 부는 것도 아니고. 그런데 괴이하게도 주위가 조용해졌다.

마치 숨 막히는 어떤 것이 나타난 것처럼.

그리고 들려오는 소리.

"군주마마께서 듣던 대로 매우 총명하고 활달하십니다. 보기 드문 재원이군요. 경하드립니다."

크지 않지만 그 낭랑한 음성은 호수를 낮게 달리며 송왕에게 말했다.

송왕 주대진은 고개를 들었다.

잔잔한 호수.

송왕부의 사람들이 경호(鏡湖)라고 부르는 그 작은 호수를 조용히 가르며 작은 배 하나 접근하고 있었다. 오직 이 청풍루를 출입하기 위해서만 운행되는 용주(龍舟).

그 배 위에는 한 사람의 문사가 우뚝 서 웃음 짓고 있었다.

옥청빛 유삼을 입고 공작선(孔雀扇)을 든 중년 사내. 와룡관을 쓴 그의 기품은 누가 보아도 평범하지 않았다.

"누군가?"

그를 본 송왕 주대진이 물었다.

있을 수 없는 일이었다.

자신의 허락 없이 용주를 타고 이곳에 접근하다니……. 이곳을 경비하던 위사들이 모두 죽거나 없어졌다면 몰라도. 그럼에도 그는 놀라거나 사람을 부르지 않고 그의 신분만을 물었다.

'과연…….'

나타난 사람은 미미하게 고개를 끄덕였다.

휘휘—

세찬 바람이 불어 호수의 물을 파닥이게 한다.

수면 위로 길게 파문이 일어 달려간다. 청풍루의 주위에 심어진 수양버들이 사방으로 휘날리는 가운데 용주는 서서히 루에 접근하고 있었다. 배에서 바로 루에 오를 수 있는 계단이 일곱.

하지만 용주는 루의 앞에서 멈추었다.

두 사람의 눈.

호목의 부리부리한 송왕의 눈과 조금 가는 듯하지만 거울 같은 중년 유생의 눈은 한 치의 양보도 없이 허공을 두고 서로를 노려본다.

겉으로 보기에는 그저 서로 바라보고 있을 따름.

그러나 그 내심은 전혀 그렇지 않았다.

"명불허전(名不虛傳)! 과연 세상에 전해진 송왕 전하의 명성은 헛것이 아니었군요. 아니, 너무 폄하된 것 같군요. 역시 소생이 수하들에게 들은 바대로 당금 황실 제일이라는 말이 맞는 듯…… 아! 해서는 아니 될 말을……. 무례를 사과드립니다. 소생은 귀곡(鬼谷)이라 자호(自號)하는 자입니다."

중년 유생은 깍듯이 포권해 보였다.

귀곡이라?

귀곡이라 자호한다, 스스로 귀곡이라 부르고 있다?

그 말을 되뇌이던 송왕 주대진의 안색이 갑자기 돌변했다.

"그렇다면 그대가 백존회의 머리라는, 그 경천일기 귀곡신유(鬼哭神儒)란 말이냐?"

"하하…… 귀곡(鬼哭)이란 강호의 친구들이 잘못 붙여준 이름이지요. 소생은 스스로 전국 시대의 귀곡자의 맥을 이었다 생각하고 있으니 그저 귀곡(鬼谷)이라고 부르고 있을 뿐입니다."

중년 유생은 낭랑히 웃으며 자신의 신분을 시인했다.

"……."

너무도 뜻밖의 사태에 송왕 주대진은 일순간 말이 나오지 않았다.

'이자가 왕부로 나를 찾아오다니…….'

"정식으로 배첩(拜帖)을 드리고 찾아뵈어야 예의임을 압니다만, 상황이 그렇지 않은 데다 번거로운 일이 많을 듯하여 이렇듯 무례를 범

했습니다. 해량하여 주시옵기를."

귀곡신유가 다시 두 손을 맞잡아 흔들었다.

"그대야말로 명불허전, 이름이 헛되이 전해진 것이 아니로군. 그래, 위험을 무릅쓰고서 본왕을 찾은 이유가 무엇인가? 혹여 혈루존에 관한 것이라면 들어줄 수가 없다."

"아하하하하……."

귀곡신유는 맑게 웃음을 터뜨렸다.

쪽 고른 이가 드러났고 웃는 그의 모습에서는 그 어디에서도 도무지 세상을 공포로 떨게 만드는 귀계(鬼計)의 달인을 연상할 수가 없었다. 그저 예의 바른, 학식있는 유생의 모습이 있을 뿐이었다.

낭랑히 웃은 그는 정색을 하고 송왕 주대진을 올려다보았다.

"혈루존은 이미 왕부를 떠났습니다. 그리고 그와 관련이 있는 귀영신투 또한 본 회가 접수하였습니다."

"뭐라?"

송왕 주대진의 안색이 돌변했다.

"소림사에서 귀영신투를 왕부에 돌려보내리라는 것은 이미 예측한 바였습니다. 굳이 소림을 공격하여 귀영신투를 탈취하지 않은 것은 지금 상황에서 소림사와 맞서는 것이 현명하지 않았기 때문입니다. 그들의 옹고집으로 보아 강제로 탈취하려고 하면 십팔나한 전체가 죽음을 각오하고 맞설 터이니, 그들을 처리한다면 어찌 소림이 가만있을 수가 있겠습니까? 본 회는 아직 말썽을 원치 않습니다."

"소림과의 말썽을 원치 않았다?"

송왕 주대진의 눈에서 삼엄한 빛이 일었다.

"그렇다면 본왕과는 아무렇게나 되어도 상관이 없어서 감히 왕부에 난입하였다는 말이냐?"

그의 꾸짖음은 준엄하였지만 귀곡신유의 안색은 조금도 달라지지 않았다.

"전혀! 만약 그렇다면 귀영신투만 빼가고 말지, 왜 소생이 직접 여기에 나타났겠습니까? 본 회에는 누구도 모르게 그 일을 처리할 능력이 있습니다. 마음만 먹는다면…… 무엇이라도 할 수 있습니다."

무엇이라도 할 수 있다!

그 말은 별것이 아니었다.

하나 그 말이 다른 사람이 아닌 귀곡신유의 입에서 나오자 대단한 무게를 가지고 사방을 누르는 듯했다.

쏴, 쏴아아—

세찬 바람이 귀곡신유의 유삼 자락을 휘날렸다.

그 바람은 송왕 주대진의 용포를 흩날리고 그의 마음까지도 뒤흔들었다.

출렁거리는 용주에 선 귀곡신유의 태도는 도도하기까지 했다.

"내가 지금 명을 내리면 제아무리 천하의 귀곡신유라 할지라도 어찌 될지 알고 있는가?"

송왕 주대진이 무거운 음성으로 물었다.

"그러지 않으시기를 바랍니다. 만약, 그리하신다면 실망하실 테니까요."

"실망?"

"소생은 말썽을 원하지 않습니다. 그러하기에 여기 직접 온 것입니다. 시끄러움을 피하기 위해서 이 일대는 모두 본 회의 정예가 차단을 하였습니다. 전하의 주위도 예외는 아닙니다."

"……!"

그 말에 송왕 주대진의 얼굴은 돌변했다.

그의 주위에는 아무도 모르는 비밀 호위가 늘 수행한다. 그 숫자는 하나둘이 아니었고 지밀호위(至密護衛) 둘에 수신호위가 열이 있었다. 그들이라면 어떤 고수라도 상대할 수 있다고 평소 자신만만하던 송왕 주대진이었다.

그런데 지금 저 말은 무엇을 의미하는가?

"……."

송왕 주대진은 그들을 불러내고 싶었다.

불러내어 네 말이 틀렸다고 증명하고 싶었다. 그러나 만약 그들을 불렀다가 나오지 않는다면 어찌할 것인가?

그러고 보니 이상했다.

용주에 탄 귀곡신유가 비록 이곳까지 올라오지는 않았지만 용주에는 정체를 알지 못할 귀곡신유와 배를 저어온 두 명의 시행자(侍行者)들이 있었다. 그런데도 아무런 기척이 없었던 것이다.

귀곡신유가 나타남은 너무 뜻밖이라 경황이 없어 생각하지 못했더니, 그렇다면 정말 그들마저 저들에게 제압을 당했단 말인가? 방금 전까지 자신의 말에 대답을 하던 그들이었는데…….

이윽고.

"대단하군……. 명불허전이란 말로는 너무 모자라는군."

송왕 주대진은 고개를 끄덕여 그를 인정했다.

"그래, 이렇듯 면밀한 안배 끝에 본왕을 찾은 이유가 무엇인가?"

"이대로 혈루존에 대한 것을 잊어주십시오. 귀영신투는 혈루존과 관계가 있지만 기실 혈루존이 어디 있는지 소생은 이미 알고 있습니다. 다만 다른 사람이 그것을 알기를 원하지 않을 따름입니다."

귀곡신유는 침착히 말했다.

"혈루존은 본 회에 있어 신물(信物)이기도 하거니와 더 나아가서 존망(存亡)이 걸린 물건입니다. 외부로 유출되면 피바람이 불겠지만 본 회에 돌아오지 않는다면 더 큰 피바람이 불게 됩니다. 본 회의 구성은 비록 강자 백 명이지만 그 힘은 사상 최고라고 해도 과언이 아닙니다. 이 힘이 사방으로 흩어진다면, 누구도 그 혼란을 감당하기 어려울 겁니다."

"그러한 힘이 하나로 모임을 폐하께서는 원하지 않으신다."

"그러시겠지요. 하지만 천하가 어지러워지기보다는 하나의 힘이 그 전체를 통제함이 나라를 위해서, 전하를 위해서도 좋겠지요. 그 힘이 적절히 조절된다면 말입니다."

귀곡신유는 미미하게 웃어 보였다.

"그것이 혼돈지정을 폐하께 보내는 전하의 마음이 아니겠습니까?"

"……."

송왕 주대진은 입을 다물었다.

이건 보통 적이 아니었다. 마치 모든 것을 옆에서 지켜보고 있다가 말하는 것만 같았다. 그가 평범한 사람이었다면 납덩이처럼 변한 안색이 겉으로 드러났으리라.

"올리도록."

귀곡신유의 말에 뒤에 있던 배를 저어온, 검은 옷을 입은 청년이 손을 들었다. 회색 평의를 입은 그는 평범한 용모였지만 얼굴이 석고상처럼 무표정했다. 그가 손을 들자 손에 들려 있던 목함(木函)이 둥실 떠오르더니 허공을 가로질러 송왕 주대진의 앞에 있는 탁자에 내려앉았다.

능공송물(凌空送物).

별것 아닌 것처럼 보이는 공부였지만 실제로는 놀랍기 그지없었다. 채 서른이나 되었을까 보이는 그의 나이로는 거의 불가능한 성취인 까닭이다. 게다가 던진 것도 아닌 반 자 크기의 목함이 사 장이 넘는 거리를 가로지르니 그 한 수만으로도 그가 평범하지 않음을 증명하고도 남음이 있었다.

"초민(草民)이 감히 왕부를 침입한 점을 덮을 수는 없겠지만 마음으로 알고 받아주십시오. 그럼 이만 물러나겠습니다. 실례된 점은 후일 반드시 다시 사과를 드리지요."

귀곡신유가 정중히 포권을 했다.

서서히 용주가 멀어지고 있었다.

저 용주가 닿는 곳은 정원의 첫 부분이고 삼엄한 경계가 있었다. 과연 저자는 그곳을 어떻게 한 것일까? 거기 있는 병사들의 숫자는 모두 오백 정도였다. 모두가 직접 경비하는 것이 아니지만 소란이 인다면 그 모두가 달려올 터였다. 그런데 그들 모두를 소리도 없이 처리했다는 말인가?

어떻게?

"검국(劒國)."

참지 못하고 송왕 주대진은 그를 불렀다.

…….

하지만 답은 없었다.

송왕 주대진은 길게 한숨을 내쉬었다.

"정말이란 말이군. 어떻게 한 거지?"

그가 혼잣말처럼 되뇌었다.

그러자.

'오매향(寤寐香)이란 향을 썼습니다. 그리고 묘한 기운 하나가 주위를 맴돌아 기혈을 막아 사람을 움직이지 못하게 했는데…… 무공은 아닌 듯하고 기문사술(奇門邪術)인 것 같습니다. 짐작으론 모산(茅山)의 제신술(制神術)이나 배교의 미혼지류(迷魂之流)인 음건제령장은법(陰乾制靈藏隱法)이 아닌가 보입니다.'

아주 낮지만 송왕 주대진에게는 또렷하게 들리는 전음지성이 답을 하는 것이 아닌가.

"모산의 술법까지 동원했단 말인가?"

소리가 들렸음에도 송왕 주대진은 전혀 놀라는 기색없이 오히려 되물었다.

'배교의 법술일 가능성이 조금 더 높군요. 도가지류보다는 속가의 기운이 더 강한 듯싶었습니다.'

"막을 가능성은?"

'힘을 다한다면 막지 못할 것은 없지만 간단하지는 않겠습니다.'

"역시 만만하지 않다는 의미로군."

중얼거리면서 송왕 주대진은 자신의 앞, 탁자에 놓인 목함을 열었다. 정교하게 용이 투각된 흑단함은 잠겨 있지 않아 쉽게 열렸다.

대낮임에도 맑은 빛이 일어났다.

목함 안에는 정교하게 만들어진 옥배(玉杯) 하나가 들어 있었다.

"멋진 놈이로군."

그 옥배를 내려다보던 송왕 주대진이 중얼거렸다.

그는 고품(古品)에 깊은 조예가 있어서 그것이 아마도 주대(周代)에 만들어진 것임을 짐작했다. 어쩌면 술을 담으면 그 향이 더 짙어지고 맛이 좋아진다는 구양배(九陽杯)일지도, 라는 생각이 들었다. 술을 좋아하는 송왕 주대진임을 알고 준 선물이리라.

하지만 다음 순간 그가 보인 행동은 전혀 뜻밖이었다.

탁자에 올려진 목함을 쳐버린 순간에 목함이 둥실 떠올라 호수 속으로 빠져 버린 것이다.

"뜻을 이룬 후 너를 건져 술을 마시도록 하지."

송왕 주대진은 파문이 번져 가는 호수를 보면서 나직이 중얼거렸다.

이미 용주는 맞은편에 닿았고 귀곡신유의 모습은 보이지 않았다. 보이는 경치는 여전히 절경이었다.

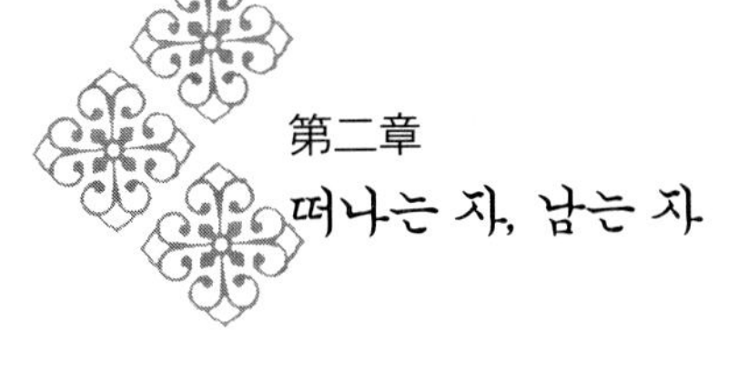

第二章
떠나는 자, 남는 자

첫째 마당

개봉성은 여전히 활기찼다.

햇볕도 여전히 뜨거웠고 수많은 사람들은 여전히 저잣거리에서 바쁘게 움직이고 있었다.

중와자 끝 쪽에 자리한 포목 가게에는 간판이 걸려 있었다.

〈**명주전**(明綢廛).〉

"이놈아! 눈 좀 뜨고 일을 해라. 벌써 조냐?"

송진도(宋鎭都)는 포목을 진열하는 심부름꾼 아삼(阿三)의 머리통을 쥐어박았다. 늘 잠이 많아서 눈을 반쯤 감고 돌아다니던 아삼은 입이 퉁퉁 불었다.

"왜 맨날 머리를 때리구 그려요? 원래 눈이 작아서 글치, 누가 눈을 감았다구…….”

아삼이 인상을 쓰면서 항의했다.

“이놈이 그래두? 삼촌도 그렇지만 나도 열 살 이전부터 포목전에서 뼈가 굵은 사람이야. 어디서 거짓말을? 그렇게 게을러서 언제 네놈 가게를 가질 수 있겠느냐?”

“가게는 무신…….”

아삼이 다시 투덜거렸다.

“곧 삼촌 나오실 테니, 나오시기 전에 모두 정리해. 난 물목(物目)을 다시 뽑아야 하니 네놈하고 아자가 다해야 한다. 나머지들도 빨리빨리 움직여! 좀 있으면 물건이 새로 들이닥칠 텐데, 벌써 졸다니!”

송진도가 짐짓 눈을 부릅떴다.

주인인 송일주(宋一周)는 겨우 스물넷에 포목점을 열어 자리를 잡은 사람이다. 일곱 살에 심부름꾼으로 들어가서 나이 오십에 이르러 개봉에서 손가락 꼽는 포목점인 명주전의 주인이 된 사람이니 근면하기 이를 데 없는 사람이었다. 송진도는 바로 그 송일주의 조카였고 아들이 없는 송일주의 실질적인 후계자와 같았다. 내년이면 서른을 바라보는 송진도는 범상치 않은 상재(商材)라고들 했다.

송진도의 호통에 모두가 부리나케 움직일 때.

“해도 안 떠서부터 지금까지 쉬지도 못하게 부려먹네. 불쌍들하게…… 역시 자린고비집 조카답다니까…….”

빈정거리는 소리 하나가 날아들었다.

“어? 네놈이 이 시간에 어쩐 일이냐?”

물목표를 들여다보던 송진도가 뜻밖이란 표정으로 포목점 입구를 보았다.

대개의 포목점처럼 이 명주전도 앞부분은 넓지 않았다. 난전처럼 가게문을 열면 좌판을 주욱 벌리며 넓어졌다. 하지만 길게 들어간 내부로는 엄청난 포목들이 쌓여 있어서 없는 것이 없었다.

그렇게 계속 들어가다 보면 송일주의 살림집이 나왔다. 세 개의 분가(分家)를 가진 명주전의 본가인 것이다.

그 입구에 꼬마 하나가 비딱하게 서서 그를 보고 있었다.

운비룡이다.

"소림사?"

"말 그대로야. 내가 없는 동안 애들 좀 돌봐줘."

"그러니까 뭐냐? 네가 중이 된단 말이냐?"

"중 아냐."

"중 아니면? 스님이냐?"

피식 웃던 송진도는 운비룡의 표정을 보고 손을 저었다.

"그만 하자. 그런데 정말 소림사에 가서 출가를 할 생각이냐?"

"가봐서."

"흠……."

송진도가 턱을 쓰다듬었다.

맹랑한 꼬마이긴 하지만 절대 터무니없는 놈은 아니다. 아니, 천재라고 불려야 마땅한 꼬마였다. 그래서 송진도는 그 장래를 보고 아무도 몰래 운비룡과 암중에 거래를 하고 있었다. 좀 더 정확히 말하자면 현재 천왕파의 재산 관리인이 그였다. 물론, 아직은 얼마 되지 않는 금액이지만 송진도는 이대로 몇 년이 지나면…… 이라고 운비룡의 장래를 흥미롭게 지켜보고 있는 중이었다.

"굳이 소림사까지 가서 무공을 배워 뭘 할 건데? 네놈 머리면 차라리…… 내 밑에서 일을 배워서 상인으로 크는 게 낫지 않겠냐?"

"너무 위대하구나! 돈은 본체로서 건(乾)이 있고 곤(坤)이 있어 안쪽은 네모고 바깥은 원이라, 그 쌓임은 산과 같고 그 흐름은 시내와 같으니 동정(動靜)에 때가 있고 행동거지에 절도가 있구나! 시정(市井)이 편리하고 닳아 꺾어질 염려가 없도다. 목숨과 같이 썩기 어렵고, 길과 같아 무너지지 않아 오래갈 수 있어 대대로 신보(神寶)가 된다오!"

송진도의 말에 운비룡이 엉뚱한 소리를 줄줄 뱉어냈다.

"뭐야? 갑자기 그건 또 뭔 소리냐?"

얼떨떨한 빛으로 송진도가 운비룡을 바라보았다.

운비룡이 방금 중얼거린 건 동진 시대의 은자(隱者)인 노포가 쓴 유명한 풍자글인 전신론(錢神論)임을 그가 아는 까닭이다. 장사하는 사람이라면 누구나 다 한 번쯤은 들어보는.

"둔하긴. 전부터 난 쪼잔하게 동전 푼이나 세고 있을 생각은 없다고 했잖아. 그건 송 형이나 할 일이지!"

"이놈이 또 송 형이라네……."

송진도가 운비룡의 맹랑함에 머리통을 쥐어박았다.

하지만 맞고 있을 운비룡이 아니다. 슬쩍 머리를 옆으로 젖혀 주먹을 피하곤 정색을 한다.

"그럼 부탁해."

"언제 올 건데?"

"그거야 때가 되면."

운비룡이 심드렁하게 말했다. 전 같으면 신나게 떠벌렸을 테지만 지금은 그럴 기분이 아니었다. 아버지가 죽었고 머리도 깎아야 할 판이었으니까.

"대체 저 꼬마 놈이 뭐라고 씨부리고 가는 거예요?"

송진도가 운비룡의 뒷모습을 묘한 표정으로 보고 있자 아삼이 고개를 디밀었다.

"알 거 없다."

"젠장! 동네 꼬마 놈보다 내가 못한가!"

"이 녀석아, 저놈은 단순한 꼬마 놈이 아니야."

"아니면? 동네 어른인감요?"

"이런 해태눈 같으니, 가서 일이나 해!"

송진도가 눈을 부릅떴다.

사람 보는 눈이 없는 자들은 평생을 통해 고단할 뿐이다. 어차피 설명을 해도 알아듣지 못할 테니까.

*　　　*　　　*

좁은 방,

침대 두 개.

그리곤 바닥에 꼬질꼬질한 이불을 잇대어 깔고 일곱 명의 아이들이 누워 있었다. 동구와 사대천왕, 그리고 엉망이 된 아이들이 거기에 누워 있는데 아직도 참혹한 몰골이었다.

사대천왕 가운데 봉구는 겨우 정신을 차려 한숨을 돌린 셈이고 몸이 날랜 천비는 그나마 좀 나아서 한쪽 팔에 금이 간 것뿐이라 집에 갔다고 했다. 관조(官助)는 갈비뼈가 두 대나 나가서 헐떡거리고 종삼(鐘三)은 팔이 부러지고 갈비뼈가 다섯 개나 부러졌다. 이가 몇 대씩 부러진 건 기본이고 제일 심한 것은 동구였다. 갈비뼈에서 코뼈, 팔다리까지 하나씩 안 부러진 데가 없을 정도라 보기만 해도 참혹했다. 덕분에 침대에 누워 있긴 했지만 보기만 해도 이가 갈렸다.

놈이 모질게 손을 쓴 것이 틀림없었다.

무공도 모르는 아이들을 이렇게 만들다니…….

운비룡은 내 돌아오기만 하면 변진우, 이놈을 그냥 두지 않으리라! 이를 악물고 다짐했다.

하늘을 날아 단숨에……

아니지, 손을 댈 것도 없다. 그냥 발로 지근지근 밟아서 설설 기게 만들어줘야지! 라고 속으로 다짐, 또 다짐하며 이를 갈았다.

제세의당은 큰 곳이 아니라 환자를 받을 만한 방이 따로 없었다. 그나마 운비룡이 억지를 써서 문간방을 하나 얻었을 뿐이다. 그러니 운비룡은 그 방 문 앞에 서서 이를 갈고 있을 따름이었다.

…….

아이들은 말이 없었다.

기세 좋게 개봉이 좁다고 휩쓸고 다니던 천왕파가 모조리 일패도지하여 뻗었다. 그런데 그 대장이 머리를 깎고 출가한다니, 누가 더 무슨 말을 할 것인가.

초상집이 될 밖에.

"제기랄…… 어떻게 그런 일들이 생긴 거야……."

동구가 침대에서 한쪽 손을 버둥거리면서 일어나려고 애를 썼다. 갈비뼈까지 부러졌으니 말소리도 어둔하고 움직임도 굼뜨기 이를 데 없다. 보통 애들이라면 움직일 엄두도 못 낼 중상이었다. 농사일 하는 동구네 집에서 알고 이미 난리가 났다.

"그렇게만 알고 치료나 해. 활화타 할배가 잘 봐줄 거다. 낫고 난 다음에 어려움이 있으면 명주전 송 형에게 가서 말해. 뒤를 봐줄 거니……."

"언제 돌아올 건데?"

갈비가 부러져 폐를 찌른 것 같다는 관조가 침대에 누운 채로 물었다. 그 활발하던 놈이 숨이 차 헐떡거렸다. 두 사람을 제외하곤 모두가 잠에 떨어져 인사불성이었다.

"힘을 얻는 대로."

운비룡이 답했다.

관조(官助)는 나이가 열다섯이나 된다. 힘으로야 사대천왕 중에서 약한 축이지만 선비 집안이라서 글줄이나 읽었고 생각이 그중 깊어 운비룡이 없을 때는 자연히 무리를 이끄는 것이 관조였다.

"나 없는 동안 잘 부탁해. 동구랑 너라면 잘할 수 있을 거야."

"얼마 동안인지 알아야 기다리든 말든 하지……."

"글쎄? 한 오 년? 십 년? 뭐, 나야 천재니까 한 오 년이면 떡을 칠 거야. 그리곤 절세의 고수가 되어 돌아올 수가 있겠지……."

운비룡이 어깨를 으쓱해 보였다.

그 말에 관조가 픽, 웃음을 흘렸다.

"왜 웃어?"

운비룡이 관조를 쏘아보았다.

"그럼 안 웃냐? 오 년 뒤면 네 나이가 열일곱인데 그때 천하를 주름잡는 고수가 가당키나 해? 아무리 소림사라도 그렇지, 명문정파에서 십 년 이상 죽어라고 수련하는 놈들도 강호에서 이름깨나 날리는 고수가 되려면 보통 삼십 줄에 들어가야 가능하단 말이다. 그것도 위에 선배 고수가 줄줄이 있는……."

"멍청하긴……. 그런 놈들하고 나랑 어떻게 같겠어?"

운비룡이 하하 웃었다.

설사 그렇다 할지라도 그걸 맞다고 할 운비룡이 당연히 아니었다. 그럼 운비룡일 리가 없으니까.

둘째 마당

송왕부의 거대한 웅자가 보였다.

옛날 송조(宋朝)의 왕성을 개축하여 왕부(王府)로 쓰고 있는 송왕부는 성곽이 전처럼 높지는 않아도 여전히 위풍당당했다.

게다가 왕부 뒤로 저녁 노을마저 등지고 있으니 그 모습은 더욱 당당해 보이기만 하였다.

'망할…… 늦어서 만날 수 있으려나 몰라?'

아이들을 떠나 송왕부에 이른 운비룡은 삼엄한 기세로 주위를 두리번거리고 있는 병사들을 보고 기가 죽었다. 아무리 서발장대 걸리는 거 없이 겁이 없다 할지라도 창검을 들고 선 병사들을 보고 주눅이 들지 않는다면 거짓말이다.

하나 품속에 있는 반지를 생각하고 용기를 내서 앞으로 나서려던 운비룡에게 날아든 서릿발 같은 외침.

"뭐야?"

꼬마가 겁도 없이 앞에서 알짱거리자 번을 서고 있던 병사 하나가 버럭 소리쳤다.

"저기……."

"경을 치기 전에 당장 꺼지거라! 왕부에 일이 생겼으니 근처에서 얼쩡거리기만 해도 혼나는 수가 있어. 지금이 어느 때인데 꼬마 놈이 돌아다녀? 얼른 집으로 가!"

병사가 겁을 주었다.

'아까 존나게 달려가던 놈들이 왕부의 병사들이었나?'

언뜻 생각을 굴렸지만 그렇다고 어마 뜨거라! 하고 돌아갈 운비룡이 아니었다.

"잠깐 이리 좀 와봐요."

운비룡이 겁을 내긴커녕 잡아끌자 병사는 어이가 없었다.

"이놈이……."

하지만 으슥한 곳으로 끌려간 병사의 앞에 내밀어진 것은 은두(銀豆)! 바로 콩알만한 은덩이다.

"뭐냐?"

병사가 얼떨떨한 얼굴로 운비룡을 쳐다보았다.

운비룡은 주섬주섬 품속을 뒤져서 작은 주머니 하나를 꺼냈다. 그리고 쳐다보는 군졸에게 속에 든 반지를 꺼내 보였다.

"이걸 군주마마께 좀 전해주세요. 그럼 이 은두를 수고비로 드릴게요. 전해만 주면 군주마마께서도 상을 내릴 거예요."

"이게…… 뭐길래?"

"군주마마의 옥지환이에요. 언제든지 자신을 찾아오고 싶을 때 이걸 보이면 된다고 했거든요. 친구가 찾아왔다고 전하…… 윽!"

"이놈이 웃긴 놈일세! 군주마마께서 왜 네깟 놈이랑 친구가 돼?"

대뜸 군밤을 먹이던 병사는 운비룡이 다짜고짜 은두를 품속에다 쑤셔 넣자 말소리가 잦아들었다.

"나참! 알지도 못하면서…… 전해주기만 해요. 손해 볼 거 없잖아요? 전하기만 하면 이 은두는 아저씨 게 될 거고 군주마마께서도 칭찬을 하실 거예요. 운비룡이 찾아왔다고 전하면 알아요!"

"흠……."

병사가 갈등하는 것을 본 운비룡은 그의 등을 떠다밀었다.

"전하기만 하는데 손해 볼 게 있남? 전해주기만 하면 내가 이 은두를 또 하나 더 줄게요."

"흠?"

군졸은 운비룡의 모양새를 보곤 고개를 갸우뚱했다.

그럴 수밖에 없는 것이 운비룡이 부잣집 도련님도 아닌 것 같은데 이렇게 돈을 펑펑 쓴다니 괴이한 것이다.

"음, 으음…… 저, 정…… 말이냐?"

"그렇다니까요."

"음…… 좋다. 잠시 기다려 보거라."

병사는 설렁설렁 앞으로 쫓아갔다. 그리곤 앞에 있던 병사와 뭔가 이야기를 하더니 금방 다시 돌아왔다.

"군주님은 후궁에 계신데 오늘은 궁내에 일이 생겨서 아무도 내궁으로 들어갈 수가 없다는구나! 출입조차 안 된다. 그러니 내일 오너라."

"어떻게 전해주기만 해줘요."

"될 거 같으면 되게 해주지! 내일 오면 내가 손을 써보마. 자, 자…… 어서 가거라."

병사는 손을 저었다.

"꼭 만나야 하는데…… 낼 오면 꼭 만나게 해주실 거죠?"

"그렇다니까. 걱정 말고 가거라."

병사의 말에 운비룡은 고개를 떨군 채로 어둠 속으로 사라졌다.

'크흐흐…… 내일은 비번인데 오면 내가 있겠냐?'

병사가 흐뭇한 웃음을 지으며 품속으로 손을 넣었다.

은두라니!

어젯밤 꿈이 좋아서 이런 횡재를…….

갑자기 병사의 안색이 돌변했다. 그는 품속을 미친 듯 더듬기 시작했다.

"이, 이게 어디로 갔지?"

'흥! 네놈이 내 은두를 먹을 생각을 하다니……. 처음부터 네게 뭘 줄 생각 따윈 아예 없었어, 이 바보 놈아!'

담장 그늘에서 그 광경을 지켜보면서 운비룡이 코웃음을 쳤다.

은두는 그의 품속에 있었다. 은두를 넣어주는 척하면서 실제로는 다시 가져왔지만 병사는 눈치조차 채지 못했다.

운비룡의 소매치기 실력은 전문 배수(扒手)를 능가할 정도라 마음만 먹으면 얼마든지 남의 주머니에 있는 것을 자기 것처럼 가져올 수가 있었다. 사내라면 모름지기 뭐든 배워야 한다, 라는 신념으로 아홉 살 때부터 줄창 얻어터지면서도 포기하지 않고 배웠었다. 그를 가르친 삼룡방의 향주인 신수(神手) 조 노대마저 열한 살 때부터는 더 이상 가르칠 게 없다고 했던 솜씨였으니 병사가 눈치조차 채지 못한 건 우연이 아니었다.

"젠장, 이렇게 되면 또 담을 넘어가야 한단 건데……."

내일까지 기다려 볼까 했지만 뿌리를 뽑는 성미인지라 여기서 그냥 돌아가고 싶지가 않았다.

자칫 머리를 깎고 난 다음에야 창피해서라도 약지를 만나기 어려울 게 아닌가!

도무지 겁이라곤 없는 운비룡이니…….

왕부의 담을 돌아가자 어제 넘어왔던 그곳이 나타났다.

주위를 둘러본 운비룡은 훅훅, 숨을 몰아쉬었다.

얼굴이야 변진우에게 맞아서 아직 엉망이지만 약지가 준 보심환을 먹고는 거의 정상이 된 몸이었다.

잠시 숨을 고른 운비룡은 뒤로 물러났다가 다다다 담을 향해 뛰었다.

탁탁!

정말 누가 보았다면 원숭이라고 했을 그 몸놀림으로 운비룡은 담장을 차면서 무려 일 장가웃이나 되는 담을 단숨에 차고 올라갔다.

하지만 그것도 한계가 있어서 미친 듯 담장을 긁어대고서야 간신히 이 장이나 되는 담장 위에 매달릴 수가 있게 되었다. 무공을 배우지 않았다는 것을 감안한다면 그것만으로도 실로 놀랄 만한 몸놀림이라 할 수 있을 것이었다.

"헥헥, 아이고오! 시팔…… 운비룡이 죽겄다?"

고개를 담장 너머로 들이밀면서 헥헥거리던 운비룡의 얼굴이 묘해졌다.

담장 안.

하필이면 거기, 운비룡이 고개를 내민 담장 바로 아래에 위사(衛士) 한 사람이 큼직한 물건을 드러내 놓고 힘차게 오줌발을 뿌리고 있다가 운비룡과 눈이 마주쳤던 것이다.

"헉?"

순간적인 눈싸움.

"누구냐?"

위사가 눈을 부릅뜨고서 고함쳤다.

"하푸! 아고, 시파알!"

운비룡이 갑자기 괴성을 지르며 밑으로 뚝 떨어졌다.

"침입자다! 침입자가 담 밖으로 도주했다!"

담장 안에서 고함 소리가 터져 나왔다.

사방에서 잇달아 경적(警笛) 소리가 날카롭게 울려 퍼졌다.

이내 휙휙, 옷자락 날리는 소리가 들리며 경공을 전개할 줄 아는 위사들이 담장을 메뚜기처럼 날아 넘는 것이 보였다.

여기저기에서 병사들이 달려나오기 시작했다.

난리가 났다.

"에퉤퉤! 제엔~장할!"

운비룡은 손으로 얼굴을 훔치는 일방, 끊임없이 욕을 해대면서 죽어라 달렸다. 숨이 턱에 차서 헐떡거렸지만 멈출 수가 없었다. 다른 곳이라면 몰라도 왕부의 담을 넘으려다가 들킨 것이니 잘못 잡히면 정말 경을 칠 것이기 때문이다.

골목을 이리 돌고 저리 돌고 반 시진을 달려서야 겨우 추격을 뿌리친 것 같았다.

"퉤퉤! 에이, 씨팔…… 진짜 지린내가 지독하네. 아이구, 시펄!"

운비룡은 헉헉거리며 뒤를 살피다가 쫓는 사람이 없는 걸 확인하자 연신 퉤퉤 침을 뱉어냈다.

"시파, 요샌 뻑하면 오줌벼락이냐?"

연신 투덜대는 운비룡.

그럴 수밖에 없는 게 좀 전에 소변을 보던 자가 자신을 발견하자 놀라 그놈의 물건을 불끈 움켜잡자, 오줌발이 솟구쳐서 하필이면 그게 정통으로 운비룡의 얼굴을 두들겼던 것이다.

"먼 놈의 오줌발이 그렇게 힘이 좋아? 제기랄……."

입 안이 찝찔하고 기분은 꿀꿀, 정말 개판이다.

오늘 약지를 만나기는 이미 틀린 일이니 다시 기회를 볼 밖에. 어제 귀곡신유가 다녀간 뒤에 경계가 강화된 것을 알 리가 없는 운비룡은 성안을 흐르는 금수하에 뛰어들어 몸을 씻으며 연신 구시렁거렸다.

어디로 가야 하나?

아무도 없는 집으로 돌아가기도, 중들이 기다리는 경운사로 가기도 그랬다.

셋째 마당

나 이제 가노라.

다시 돌아오지 않으리. 아니, 돌아오지 못하리라.

아…… 아까운 내 머리카락들…….

내 청춘…… 에또…….

운비룡은 짜증스럽게 머리를 긁적였다.

뭔가 멋있게 시라도 읊고 싶었는데 도무지 시 닮은 게 떠오르지를 않았다. 이럴 줄 알았다면 당시(唐詩)라도 몇 줄 읽어두는 건데……. 그렇게 머리를 긁다가 문득 앞에 선 커다란 형의 눈을 보는 순간, 눈앞이 흐려졌다.

굵은 눈물이 의식하지도 않는데 줄줄 흘러내렸다.

가슴이 뜨거워져 아무 말도 하지 못했다. 아니, 할 수가 없었다. 그저 뿌옇게 흐려진 형의 얼굴을 바라보고 서 있을 뿐이었다.

"녀석……."

대호는 운비룡을 감싸 안았다.

운비룡은 울먹이며 형의 가슴에 얼굴을 묻고 있었다.

"안 가면……."

운비룡이 울음 섞인 음성으로 말했다.

"안 가면 안 될까?"

"가기 싫으냐?"

"머리 깎는 거 싫어. 목탁만 치면서 재미없게 살기도 싫구……."

눈물이 그렁거리는 말호의 얼굴을 보는 대호는 가슴이 아팠다.

"하지만 이미 가기로 했잖니?"

"그렇지만……."

"만약 네가 소림사에서 중노릇을 할 재목이 아닐 거 같으면 소림사에서도 널 억지로 잡아두려고 하지 않을 거야. 소림사에 가고 싶어하는 사람이 얼마나 많은지 너도 잘 알잖니? 무공을 배울 수만 있다면 너는 세상을 놀라게 할 수가 있을 거야. 넌 그럴 능력을 가졌잖아?"

"그, 그렇긴 하지……."

대호는 운비룡의 어깨를 토닥거렸다.

"잘 지내는지 보러 내가 널 찾아가마."

"정말이야?"

"그럼. 형이 거짓말 안 하는 걸 너도 알잖니?"

"언제 올 건데?"

"글쎄? 한 삼 년? 오 년? 딱 잘라 말을 하진 못하겠네. 나도 네가 떠난 뒤에 여길 떠날 예정이거든."

"떠난다구? 어디로?"

운비룡의 눈이 둥그레졌다.

"불을 찾으러."

"불?"

"그래, 불. 대장장이들에게는 찾고자 하는 불이 하나 있단다. 우리는 그걸 일러서 천화(天火)라고 하는데…… 나도 널 보내고는 그걸 찾으러 여길 떠날 생각이란다."

"무슨 불은…… 아궁이에 널린 게 불인데……."

운비룡은 못마땅하게 형을 바라보다가 소매로 눈을 쓱, 훔쳤다.

그리곤 다짐.

"꼭 찾아와야 해?"

"그럼."

둘은 그렇게 약속했다.

오 년 후.

형이 소림사로 찾아와서 열일곱이 되었을 운비룡을 만나기로.

그들이 그 약속을 한 곳은 아버지 노삼이 묻힌 집 뒤 숲 속이었고 그들의 약속을 지켜본 사람은 운비룡을 소림사까지 데리고 갈 대우였다.

*　　　*　　　*

"뭐라고?"

노백은 눈을 끔벅였다.

덥지도 않은지 불 앞에 앉아 반쯤 졸고 있던 그는 눈을 뜨고서 고개를 돌렸다.

거기에는 대호가 서 있었다.

늘 순박하고 부지런하기만 하던 대호.

그 대호의 눈에는 결연한 빛이 어려 있었다.

"천화(天火)를 얻고자 합니다."

"……."

노백은 눈을 끔벅거리면서 잠시 대호를 바라보았다.

"왜 갑자기 그런 생각을 했느냐? 필요없다고 하지 않았더냐?"

"생각이 바뀌었습니다."

"재미없는 놈. 왜 그렇게 되었느냐고 묻는 게다!"

"강해지고 싶어서입니다."

"강해지고 싶다라…… 하긴 거기에 더 무슨 설명이 필요하겠냐? 하지만 지난 삼백 년 이래 누구도 천화를 얻지 못했다. 그래도 하겠느냐? 다시는 돌아오지 못할지도 모르는데?"

"아버지가 가셨고 말호는 출가합니다."

"출…… 그놈이 중이 된단 말이냐? 말호가?"

하늘이 무너져도 끄떡하지 않을 것 같은 모습을 보여주던 노백이 깜짝 놀란 표정으로 눈을 크게 떴다.

"예."

"허…… 이건 정말…… 그놈이 스스로 하기로 한 거냐?"

"일이 그렇게 되었습니다."

"이런 벼랑빡 같은 놈하고 말하느니 내가 말을 말지. 언제 떠나고 싶으냐?"

고개를 절레절레 흔든 노백이 물었다.

"오늘이라도."

"오늘이라고? 허, 그놈 참…… 말호는 어디 절에다 보낼 거야?"

"소림사에서 데려가기로 했습니다."

"소림사? 그놈이 소림사로 간단 말이냐?"

"예."

"으음…… 역시 그런 건가?"

놀란 눈이던 노백은 더 이상 묻지 않았다.

인연이 그렇게 준비되어 있다면 그렇게 이어지는 것이겠지. 그 또한 대호를 보고는 인연임을 직감하고 여기에 눌러앉았다. 칠십 평생을 두고 세상을 돌았고 이제 대호를 보고 가르치기 위해서 여기 있은 지 십 년이었다.

그 십 년이 이제 결실을 보려는 것이다.

활활…….

불꽃이 그의 눈앞에서 타오르고 있었다.

노백의 눈 속에서도 불꽃이 타오른다.

천화(天火)!

그 전설의 이름.

그 이름을 다시 현세에 되살려 낼 수만 있다면 이제 죽은들 무에 아쉬우랴.

第三章
소림사로

첫째 마당

‘아이고, 나무아미타불 관세음보살…….’

대우는 머리가 아팠다.

심경 대사와 십팔나한 일행은 같이 길을 떠났다.

다 같이 어울려 가는 것이지만 누군가가 운비룡을 책임져야 해서 대우가 운비룡을 맡기로 했는데 그것이 실수임을 하루가 지나지 않아 그는 절감해야 했다.

대체 뭐가 그렇게 궁금한 게 많은지 연신 물어대는데 골머리가 아팠다. 소림사의 십팔나한은 출가한 다음, 엄격한 선발을 거쳐 평생을 두고 나한당을 떠나지 않고서 수련에 매진(邁進)한다. 그렇게 해서 선대의 십팔나한을 계승할 수 있었고 그 과정에서 떨어지는 사람은 수도 없이 많았다. 그 길이 쉽다면 누가 소림사의 십팔나한을 어렵게 볼 것인가. 그러니 세상일에 어두운 것이 당연했고 소림사 밖으로 나올 일도 사실 거의 없었다.

개중에는 평생을 소림사 내에서만 보내는 사람도 있었다.

십팔나한은 그만큼 특이한 존재였다. 평생을 통해 운수행각(雲水行脚) 한 번 하지 않고 소림사에서만 지내는 사람도 있으니 길 가는 도중 여기저기 보이는 걸 제대로 설명해 낼 수가 없는 건 너무도 당연했다. 게다가 출가인이 눈앞에 보이는 것들 하나하나에 관심을 보인다면 어찌 출가인이라 할 것인가.

이틀째 되는 날.

운비룡이 마침내 입을 닫았다.

"아는 게 없구만! 난 또 소림사 사람이면 삼두육비에다 모르는 게 없는 사람들인 줄 알았더니……."

그렇게 한마디를 남겨두고.

일그러지는 대우의 얼굴을 보고 몇 사람이 참지 못하고 피식, 웃음을 흘렸다.

대우가 상좌가 아니었다면 폭소를 터뜨리고 말았으리라.

다행히 사흘째가 되던 날 그들은 등봉(登封)에 들어섰다.

평소라면 이미 소림사에 들어가고도 남았을 시간이었지만 그들 중 몇은 운비룡과 함께 가기 위해서 남고 심경 대사 등은 이미 앞서 간 다음이었다.

등봉은 소림사로 가기 위한 관문과 같다.

여기에 오면 소림사는 이제 눈앞이었다. 등봉에서 보면 소림사가 있는 숭산(嵩山)이 저 멀리 바라보이는 것이다.

"화…… 저게 숭산이에요?"

어디쯤 소림사가 있는지 채근해 묻던 운비룡이 산을 이리저리 둘러보더니 눈을 깜박였다.

"음…… 생각보다 산이 쪼매하네. 무신 오악의 중악(中嶽)이라고 해서 엄청나게 클 줄 알았더니만……."

이어지는 말에 옆에 있던 대홍이 실소를 했다.

"겉으로 보이는 걸로 어찌 숭산의 위엄을 네가 짐작이라도 할 수 있겠느냐? 숭산은……."

"등소실(登少室) 관기경(觀奇境)이라, 숭산의 양대산맥인 태실산은 웅장하며 소실산은 그 생김이 기묘하여 보는 곳마다 모양이 달라 천자만태(千姿萬態)라 하더라. 스물여덟 번이나 변한다고 해서 이십팔변(二十八變)이라고 한다면서요?"

"어떻게 아느냐?"

대홍이 얼떨떨해서 물었다.

"소림사에 온다고 했으면서 이 정도도 모르고 오면 운비룡이 아니죠. 이제부터 여길 주름잡아야 할 건데……."

그의 말에 대우가 미소를 지었다.

"어떻게 주름잡을 건지 말해 줄 수 있겠느냐?"

"뭐, 미리 알려주면 재미없겠죠? 어차피 소림사 장문인이 되고 나면 다들 알게 될 건데……."

"……."

대우가 얼떨떨한 표정으로 운비룡을 쳐다보았다.

"왜 그래요?"

"넌 소림사 장문인이 어떤 사람인지 아느냐?"

"알죠. 불법이 높고 선종의 시찰(始刹)인 소림사이니, 선(禪)에 대해서도 자알~ 알아야 되겠죠? 무림의 태산북두이니 무공도 높아야겠죠. 그래서 지금 그거 배우러 온 거잖아요? 왜요? 난 소림사 장문 하면 안 된다고 소림사 법에 써 있나요?"

운비룡이 대우에게 고개를 바짝 디밀었다.

"아니, 그런 게 아니라……."

녀석의 눈빛이 묘한지라 대우는 고개를 저었다.

처음 이 녀석을 보았을 때는 그저 버릇없는 꼬마인 것으로만 생각했었다. 입도 걸고. 도무지 왜 이런 녀석을 사백조께서 소림과 인연이 있다고 하셨는지 이해를 할 수 없었다. 그런데 며칠을 지내다 보니 뭔가 좀 묘한 구석이 있었다.

아직은 딱히 뭐라고 표현하기 어렵지만.

"소림은 사람을 차별하지 않는다. 네가 정말 그런 재목이라면 너라고 소림사의 장문인이 되지 말란 법도 없겠지. 자, 그럼 가볼까?"

대우는 운비룡의 손을 잡았다.

"왜 손을 잡아요? 나 혼자…… 어엇?"

운비룡이 갑자기 놀란 소리를 질렀다.

등봉현을 벗어난 대우가 갑자기 땅을 차고 달리기 시작했기 때문이다. 그뿐이 아니라 대홍과 나머지 일행도 소맷자락을 날리면서 뒤를 따랐다.

마치 날듯이.

산이 뒤로 도망가고 머리 위의 구름이 세차게 뒤로 물러났다. 길가의 나무들이 바위들이 눈앞으로 다가오는가 싶더니 이내 무섭게 뒤로 사라져 갔다.

소림절학의 하나인 축지신행(縮地神行)이 전개된 것이다.

"와아~!"

난생처음의 경험에 운비룡은 절로 탄성을 질렀다.

대우와 대홍이 운비룡의 양손을 잡고 달리자 처음에는 놀랐지만 이내 구름 위를 나는 듯한 그 기분에 적응이 되어 정말 하늘을 나는 것만 같았고 태어나서 이렇게 멋있는 기분은 처음이었다.

구름에 둥둥 떠가면 이런 기분이 아닐까?

어쩌면 소림사에 오길 잘한 것인지도 모른다는 기분이 처음으로 들었다.

그때.

눈앞에 거대한 사찰 하나가 불쑥, 모습을 드러냈다.

숲 속에 잠긴 그 절은 붉은빛을 띤 담장을 길게 늘어뜨렸고 산문(山門) 좌우의 담장에는 가슴 떨리는 글자가 일필휘지, 휘갈기듯 종으로 써 있음을 볼 수 있었다.

〈숭산소림사(嵩山少林寺)!〉

둘째 마당

숭산(嵩山) 소림사(少林寺).

소림사의 이름을 아는 자, 금박 휘황한 저 다섯 글자를 보면서 어찌 가슴이 설레지 않겠는가.

그것은 운비룡이라고 해도 다르지 않았다.

소림사의 산문(山門)은 거창하거나 거대하지 않았다.

평범한 산문은 오히려 실망스럽기까지 했다. 문은 열려 있었지만 사람들은 그 문이 아니라, 좌우로 난 작은 문을 통해서 출입을 하는 것 같았다. 그런데 뜻밖에도 소림사는 험악한 산중에 있지 않았다. 세상에 전해지기를 소실산 오유봉(五乳峰) 아래라고 하더니 소림사 주변은 평탄해서 겉보기로는 특별한 곳이 없는, 그저 평범한 절처럼 보일 뿐이었다.

"어라?"

두근거리는 가슴을 안고 돌사자 한 쌍이 지키고 있는 산문을 향해 가려던 운비룡은 하마터면 옆으로 고꾸라질 뻔했다.

"왜 잡아당겨요?"

"그쪽이 아니라 이쪽이다."

소림사의 산문 반대쪽으로 제법 널찍한 계류 한 가닥이 흐르고 있는데 대홍이 턱으로 가리킨 곳은 바로 그쪽이었다.

"뭐? 저 개울서 목욕이라도 하란 거예요?"

"이런 녀석 하곤. 우리가 있는 나한당은 이곳이 아니라 저 소계(少溪) 건너에 있단 말이다. 그러니 저리 가야지."

"예? 아니, 천하의 나한당이 소림사 내에 있지 않고 밖에 쫓겨나 있단 말이에요? 겨우? 왜 그리 찬밥이래요?"

"이 녀석이 말을 해도……."

대홍은 어이가 없어서 난감한 기색이 되었다.

"되었다. 그냥 지객당(知客堂)으로 데려가자."

"예?"

"당주님께서 그리 말씀하셨다. 결정이 날 때까지 지객당에서 하회를 기다리게 하라고. 그러니 지금은 일단 지객당으로 가면 될 게야."

'내가 물건인가? 이리 보내고 저리 보내게…….'

운비룡은 눈알을 굴렸지만 말은 하지 않았다.

기왕 여기까지 온 것이니 굳이 눈 밖에 나는 행동을 할 이유가 없었다. 모난 돌이 정을 맞는다는 것을 너무 잘 아는 아이가 운비룡이니까. 게다가 여긴 소림사였다. 지금은 구경을 하기도 바빴다.

산문을 들어서니 평평한 돌들이 깔린 길이 나타났다.

그리고 길 좌우로 늘어선 석비(石碑)들. 그 석비들 뒤로는 창송취백(蒼松翠栢)이 늘어섰고 오래된 잣나무와 은행들이 하늘을 가리고 있어 절 밖에서와는 또 다른 분위기가 느껴졌다.

"여기가 비림(碑林)이다. 옛날부터 하나씩 세워진 비석들이지. 저 나무들만 해도 대개가 천 년씩이나 된, 아주 오래된 거란다."

보기만 해도 오래된 나무임을 알 수 있었고 비석들도 이끼가 낀 것에서부터 시작해서 역사를 느낄 수가 있었다.

고개를 들자 커다란 전각 하나가 시야를 막았다.

"산문을 들어서자마자 대웅전이……."

말을 하던 운비룡은 말끝을 흐렸다.

세로로 걸린 현액에 써진 글자는 대웅전이 아니었기 때문이다.

〈천왕전(天王殿).〉

"대웅전이 아니라 천왕전이다. 사대천왕을 모신 곳이다. 천왕전은 대웅보전과 장경각과 함께 본 사의 삼대중지라 할 수 있는 곳이란다. 사람들이 그 셋을 일러 삼보전(三寶殿)이라고들 부르지."

"장경각…… 은 어디 있어요?"

운비룡이 두리번거리자 설명해 주던 대홍이 웃었다.

"넌 거기 접근할 수도 없어. 처음에는 일반 승려들도 접근하도록 했었지만 장경각 본전에 하도 많은 도적이 들어서 지금은 허가받은 사람만 출입이 가능하다. 그러니 신경 쓰지 말도록 하렴."

"누가 거기 간댔어요?"

말은 당연히 그렇게 했다.

하지만 내심은 전혀 달랐다.

'흥! 그런다고 안 가보면 운비룡이가 아니지?'

운비룡이 내심 무슨 생각을 하고 있는지 알 리가 없는 대홍은 사람 좋게 계속 설명을 하면서 안으로 들어섰다.

천왕전을 지나자 비로소 소림사의 본전이라 할 수 있었다.

우뚝 치솟은 종루(鐘樓)와 고루(鼓樓)가 좌우에서 수도(修道)의 시각을 알리려 준비하고 있음이 보이고 육조전과 긴나라왕전 등이 길가에 늘어서 있는 가운데 그 중심에 거대한 전각 하나가 보였다.

바로 대웅보전이었다.

일반인들이 출입할 수 있는 곳은 거기까지가 한계였다.

그 대웅보전의 조금 뒤쪽으로 몇 채의 전각들이 연이어 보이는데 그것이 바로 손님들이 묵는 객당(客堂)이라 손님을 맞는 지객당(知客堂) 또한 거기에 있었다.

"어서 오십시오."

청년승 하나가 기다리고 있다가 반장의 예로써 대우를 맞았다.

"당주님께서는?"

"방장께 가셨습니다. 하회가 있을 때까지 아이를 기다리게 하라고…… 이 아이인가요? 똘망하게 생겼군요."

어쩐지 웃는 모습이며 말투가 맘에 들지 않았다.

"아미타불…… 법호가 어찌 되시오?"

운비룡이 합장을 하면서 정중히 물었다.

"……?"

얼떨떨해진 청년승이 마주 반장의 예를 표시하면서 답했다.

"아미타불, 소승은 일경(一境)이라 하는데……."

"그러시군요. 나는 대(大) 자 계열로 입문하게 되었으니 잘 부탁하겠네."

운비룡이 웃으며 이야기하자 청년승 일경의 얼굴이 묘하게 변했다. 대 자 계열은 소림사 이대제자다. 아무리 나이가 낮아도 사십 대 이하가 없었다. 그런데 아무리 보아도 열 살이 겨우 넘어 보이는 아이가 대 자 계열이라니…….

난감해진 일경이 답을 구하듯 대우를 바라보자 대우가 미소 지으며 말했다.

"신경 쓸 것 없다. 장난을 좋아하는 아이이니……. 하지만 입문은 하게 될 것이니 곧 한집안 식구가 되겠지."

그제서야 놀림을 당한 것을 안 일경의 얼굴이 묘하게 변했다. 하지만 그는 이내 웃으며 말을 했다.

"재치있는 소년이군요. 기대됩니다."

그가 웃으며 자신을 훑어보자 운비룡은 공연히 마음 한구석이 꺼림칙해졌다.

*　　*　　*

"그렇다면 결국 사백께선 원적(圓寂)을 하셨단 말인가?"

세상이 소림사의 장문이라 일컫는 일대의 고승 심혜 상인(心慧上人)은 길게 드리워진 흰 눈썹을 찡그렸다.

"아무리 보아도 그런 듯싶습니다."

그 앞에 앉은 심경 대사가 답했다.

"아미타불…… 믿기지 않는 일이로고. 대체 누가 있어서 사백의 공부에 맞설 수가 있단 말인가? 혜인 사백께선 세상에 알려진 것과는 비교하기 어려운 깨달음을 얻어 본인이 이미 생불의 경계에 이르신 분이거늘…… 그분이 본 사에 돌아오시지도 못했단 말인가?"

…….

방장실에 길게 침묵이 흘렀다.

"그래, 그 아이는 어떤 아이인가?"

"저로서도 말씀드리기 좀 묘한 아이입니다."

"묘한?"

"그렇습니다. 아무리 보아도 왜 이 아이를 선택하신 것인지 알기 어렵습니다만, 나중에 보니 아무래도……."

심경 대사는 무거운 한숨을 쉬었다.

"천살성을 타고난 아이 같습니다."

"천살성?"

소림 방장 심혜 상인의 눈에 놀람이 튀었다.

어떤 일도 그를 흔들지 못할 것만 같았던 소림 방장 심혜 상인이 놀랄 만큼 그 일은 간단하지 않았다.

"정말 천살성인가?"

"제가 보기에는 그렇습니다."

"으음……."

심혜 상인은 살쩍까지 늘어진 흰 눈썹을 다시 한 번 찡그렸다.

천살성을 타고난 사람은 천하를 변란으로 몰고 간다. 그 한 사람의 행보에 따라 수천, 수십 만의 인명이 피를 흘릴 수도 있었다. 세상을 위한다면 바로 처리를 해야만 했다. 그런데 왜 그런 짐을 소림에다 남겨두고 가셨단 말인가?

"소림에 인연이 있다고 하셨단 말인가? 인연이 소림에서 이어질 거라고?"

"예. 그 아이의 아비가 평생을 두고 그 말만 믿고 기다려 왔던 모양입니다. 지난 십여 년간을."

"음…… 그래, 사제의 생각은 어떠한가?"

"글쎄요. 저로서는 한마디로 말씀드리기 어렵습니다. 다른 사람도 아닌 혜인 사백의 일이니…… 방장께서 결정하시기 어렵다면 장로회의에서 논의를 해봐야 하지 않을까 합니다."

"장로회의라……."

심혜 상인이 그 말을 되뇌었다.

"아직은 어떨지 모르니 내가 그 아이를 보고 난 다음에 결정하도록 하지."

잠시 생각에 잠겼던 심혜 상인이 결정을 했다.

* * *

따분했다.

방 안에다 처박아두더니 이건 아예 굶겨 죽이려는지 밥을 줄 생각도 않는다. 그렇다고 찾아오는 인간도 없었다.

선방에 벌렁 누워 '아구구…… 죽겠다.' 라고 기지개를 켰던 운비룡은 얼마 시간이 지나지 않아서 따분해지기 시작했다.

결국 문을 열고 바깥을 살폈다.

객당은 한적해서 별로 머물고 있는 사람도 보이지 않았다.

따스한 바람에 코끝을 스치는 싸아한 나무 내음. 어디선가 딸랑딸랑 들려오는 풍경 소리와 은은히 섞이는 불호는 이곳이 얼마 전까지 있던 속세와는 다른 곳임을 말하는 듯하였다.

햇볕이 드는 양지에서 눈을 찡그리고 주변을 살펴보니 저 멀리 전각 하나가 보였다.

눈에 힘을 주니 장경각(藏經閣)이라는 세 글자가 선명하다.

'뭐야? 장경각이 이렇게 눈앞에 있는 거야?'

귀가 아프게 들었던 소림사 장경각.

그것을 직접 이렇게 보게 되자 신기하기 이를 데가 없었다. 세상에 전해지는 이야기가 얼마나 많던가. 일개 도적이 평생을 두고 소림사 장경각을 털려고 계획했다가 대들보에 숨어들기까지 성공했지만 너무도 삼엄한 경계에 결국 대들보에서 내려오지 못하고 포기하려는 순간, 그 구석에 낡은 비급 한 권을 발견하여 천하의 고수가 되었다는 말부터 그 이야기들은 말 한마디 한마디가 사람을 일희일비케 했었다.

"걍 저기 숨어들어 가서 비급이나 털어 도주하고 말까?"

"그럴 재간이 있을 것 같으냐?"

갑자기 들려온 소리에 운비룡은 깜짝 놀랐다.

돌아보니 자애한 모습의 노승 한 사람이 자신을 보고 있었다.

누가 또 있나 보았지만 그 한 사람뿐이었다.

"누구세요?"

운비룡이 조금 긴장된 표정으로 물었다.

나름대로 귀가 밝다고 자부하는 운비룡이었다. 그리고 감각이 뛰어나 나비가 날아 옆으로 지나가도 알았었다. 그런데 저 노승이 바로 옆에 올 때까지 알지 못했다니…….

자색 가사를 보니 신분이 낮은 사람도 아닌 것 같았다. 듣기로 소림사의 높은 사람들은 누런 가사를 입는다 했는데 저 노승은 황제만이 쓸 수 있는 자색의 가사를 입었으니 낮은 신분일 리가 없다.

"나는 소림사를 집으로 삼고 있는 사람이지. 장경각은 소림중지(少林重地)이니 평범한 사람은 접근조차 어렵다. 넌 어떻게 저기에 갈 작정이냐?"

그 물음에 눈을 한 번 깜박인 운비룡이 맞받았다.

"뭐, 그거야…… 소림사를 집으로 삼아 지내다 보면 기회가 생기겠죠."

"호오…… 그럴듯하구나? 그럼 출가를 할 생각이냐?"

"별로 마음에야 안 들지만 팔자가 그렇다니 일단은 해봐야죠."

"하하…… 팔자가 그렇다? 그래, 네가 소림사에서 출가를 한다면 소림사에서 뭘 하고 싶으냐?"

가볍게 웃은 노승이 다시 물었다.

"뭐, 그야 무공을 배우고 싶죠. 소림사라면 아무래도 무공이니까…… 고리타분하게 불법이나 배우기보다는 역시 무공이……."

"소림의 무공은 불법에 기초한다. 해서 불법을 모른다면 무공이 늘기 어렵지. 설사 배운다 할지라도 상승의 경계에 들어서기는 지난(至

難)하니 불법을 배우지 않고서는 무공을 배우기도 어려울 것이다."

"그렇다면 까짓 거 배우죠. 뭐, 그 까짓 게 어렵겠어요? 이래 뵈도 제 머리가 제법 좋거든요."

왠지 푸근한 느낌이 드는 노승이었다.

해서 운비룡은 편하게 그의 말에 대답을 할 수가 있었다.

"소림사의 계율은 매우 엄하다. 그걸 지킬 수가 있겠느냐?"

"안 지키면 무공을 가르쳐 주지 않을 거잖아요?"

"그렇지. 비인부전(非人不傳), 먼저 사람이 되지 않으면 진전(眞傳), 참된 배움은 어떠한 경우에도 전해줄 수가 없는 법이지."

"그럼 다른 방도가 없잖아요. 하란 대로 해야지……."

"아무리 어려워도?"

"그렇다니까요! 왜 자꾸 그런 걸 캐물어요? 할아버지가 소림사 방장 스님이라도 돼요?"

"그렇단다."

"예?"

"내가 바로 소림 방장 심혜다."

"엑?!"

운비룡은 입을 딱 벌렸다.

세상에 소림사 방장이라니…….

어떻게 소림사 방장이 이렇게 혼자 나와서 자신을 만난단 말인가? 내가 그렇게 대단한 사람이었단 걸까?

운비룡이 벌린 입을 다물지 못하고 있을 때 주변으로 사람들이 나타나기 시작했다.

그리고 심혜 상인의 말소리가 종소리처럼 크게 울렸다.

"택일하여 이 아이에게 사미계(沙彌戒)를 치르게 하고 무승의 길을 가게 하라."

셋째 마당

사미(沙彌)란 칠 세에서 십팔 세까지의 십계를 받고 출가한 남자를 말한다. 여자가 출가를 하면 사미니(沙彌尼)가 된다.

살생하지 말 것, 도적질하지 말 것, 사음(邪淫)하지 말 것, 망언(妄言)하지 말 것, 술을 마시지 말 것 등의 오계(五戒)를 받게 되면 남자의 경우 신사(信士)가 되고 여자는 신녀(信女)가 된다.

거기에다 향만(香鬘: 향수와 머리 장식이란 의미로, 치장한다는 뜻)하지 말 것, 가무(歌舞)를 하거나 즐기지 말 것, 높고 넓은 자리에 앉지 말 것, 때에 맞춰서 먹을 것, 재산을 축적하지 말 것 등의 불가오계를 더해서 십계(十戒)라고 한다.

"왜 그러느냐?"

설명하고 있던 일류(一流)가 의아한 표정이 되었다.

운비룡이 괴이한 표정으로 입을 벌리고 있다가 답했다.

"뭐, 사미가 되면 암 거도 하지 말라고 하는 거네."

그러자 일류가 피식, 웃었다.

"이 녀석아, 사미계는 겨우 십계야. 그까짓 걸 가지고 뭘……."

"그까짓 거라니? 그럼 또 있단 거예요?"

"그렇잖고! 우리처럼 비구계(比丘戒)를 받으려면 이백오십계를 받아야만 된단 말이다. 겨우 십계를 가지고……."

"이, 이백 개?"

"네가 여자가 아닌 게 다행이다. 여자가 비구니가 되려면 남자랑은 비교도 안 된다. 무려 삼백사십팔계나 되는데 뭘 그렇게 놀라?"

"삼백…… 차라리 죽고 말겠다."

운비룡이 뜨악해서 고개를 절레절레 흔들었다.

그리곤 심각한 표정으로 되물었다.

"그 삼백사십팔계를 받게 되면 똥은 어디로 눠요?"

"무슨 소리냐?"

"그렇잖아요? 사람이 열 개도 지키기 힘든 판에…… 삼백 개가 넘는다면 그건 먹지도 말고 똥도 싸지 말란 이야기인데 비구니의 체통을 위해서 앉아서는 안 되고 날아다니면서 하란…… 어?"

운비룡은 말하다가 슬쩍 머리를 틀었다.

휙— 방금 머리가 있던 곳으로 일류의 손바닥이 지나갔다.

"어라?"

헛손질을 한 일류가 놀란 빛으로 운비룡을 쳐다보았다.

"그렇게 느려 가지고 누굴 때리려고……."

운비룡이 못마땅한 표정으로 일류를 노려보았다.

"제법이네? 내 손을 피하다니……."

일류가 고개를 갸웃하더니 정색을 했다.

"출가를 하려는 자는 언행을 조심해야 한다. 말을 함부로 하는 것 자체가 계율에 어긋나는 것이란 말이다."

"손은 함부로 해도 돼요?"

운비룡이 지지 않고 대꾸했다.

'이놈이…….'

일류는 비로소 운비룡이란 아이가 만만치 않다는 것을 알았다.

하지만 그래 봤자 별거일 리는 없다. 소림사는 계열이 엄하디엄한 곳이라서 누구든지 일단 입문하게 되면 상하의 구분이 지독하리만큼 엄격하여 제아무리 세속에서 날고 기던 자라 할지라도 윗사람에게는 꼼짝도 할 수가 없음이 전통이니까.

'네 녀석이 그래 봤자 얼마나 가겠느냐?'

계지원(戒持院)의 수행승인 일류는 속으로 웃었다.

꼬마 녀석 사미계를 주기 위해서 준비를 하라길래 만난 것이 운비룡이었다. 누구든 소림사에 처음 들어온 아이들은 죽비(竹篦)를 들고 근엄한 얼굴로 나타나는 계지원의 승려들을 보면 주눅이 들어서 말도 하지 못하는데 이놈은 뭔가 달랐다.

방장대사께서 직접 무승으로 만들라고 하신 꼬마라서 그런가?

"무공은 어디서 배웠느냐?"

"강호의 명숙들에게서."

운비룡이 간단히 말을 받았다.

"강호의 명숙? 어떤 분들에게서……."

"많이 알면 다쳐요. 어차피 속세의 일은 다 잊어버리기 위해서 출가하는 거니까 지금에 와서 피맺힌 과거를 굳이 드러내어 뭘 하겠수? 그저 모른 척하는 게 신상에 좋을 거유."

"……."

일류는 어이가 없어서 멍하니 운비룡을 쳐다보았다.

"……."

운비룡은 눈에 힘을 주고서 일류를 마주 보았다.

골목에서 적을 만나 싸울 때는 눈빛으로 눌러 이겨야 했다. 아니면 깔보이니까, 더구나 이 일류라는 친구는 나이가 스물을 겨우 넘긴 새끼중이었다. 굳이 눈치를 봐야 할 까닭이 없다가 지금 운비룡의 판단이었다. 간단히 말해서 상대를 깔보고 있는 것이다.

"대체 네 나이가 몇 살이냐?"

"열두 살이라는 거 아까 이야기했잖수?"

운비룡이 퉁명스럽게 대꾸했다.

"이 녀석이!"

마침내 주먹이 휙 날았다.

그러나 운비룡이 슬쩍 뒤로 물러나자 그 주먹마저 다시금 허탕을 치고 말았다. 좀 전의 일도 있고 해서 아예 작심을 하고 휘두른 주먹이었다. 그런데 허탕이라니!

"쯧쯧…… 구족계를 받은 중이 주먹질이라니! 내가 심경 대사님께 한번 물어봐야지. 스님이 그렇게 나대도 되는지."

막 다시 손을 내밀려던 일류는 멈칫, 손을 멈추고 말았다.

심경 대사가 어떤 사람인지 잘 알고 있었기에.

평생을 통해 무도만을 추구했고 계지원주 못지않게 철두철미, 수행에 매진한 사람이 그였는데 그에게 이런 이야기가 들어간다면…….

'이놈이…….'

일류가 운비룡을 노려보았다.

'흐흐…… 어디나 사람이 사는 곳이면 다 같은 법이지…….'

운비룡은 그런 일류를 보면서 마주 웃어주었다. 어디라도 사람이 사는 곳이라면 윗사람에게 함부로 할 수 없고 서열이 있다. 그렇기 때문에 윗사람을 들먹이면 아랫사람은 주눅이 들 수밖에 없는 것이다.

그때였다.

"아미타불…… 무슨 일인가?"

한 사람의 음성이 들려왔다.

"아, 일묘 사형(一妙師兄)! 언제 오셨…… 마침 잘 오셨습니다! 이 녀석이 도무지 말을 듣지를 않아서……."

나타난 사람을 본 일류가 반색을 했다.

"뭐야? 꼬마 시주가 아닌가?"

대체 언제, 어디에서 나타난 것일까?

섬돌에 걸터앉은 사람이 눈을 끔벅거렸다.

이곳은 계지원 뒤뜰이었다. 얕은 담장이지만 누구도 그 담을 넘을 생각을 하지 못하는 계지원. 창송취백이 뒤쪽 담을 가린 이곳이야말로 소림의 법(法)과 형(刑)을 집행하는 곳이었다.

'얼래?

운비룡은 그를 보자 홀린 듯 눈을 깜박거렸다.

뭘 먹었는지 뭔 중이 저렇게 뚱뚱하냐? 소림사에 저런 덩치가 있을 줄이야. 채소만 먹고사는 중이 저렇게 절구통 같다니!

나타난 사람은 삼십 줄에 막 들어선 중이었다.

선명한 계인(戒印)이며 근엄한 얼굴. 목에 걸린 염주에서 몸에 걸친 가사까지. 움직임까지도 모든 것이 침착하고 법도에 맞는 수행승의 모습인데, 보통 키의 그 체구는 기이하게도 뚱뚱해서 언제 저기 가 앉아 있는 것인지 신기하게 보일 정도였다.

"이 꼬마가 바로 장문방장께서 말씀하신 사미계를 받을 그 꼬마입니다."

"흠…… 그럼 준비를 하면 되지. 왜 꼬마 시주랑 티격태격하고 있는 거냐? 계지원 승려가 무슨 짓이야?"

일묘라 불린 뚱뚱한 중은 답답한 듯 혀를 찼다.

"그게 이 녀석이 말을 잘 듣지 않아서……."

"왜 말을 듣지 않았지?"

일묘가 일류의 말을 가로챘다.

"말 안 들은 거 없어요. 그냥 묻는 대로 대꾸를 했을 뿐이죠."

"묻는 대로?"

운비룡은 했던 말을 그대로 옮겼다.

덧붙이거나 뺀 게 없으니 일류로서는 그대로 듣고 있을 수밖에 없었다.

말을 그대로 옮기자 이건 전혀 느낌이 다르다. 좀 전에 그 느낌은 어디로 가고 그저 평범할 따름이었다.

"이놈이……."

"됐어. 아무 일도 아니구만. 그래, 사미계를 받겠다는 게냐? 아니냐?"

일묘는 통통하게 살 오른 손을 흔들어 일류의 말을 막고는 운비룡에게 물었다.

"누가 안 받는다고 했어요? 그런 적이 없는데?"

"그래? 그럼 가서 목욕을 하고 오너라. 좀 있다가 신시(申時:오후3—5시)경에 식을 거행할 테니."

"법명을 뭘로 준비해야 할까요?"

자연히 일류는 뚱한 얼굴이 되어서 떨떠름하게 물었다.

"법명? 저 아이 나이면…… 지(智) 자 돌림이니 현(賢)으로 할까?"

"지 자 돌림이라니? 지 자 돌림이면 항렬이 어떻게 되는 건데요?"

운비룡이 끼어들었다.

다른 건 몰라도 항렬 문제라면 보통 일이 아니었다. 그런데 들어보니 뭔가 이상하지 않은가? 일 자도 아니고 지 자라니?

"우리 일 자 항렬 바로 아래다. 너희 사미가 입문할 때 받는 배자(輩字)이지."

"그러니까…… 뭐야? 내가 일 자 돌림 아래…… 그 제자뻘로 들어간다는 거예요?"

"그럼. 그거야 네 나이로는 당연……."

"나 안 해!"

"뭐라고?"

"안 한다고! 내가 졸개 하려고 소림사까지 온 줄 알아? 난 여기 올

때부터 대 자 돌림으로 들었단 말이야!"

운비룡이 완강하게 고개를 흔들어댔다.

"이건……."

난처한 모습으로 일류가 일묘를 쳐다보았다. 사미계를 받게 하라는 말만 들었지 세부 사정에 대해서는 알지 못하니 이렇게 되자 뭐라고 하기가 거북했던 것이다.

그때 운비룡은 뭔가 기이한 느낌에 튕기듯이 뒤로 물러났다.

그의 목덜미를 노리고 일묘가 손을 뻗어냈던 것이다. 하지만 그렇게 빨리 물러섰음에도 운비룡은 그 손을 피하지 못했다. 별로 빠른 것 같지도 않은데 일묘가 태연히 손을 내밀어서 운비룡의 목덜미를 잡아채 버렸기에. 그것은 소림의 절학 북해박룡(北海縛龍)이란 금나수(擒拿手)이니 운비룡이 어찌 피할 수가 있으랴.

"데려가 씻겨."

일묘는 귀찮다는 듯 운비룡을 일류에게 던져 버렸다.

그리곤 고개를 좌우로 한 번 흔들고는 어슬렁거리면서 사라졌다.

'정말 게으른데…… 대체 무공 수련은 언제 하는 거지?'

그 모습을 보면서 일류는 고개를 갸웃거렸다.

그렇든 말든 그 손에 목덜미를 잡힌 운비룡은 얼굴이 시뻘게져서 소리를 질러대고 있었다. 그래 봐야 이미 일묘에게 아혈이 잡혀 한마디도 소리는 나오지 않았지만.

*　　　*　　　*

"뭐라고?"

막 참선(參禪)을 끝낸 심혜 상인은 난감한 얼굴의 수좌 대진(大進)의 보고에 어이없는 빛이 되었다.

"출가를 안 하겠다고 막무가내랍니다."

"아직 출가를 안 시켰단 말인가?"

벌써 이틀이나 지났다.

"예."

"왜?"

"그게…… 배자 때문이라고 합니다."

"배자? 항렬이란 말이냐?"

"예. 대 자 배열이 아니면 절대로 못하겠다고 버틴답니다. 처음에는 웃으며 달래기도 하고 어르기도 해본 모양인데 그날부터 지금까지 물 한 모금 입에 대지 않고 농성이랍니다. 보통 꼬마가 아니라고 계지원에서 고개를 절레절레 흔들고 있습니다."

"하하하…… 항렬이라……."

심혜 상인은 크게 웃었다.

"하긴…… 혜인 사백께서 보낸 아이를 지 자 배로 하자면 이상할지도 모르지."

"그렇다고 대 자 배로 하면 문제가……."

"대우를 불러라."

심혜 상인이 말했다.

*　　*　　*

"뭐라구요?"

운비룡은 앞에 선 대우를 바라보았다.

이틀 사이, 운비룡은 얼굴이 바짝 말랐다. 입술이 까칠하게 일어나고 얼굴도 쏙 빠졌다. 하긴 너무 당연한 일이었다. 그 나이에 물 한 모금 입에 대질 않았으니…….

"널 일명(一明)이라 하셨다. 장문방장께서 직접 법명을 내리셨으니 이는 소림사에서 보기 드문 영예지. 그만하면 되었으니 이만 일어나 씻고 공양하여 기운을 차린 다음에 계를 받도록 하자."

"싫어요. 난 대 자……."

"내가 널 제자로 삼기로 했다."

"……?"

"하지만 여기서 더 고집을 부리면…… 넌 이대로 파문되고 다시는 소림사를 밟을 수가 없게 된다. 아니…… 어쩌면 더 가혹한 일이 생길지도 모른다. 나는 너와 며칠 지내면서 정이 들었으니 네게 그런 일이 일어나지 않기를 바란다. 어쩌겠느냐?"

"……."

운비룡은 잠시 생각에 잠겨서 눈알을 굴리는 듯하더니 마지못한 듯 고개를 끄덕였다.

"그럼 스님을 봐서 양보하기로 하죠."

운비룡의 선심 쓰는 듯한 말에 대우는 껄껄 웃었고 옆에 있던 일류는 소태를 씹은 표정이 되었다. 제자뻘로 내려놓았던 운비룡이 동배가 되었으니 그렇기도 하지만 떼를 쓴다고 배자가 올라가는 경우를 아직

한 번도 본 적이 없기 때문이기도 했다. 하긴 누가 소림사에서 떼를 쓴 적이 있더란 말인가?

하지만.

'음…… 좀 더 버티면 대 자가 될 수 있지 않았을까? 그럼 저 꼴 보기 싫은 녀석이 날 사숙으로 불렀어야 할 거잖아…….'

정작 운비룡은 심각히 머리를 굴리고 있었다.

다시 뻗대고 말아?

무지하게 고민된다.

第四章

운비룡, 머리를 깎다

첫째 마당

그렇게 해서 운비룡은 일명이란 법명으로 사미계를 받게 되었다. 대체로 택일을 하고 법계(法戒)를 받는 법인데 어찌 된 셈인지, 아예 다음날로 날짜까지 잡혔다.

"더 말썽나기 전에 해치우고 말자는 거지?"

운비룡은 혼자 투덜거렸다.

기왕 시작한 거 더 버티고 싶었다.

까짓 거 그래 봐야 날 죽일 거야? 밑져 봐야 본전이잖아! 라는 뱃심으로 끝까지 '대' 자를 달라고 우길 생각이었지만 대우의 부릅뜬 눈을 보면서 포기할 수밖에 없었다.

고집을 피우면 널 그냥 두지 않을 거야!

라는 의미가 담긴 눈빛임을 직감했기 때문이다. 단순한 위협이 아니라는 것을 안 이상, 더 이상 뻗대는 건 현명한 짓이 아니었다. 그저 어린아이 투정처럼 못 이긴 듯이 물러난 뒤, 다음 기회를 보는 게 나을 터였다.

아침 공양을 마치고 나자 운비룡은 일류에게 이끌려 계단(戒壇)으로 갔다.

계단은 전계(傳戒)를 하기 위한 곳이고 여기서 사미계를 비롯한 소위 구족계라 일컫는 비구계까지 모든 법계가 행해지는 곳이다.

계단전(戒壇殿)이 대개 따로 있지만 운비룡은 작은 법당에 들어가 무릎을 꿇고 앉아야 했고 그 앞에 마련된 단위에 대우가 올라앉아 전계화상(傳戒和尙)이자 사부의 역할을 했다.

십계가 하나씩 다 불려지고 설명이 이어졌다. 그리고는 질문. 행자(行者)는 그 질문에 답해야만 하였다.

"향만(香鬘)하지 말라는 것은 얼굴에 분을 바르거나 몸에 향수를 뿌리지 않고 머리 장식을 하지 않으며 오로지 규정된 승복만 입는다는 의미다. 즉, 화려한 옷을 입으면 안 된다는 뜻이지. 자, 이제 묻노니, 한평생 받들어 모실 수 있겠느냐?"

한평생 받들어 모실 수 있겠느냐[盡形壽能持否]? 라는 말은 하나의 설명마다 반드시 붙게 된다. 수계자는 당연히 그때마다 가르침에 따라 봉행한다[依敎奉行]라고 답을 해야만 한다.

운비룡은 말마다 답을 해야 했고 마지막 열 번째에 이르렀다.

"자, 이제 마지막으로 부를 축적하면 안 된다는 것은 출가인이 승복과 발(鉢), 체도(剃刀:삭발하기 위한 칼) 물 주머니, 옷을 깁기 위한 바늘 등의 생필품 외에는 사사로운 재산을 모아서는 아니 된다는 의미다. 너는 이 계율을 한평생 받들어 모실 수 있겠느냐?"

"예! 가르침에 따라 반드시 행하겠습니다."

운비룡이 머리를 조아리자 대우가 땅땅, 주장자를 쳤다.

"좋다. 이제 속명 말호는 없어지고 오늘부로 너를 부처님의 제자인 일명으로 받아들이니 네가 맹세한 것들을 한시도 잊지 말고 용맹전진토록 하거라."

그의 표정은 엄숙했고 주변의 사람들도 엄숙했다.

물론 운비룡의 얼굴도 엄숙했지만 실제로 운비룡의 입은 삐죽 나와 있었다. 겉으로 보이지 않게 고개를 숙인 채로.

'이런 분위기에서 안 하겠다고 할 놈 있으면 나오라고 그래 봐. 재산도 안 모으고 높은 자리도 안 가려면 미쳤다고 세상 사냐? 사람이 자라나서 키만 커도 높아지는 법인데…… 자연의 이치가 그렇거늘, 무슨 귀신 씻나락 까 묵는 소리야? 내가 진심으로 답한 게 아니니니 지금 건 맹세한 걸로 안 칠 거야. 암…….'

운비룡이 속으로 말도 안 되는 소리를 한참 중얼거리고 있을 때 대우가 일류에게 명했다.

"일명의 머리를 깎아주도록 해라."

"예."

일류가 옆에 있던 체도를 들었다.

날이 시퍼렇게 서 있었다.

그것을 본 운비룡이 깜짝 놀라서 눈을 깜박거렸다.

"지, 지금 깎아요?"

"그거야 물론이지. 십계를 받으면 체발하게 되어 있는 거야. 자, 이리 와라. 내가 아주 잘 깎아주마."

"으으……."

운비룡은 울상이 되었다.

주위를 돌아보아도 어디 하나 도와줄 놈이 보이질 않았다. 다 파르라니 대가리를 깎은 놈들뿐이다. 저 대머리 중놈들이 날 도와줄 리가 없다.

일류란 놈도 싱글싱글 웃으며 다가오고 있지 않는가.

까짓 거. 한 번 죽지 두 번 죽냐?

어차피 피할 수 없는 일일 바에야 기꺼이 당하고 말자!

운비룡은 눈을 질끈 감고 머리를 디밀었다.

서걱, 서걱…….

감은 눈, 무엇인가가 잘려 어깨를, 등을 스치면서 떨어진다.

영겁과도 같은 긴 시간인 듯했지만 실제로는 아주 짧은 시간에 지나지 않았다. 시작하는가 하는 순간에 이미 체발은 끝이 나버렸던 것이다. 그리고는 다시 한 번 머리를 깨끗이 미는 순서를 마치자 모든 것은 끝이 났다.

"젠장, 진짜 까까중이네……."

운비룡은 냇가에 주저앉아 물에 비친 자신의 반짝반짝 빛나는 머리카락을 보고 투덜거렸다. 입던 옷을 벗고 사미용 승복까지 걸쳤으니 누가 뭐래도 이젠 새끼중이다.

"야, 넌 그새 또 어딜 간 거냐?"

일류가 나타났다.

"뭔 볼일이 또 남았어?"

"남았어?"

일류가 눈썹을 곤두세웠다. 날카로운 얼굴에 눈썹을 치켜세우자 사나운 표정이 만들어졌다.

"난 너보다 입문이 십 년이나 빠른 사형이야. 앞으론 그 따위 짓거리 절대로 봐주지 않을 테니 알아서 해. 알겠니?"

"알았어…… 요."

운비룡은 일류의 얼굴이 발작 직전으로 가는 걸 보고 말끝을 바꾸었다.

"나한당으로 가봐라. 넌 무승으로 지목되었으니까 거기 가서 입문식을 해야지."

"입문식? 아니, 중이 되었는데 또 해…… 요?"

'이놈이 계속…….'

일류는 운비룡을 흘겨보고는 눈에 힘을 주었다.

"그건 사미계를 받는 의식이었고, 이젠 출가제자로서 소림의 제자가 되는 입문식을 해야지. 중이 되는 것과 소림사의 제자가 되는 건 다르니까. 이건 소림사의 제자라면 속가제자까지 누구나가 다 하는 일이지."

"아하…… 소림사의 제자가 되려면……."

운비룡은 문득 미간을 찡그렸다.

"거기도 뭐 하고 뭐 하지 말고 그런 거 있겠지…… 요?"

"당연히 있지! 소림사에는 반드시 지켜야 할 기본십이규조(基本十二

規條)가 있다. 뿐이냐? 하지 말아야 할 십불허규조(十不許規條)가 있고 또 십원(十願)이 있어 그것을 이루어야 하지."

"십이에 십 더하기 십…… 으으……."

그것만 해도 서른둘. 이미 받은 십계까지만도 족쇄가 마흔둘이나 된다. 비구가 되기도 전에 이렇다면…….

"이건 사람 사는 게 아니군."

운비룡이 절로 신음을 흘렸다.

객잔에서 별 손님을 다 봤었다. 별 괴상한 놈들도 다 중이 되던데, 대체 이놈의 절은 뭐가 이렇게 가리는 게 많으냐?

과연 소림사는 뭐가 달라도 달랐다.

"하하하…… 녀석, 처음에는 그래도 있어보렴? 정말 자랑스러운 곳이 소림사지. 선종의 산실이고 천하무림의 태두. 그 말만으로도 소림사에 있는 걸 자랑할 만하지 않으냐?"

"출가인이 그런 명예욕을 가지는 건 계율에 어긋나지 않아요? 일류사형은 계지원 제자에다가 비구계까지 받았다면서…… 음, 비구계에는 명예욕을 가져도 된다고 하나 보죠?"

운비룡의 반격에 일류는 흠칫, 했다.

'이놈하고 오래 있어서 좋을 일이 없겠네…….'

내심 못마땅하게 운비룡을 흘겨본 일류는 씨익, 웃었다.

"그게 아니라 네게 그런 계율을 지킬 만큼 소림사는 가치가 있는 곳이라는 걸 알려주려는 게다. 뭐, 듣기 싫다면 안 하면 되지. 따라오너라."

말과 함께 그는 갑자기 승포를 펄럭이면서 앞서 달려가기 시작했다.

아예 골탕을 먹이기로 작정을 한 것인지 그 속도는 처음에는 별로인 것 같더니 이내 질풍과 같이 빨라졌다.

지기 싫어하는 운비룡인지라 죽어라고 뒤를 따랐지만 일류의 모습은 순식간에 숲 속으로 사라져 이내 종적이 묘연해졌다.

'제기랄! 어디로 가버린 거야?'

두리번거리던 운비룡은 전혀 안 급한 표정으로 커다란 바위 밑에 기대앉았다. 햇볕을 받은 바위는 알맞게 더워 기분이 좋았다.

"잠이나 한숨 자면 좋겠네……."

운비룡은 눈을 감으면서 팔짱을 꼈다.

쫓아오느라 허둥지둥 헥헥거릴 운비룡을 생각했던 일류는 숨어서 이 광경을 보고 어이가 없었다.

'저놈이…….'

그는 참지 못하고 몸을 날려 운비룡의 머리를 쥐어박았다.

퍽!

그의 손은 애꿎은 바위만 쳤다.

"엇?"

그는 정말 놀랐다.

눈을 감고 있던 운비룡이 아슬아슬하게 고개를 슬쩍 돌려 그 손을 피해 버렸던 것이다.

원래 그는 지난번 경험이 있어서 미리 준비를 하고 있었다. 운비룡이 피하면 따라가면서 때릴 준비가 되어 있었던 것이다. 하지만 운비룡이 움직일 것 같지가 않자 그대로 운비룡의 머리를 쥐어박았는데, 그 찰나적인 순간에 운비룡이 머리를 틀어 피해 버렸기 때문이다.

"어라?"

머리를 든 운비룡이 눈을 깜박거리며 그를 보았다.

"뭐 해요?"

바위를 친 일류는 소태를 씹은 표정을 감추며 운비룡을 꾸짖었다.

"어른들이 기다리고 계신데 따라오질 않고 여기서 노닥거리고 있다니 무슨 짓이냐? 너 이리 와!"

이번에도!

하고는 잔뜩 준비를 하고 선학탁사(仙鶴啄蛇)의 일초로 운비룡의 팔을 낚아챈 일류는 다시 한 번 낭패한 표정이 되었다. 운비룡이 피할 생각도 하지 않고 손을 맡기면서 말했던 것이다.

"사형이 하도 빨리 가니 따라갈 수가 있어야죠. 그래서 길 어긋나지 말라고 여기서 기다렸던 거지요. 자, 얼른 가죠?"

말에 틀린 점이 하나라도 있으면 뭐라고 할 텐데…….

아무리 따져 봐도 틀린 점이 없으니 일류는 꼼짝없이 운비룡의 손을 잡고 나한당까지 가야만 했다.

별로 잘못된 것도 없는데 계속 속이 부글부글 끓어오름은 수양이 부족한 탓일까? 일류는 나한당에 도착해서 운비룡을 넘겨줄 때까지 계속 그것을 고민해야 했다.

그의 고민은 그날이 시작임을 불행히도 그는 아직 알지 못했다.

*　　*　　*

나한당은 소림무술의 중요한 부분을 담당한다.

천하에 이름 높은 십팔나한이 바로 이 나한당 출신이고 나한당의 고수들은 제각기 그 무공이 출중하였다. 어릴 때부터 무승으로 뽑힌 자질있는 사람들을 체계적으로 가르치기 때문이다.

운비룡은 소림사에 오면서 계속 궁금했었다.

어릴 때부터 지금까지 귀에 못이 박히게 들어온 것이 소림사의 절세무공이었다.

그런데 어떻게 된 것이 소림사에 온 지 벌써 사흘이나 되었는데 기껏 본 것이라곤 선방밖에 없고, 법당에 가 머리를 깎인 게 다였다. 그 위명이 찬란한 무술을 한 번도 보질 못했고 수련을 하는 것도 보지 못했다.

그런데 그 광경을 이제야 보게 되었다.

야하아~압!

맹렬한 기합 소리.

백여 명의 승려들이 숲으로 둘러싸인 공터에서 무공 연습을 하고 있었다. 벌거벗은 상체는 구릿빛이고 한 번 움직일 때마다 근육이 살아서 꿈틀거리면서 몸 밖으로 튀어나올 듯했다. 손이 움직일 때마다 한참이나 떨어진 이곳까지 바람 가르는 소리가 들려왔다. 발을 뻗으면 세찬 경풍이 일어 주변의 흙먼지가 회오리쳤다.

"대단하네……."

운비룡이 그 모습을 보면서 감탄을 했다.

"수련생들이지. 너도 곧 저 대열에 끼게 될 게다. 자, 어서 안으로 들어가자."

일류가 고개를 빼는 운비룡을 잡아당겼다.

둘째 마당

〈나한당(羅漢堂).〉

우뚝한 전각이 운비룡을 맞았다.

본전인 나한전 법당에는 심경 대사와 대우를 비롯한 십팔나한이 모두 나와 있었다. 그것을 보고 일류는 뜻밖이란 표정이 되었다. 아이 하나를 받아들이는데 나한전주는 물론이고 십팔나한이 모두 나온다는 것은 상상키 어려웠기 때문이다.

그가 물러나자 심경 대사가 입을 떼었다.

"보통은 십계를 받는 자리에서 소림의 제자가 되는 자는 모두 소림 십이규조를 비롯한 의식을 거행하게 된다. 하지만 너는 특별히 나한당에서 무승으로서의 출발을 하게 되니 너는 이 점을 명심하고, 각고정진

하여 소림의 무학을 세상에 빛나게 하고 너를 끊임없이 갈고닦아서 부끄러움이 없는 사람이 되어야 할 것이다."

"예."

다른 사람은 몰라도 심경 대사는 그를 위기에서 구해준 사람이다. 그 어려운 순간에도 남을 지키기 위해서 목숨 내놓기를 마다하지 않음을 본 다음인지라 제아무리 운비룡이라 해도 그에게만은 고분고분했다.

"소림사의 제자가 되는 자는 필히 다음의 십이규조를 지켜야 하니 너는 이 열두 가지 규조를 결코 잊지 말아야 할 것이다."

대우가 말을 이었다.

제일조: 尊師重道(존사중도), 孝悌爲先(효제위선)

스승을 높이고 도를 높이 하여 공경효도함을 먼저 하라.

제이조: 苦練功夫(고련공부), 體得先賢(체득선현)

열심히 수련하여 선현의 뜻을 깨닫도록 하라.

제삼조: 不准奸淫(부준간음), 衣冠歪斜(의관왜사)

간음하거나 의관이 흩어져서는 안 된다.

제사조: 不准揚拳舞爪(부준양권무조), 以下犯上(이하범상)

힘을 과시하거나 윗전을 범하면 안 된다.

제오조: 不准無故發笑(부준무고발소), 口造妄言(구조망언)

함부로 웃거나 망언을 하면 안 된다.

제육조: 不准以大壓小(부존이대압소), 公報私仇(공보사구)

강함을 빙자하여 약자를 누르거나 사사로운 복수를 하면 안 된다.

제칠조: 不准指東殺西(부준지동살서), 高聲爭論(고성쟁론)

삿대질하며 큰 소리로 욕하거나 쟁론하면 안 된다.

제팔조: 不准翹脚架腿(부준교각가퇴), 開口罵人(개구매인)

교만한 태도로 입을 열어 사람을 욕하지 말라.

제구조: 不准唆弄是非(부준사롱시비), 欺弱好强(기약호강)

시비를 부추기지 말며, 강하다고 나서서 약자를 괴롭히면 안 된다.

제십조: 不准貪圖漁利(부준탐도어리), 盜人財物(도인재물)

漁父之利를 탐하지 말고 남의 재물을 훔쳐서는 안 된다.

제십일조: 要低聲息氣(요저성식기), 不恥下問(불치하문)

낮은 음성으로 말하되, 아랫사람에게 물음을 수치로 여기지 말라.

제십이조: 要克己和衆(요극기화중), 助人成美(조인성미)

스스로를 다스려 사람들과 잘 지내며, 사람을 도와 원하는 바를 이루게 하라…….

십이규조는 소림의 계율을 지키는 근간(根幹)이다.

그 부칙으로 열 가지 하면 안 되는 일[十不許]과 열 가지 해야 할 일[十願]이 있으니 그 또한 하나라도 어기거나 쉽게 보면 안 될 일이었다.

"그 셋이 재능을 믿고 선량한 사람을 업신여김을 허락하지 아니하는 것이며[不許恃有本領, 欺負良善], 그 넷은……."

대우의 음성이 계속해서 들렸다.

그 앞에 꿇어앉은 운비룡, 아니, 일명은 파르스름하니 깎은 머리를 대우의 말에 맞춰 미미하게 까닥거리고 있었다.

물론 속으로야 불만이 가득했다.

젠장, 대체 이게 뭐가 이렇게 많으냐?

싸그리 하지 말라는 거뿐이구만!

이래서야 중노릇을 어찌 하겠나?

어떤 바보 놈이 하릴없으면 중이나 되라고 했던가?

이 개뼉다귀 빨다 버릴 미친놈아!

네가 와서 중노릇 해봐라. 이게 사람이 할 짓인가……

"그 마지막 열 번째가 재능을 믿고 행위가 바르지 못한 사람과 어울리는 것을 불허한다[不許恃有本領, 交結匪人]이다. 만에 하나……!"

대우가 일명의 태도를 보고 갑자기 주장자로 바닥을 쾅! 치며 눈을 부릅떴다.

"이중 하나라도 범한다면 반드시 살신지화가 네게 미치리니, 결코 잊지 말고 명심, 또 명심하도록 하여야 할지니라! 알겠느냐?"

그의 전신 승포가 절로 펄럭이고 부릅뜬 눈에서는 신광이 폭출한다. 그 압도적인 모습은 평소 보여주던 대우의 것이 아니라 일순 일명은 가슴이 서늘해져 정색을 해야 했다.

"예, 사부님."

자세를 바로 한 일명은 무릎을 꿇은 채로 말을 이었다.

"이제 남은 십원(十願)에 대해서 설명을 해주셔야지요. 제자, 세이경청하여 잘못됨이 없도록 명심, 봉행하겠습니다."

"십원은 네가 바라야 할 일 열 가지이다. 이미 일류가 네게 말해 주었을 터인즉, 네가 내 앞에서, 소림의 조사(祖師)들께 그 일을 하겠노라! 맹세하는 의식이 되는 것이다. 자, 말해 보거라!"

대우가 엄숙하게 말했다.

"십원의 그 하나가 원학차본령(願學此本領)하여 보국안민(保國安民)코자 하며 이 둘이 원학차본령(願學此本領)이니 억강부약(抑强扶弱)이며, 그 셋이 원학차본령(願學此本領)하니 구세제인(救世濟人)이라……."

대우의 말에 일명은 조금도 망설임없이 십원을 줄줄 읊어내기 시작했다.

—원학차본령, 보국안민.

이 능력을 배워, 국가와 국민의 안정 · 평화를 위해 힘쓰고자 한다.

—원학차본령, 억강부약.

이 능력을 배워, 강한 자를 눌러 약한 자를 도와주려고 한다.

—원학차본령, 구세제인.

이 능력을 배워, 세상 사람들을 구하려고 한다.

—원학차본령…….

음성은 또렷하고 기도는 반듯하여 전혀 다른 사람을 보는 듯했다. 게다가 폭포에서 물이 떨어지듯이 조금도 망설임이 없었고 해석함에도 힘이 깃들어 절로 귀를 기울이게 하는 힘까지 있었다.

'이건 도대체…….'

지금껏 일명이 보여준 것은 교활하고 버르장머리없는 거리의 꼬마였었다. 그것도 보기 힘들 만큼 특별한.

그런데 지금 저 모습은 또 뭐란 말인가?

'정말 뭔가 다른 곳이 있다는 말일까?'

그는 십원을 줄줄 외우고는 자신을 바라보는 일명에게 천천히 고개를 끄덕였다.

"되었다. 이제 너는 정식으로 소림 제삼십육대 제자가 되었으니 오늘 네가 외운 것을 결코 잊지 말아야 할 것이다. 알겠느냐?"

"예."

일명이 힘있게 고개를 끄덕였다.

파르스름하게 깎아 빛나는 머리 못지않게 눈빛 또한 총명하게 빛나 전혀 다른 한 사람의 인재를 보는 것만 같았다.

"일정(一定), 일명을 데려가 나한공(羅漢功)의 기초를 닦아주도록 해라. 나머지 시간은 다른 사람과 같다."

"예."

둘러선 승려들 중에서 한 사람이 나섰다.

나이가 대호 정도나 되었을까? 하나 자세히 보면 둥그스름한 얼굴에 사람이 좋아 보이는 데다가 동안이라 갓 스물 정도로밖에는 안 보였다. 그래도 눈에 어린 정광은 기초가 충실함을 여실히 말해 주는 듯했다.

"사제, 따라오너라."

일명의 앞에서 일정이 말하자 일명은 잠시 눈을 깜박거리다가 대우를 바라보았다.

"한 가지 여쭤도 되겠습니까?"

"말해 보거라."

"기초는 앞으로의 발전에 매우 중요하다고 들었습니다. 제가 알기로는 사부님들이 기초를 잡아주시는 걸로……."

"나한당의 제자들은 다르다. 나한당의 십팔나한은 기본적으로 제자들 두지 않는다. 나 또한 방장께서 명하지 않았다면 너를 제자로 받아들이지 않았을 것이다. 나한당에서는 모두가 같이 기초를 배운다. 그리고 그 발전됨을 보고 또 다른 공부를 전수하니 누구도 차별을 두지 않는다. 모두가 장래의 십팔나한이 될 가능성이 있는 것이지. 네가 뛰어난 자질을 보인다면 당연히 진도가 빠르게 될 것이다."

간명한 대답에 운비룡은 아무 말 없이 일정의 뒤를 따를 수밖에 없었다.

이야아아압~!

타아앗—

지축을 떨어 울리는 기합 소리들.

나한당의 밖으로 나오자 미래의 나한들이 열심히 수련을 하고 있는 모습이 눈에 들어왔다.

맨손으로 바람을 일으키는 자들, 손에 계도(戒刀)를 쥐고서 바람개비처럼 돌리는 자들, 선장을 풍차처럼 돌리면서 일대에 아무도 얼씬거리지 못하게 하는 자들까지.

그 모습만 보아도 가슴이 뛰었다.

"……."

홀린 듯 그 모습을 보고 있던 일명을 향해 일정이 웃으며 말을 걸었다.

"무슨 생각을 하고 있느냐?"

"전에 보았던 개봉 무관의 수련과 비교해 보고 있는 중이죠."

"호오? 그래서?"

"백 명이 넘는 사람들이 모두 움직임 하나하나가 뭐랄까? 힘이 느껴지는 것 같아요. 무관의 수제자들도 저 한 사람 한 사람보다 못해 보이니 과연 소림사다! 싶어요."

"그러냐?"

"그런데 내가 배울 나한공은 어떤 거죠?"

"나한당에 들면 가장 먼저 배우는 무공이다. 동공(動功)의 일종으로 움직이면서 내기(內氣)를 쌓고 몸 안의 혼탁한 기운을 뿜어내는 것이지."

"그럼…… 아무에게나……."

"그렇다. 소림사의 무공을 배울 때, 가장 먼저 시작하는 기본공이지. 나한공을 배우면서 나한권(羅漢拳)을 연습한다. 그렇게 무에 대한 몸에 적응력을 기르며 기초를 다지는 게지."

"으으……."

일명의 얼굴이 묘하게 일그러졌다.

"갑자기 왜 그러느냐?"

"뛰어난 제자에게는 다른 사람과 다른 독문무공을 가르친다고 들었는데 아무나 다 배우는 무공이라면 언제 소림제일고수가 될 수가 있겠어요? 내가 수염이 허옇게 변한 노승이 된 다음에?"

"허, 그 녀석 참…… 소림사의 제일고수가 아무나 될 수 있을 줄 아느냐? 역대로 소림사에는 수많은 분들이 용맹정진하여 천하제일이라는 소리를 듣게 되었지만 누구도 소림제일이라는 소리를 함부로 하지 못했다. 그만큼 많은 사람들이 소림사에 있기 때문이다."

일정은 연무장에서 수련하는 승려들을 가리켰다.

"저들은 너와 나 같은 일 자 배가 아니다. 그 아래 지 자 배이지. 저

쪽은 일 자 배이고 그 숫자는 보다시피 적지 않다. 게다가 이 나한당의 수련이 소림사의 모든 수련은 아니지. 이곳의 수련도 오전과 오후 수련을 하는 사람이 다르니 대강 짐작이 가지 않느냐? 그런 숫자가 계속 수련하면서 올라가는 것이다. 물론 그중에는 자질이 떨어져서 멈추는 사람도 있고 더 이상 발전이 없는 사람도 있지만 대개는 계속해서 진보를 하게 된다. 우리 일 자 배만 해도 그 숫자가 이미 백 명이 넘는다. 이들이 모두 나이가 들면…… 그 모두가 어디로 갔을 듯싶으냐?"

"백 명의…… 절세고수라는 건가요?"

"그렇지. 나이가 들어 돌아가시는 분도 계시지만 그런 고수들은 보통 사람보다 오래 살게 되는 법이다. 뒷산 장생전(長生殿)에 이르면 그런 분들이 몇이나 되는지 우리로서는 알 수조차 없게 된다. 불의가 힘을 떨치고 마도의 세력이 창궐하여 소림을 침범했다가 모두가 패퇴하여 한 번도 소림을 범하여 이기지 못했다. 전 무림을 석권했던 자들도 말이다. 왜 그런지 아느냐? 바로 지금 말했던 그런 원로들이 소림사에 존재하기 때문인 것이다."

"원로 고수……."

일명은 일정의 말을 되뇌었다.

'백 명의 고수들이 수련을 거듭해서 백 년 뒤에 열 명이 남아 있게 된다면 절세고수 열 명에 답다 센 고수 이십 명쯤. 그리고 또 오십 명 이상의 중간 고수에다가…….'

머리가 복잡해진 일명은 일정에게 다시 물었다.

"소림사에 지금 승려가 몇이나 되죠?"

"글쎄? 많았을 때는 삼천 명이 넘었는데 아마 포전(浦田) 하원(下院)

으로 옮겨가면서 요즘은 천오백 정도라고 들은 것 같다."

"그럼 천 명이 넘는군요?"

"그렇지. 삼천이 넘을 때는 밥 할 때 솥을 걸고 배를 타고서 밥을 저었다고도 하던걸?"

사람 좋아 보였던 것처럼 일정은 일명의 말에 하나하나 싫증 내지 않고 찬찬히 답을 해주었다.

"솥에 배를 띄워요? 에이…… 소림제자가 거짓말을 하다니……."

순간, 일명은 말끝을 흐렸다.

그 사람 좋던 일정의 얼굴이 굳어짐을 보았기 때문이다.

"너는 내가 허튼소리를 하는 사람으로 보이더냐?"

"아니, 그게 아니라……."

"불가의 제자는 한순간이라도 자세를 흩트리지 아니하며, 장난이라 할지라도 거짓을 말하면 아니 되는 법이다. 너는 소림규조 제오조가 무엇인지 말해 보거라."

일정의 얼굴은 엄했다.

전혀 다른 사람이 된 것처럼.

'이거 뭐냐…… 사람이 좋다 싶었더니, 순전히 밴댕이 속에다 애 늙은이잖아?'

일명은 내심 입맛을 다시며 떨떠름히 입을 열었다.

"부준무고발소, 구조망언……."

"그래. 함부로 크게 웃거나 망언을 하지 말라는 소리다. 출가인은 세상의 모든 것을 버리고 오직 부처가 되기 위해서 사는 사람이다. 소승은 나한(羅漢)이 되어 나를 구원하기 위함이고 대승은 세상을 긍휼히 보고 천하를 구하고자 하는 마음을 품고 부처가 되고자 하는 것이다. 하고 싶은 말을 다 하고 하고 싶은 일을 다 한다면 어찌 출가인이겠으며, 어찌 세상 사람들과 다름이 있겠느냐?"

"그야 물론이죠. 그렇지만 사형은 하나를 잊어버리신 모양입니다."

"잊다니?"

"이 사제는 오늘 출가해서 사미계를 받았고 오늘에서야 겨우 소림사 제자가 되어 사형에게 기초 중의 기초인 나한공을 배우러 나온 초보자란 말입니다. 불법 또한 한 줄도 배우지 못했죠. 길 잃은 양 한 마리를 잘 인도함은 바로 불제자의 사명이기도 하다고 귀동냥했는데…… 어린 사제를 깨우쳐야지, 혼내기만 해서는……."

'허, 이놈 봐라?'

일명의 반격에 일정은 당황한 빛이 되었다.

"좋다. 오늘은 네가 첫날이니 네 말이 맞다고 해두자. 어쨌든 나한공은 바로 그런 무공이니, 결코 네가 쉽게 보아도 될 무공이 아니라는 말이다. 네가 뛰어난 진경을 보인다면 또 다른 무공을 전수받게 될 것이다."

"음…… 대체로 얼마나 지나면 다른 무공을 전수받아요?"

분위기를 바꾸기 위해서 일명이 물었다.

"자질이 좋다면 한 삼 년 기초를 다지면 되겠지?"

"사, 삼 년이요?"

일명의 눈이 휘둥그레졌다.

"왜, 긴 것 같으냐?"

"아니, 당연히 길죠! 그까짓 기초 무공이야 하루나 이틀 배우면 끝이

지, 그걸 뭐 할 게 있다고 삼 년씩이나 해야 한단 말이에요?"

"허, 이 녀석 하곤…… 그게 그렇게 쉽다면 누가 삼 년씩이나 하겠느냐? 기(氣)의 감(感)을 느끼고 투로(套路)를 체득하는 것은 그리 간단한 게 아니란 말이다. 하지만 네가 정말 네 말대로 그렇게 뛰어나다면 당연히 빨리 넘어갈 수도 있을 게다. 자, 그럼 어디 네가 얼마나 대단한지 확인해 보기로 할까?"

근엄하게 말한 일정은 연무장 한쪽에 가 섰다.

"자, 내가 하는 것을 잘 보거라. 우선 양발을 잘 벌려야 한다. 억지로 넓게 벌리지도, 좁아서도 안 된다. 양발을 벌리되, 발끝은 서로 평행이 되도록 이렇게 벌려주면서 발가락을 오므려 땅을 잡는다는 생각으로 오므리면 발바닥 중앙은 땅에 닿지 않게 된다. 이것을 일러 조지(抓地)라 한다. 무릎은 굽혀서 직각이 되도록 하여야 하며 허리와 고개를 곧바로 펴서 앞으로 기울어지지 않도록 주의……."

"에게? 그거 마보(馬步)잖아요?"

그 모습을 보고 있던 일명은 어이가 없는 듯이 말했다.

마보의 자세를 취한 일정은 그 자세대로 운비룡에게 웃어 보였다.

"맞다. 마보라고도 하지. 이 상태에서 양손의 손바닥을 아래로 향하도록 하며……."

"아니, 세상에…… 동네 무관에 가도 배우는 마보를 소림사에서 가르친단 말이에요?"

"하하…… 녀석, 넌 듣지도 못했느냐? 천하공부출소림(天下功夫出少林)이라고 하여 천하의 모든 무공은 소림사에서 시작되었다라는…… 그러니 다른 곳에서 소림사에서 가르치는 방식을 흉내 내는 것이야 너무 당연하지 않으냐?"

"그래도 이건……."

일명의 입이 한 다발이나 툭 튀어나왔다.

겨우 소림사에 와서 머리까지 깎고서 한다는 짓이 그 헐렁한 마보란 말인가? 하지만 넌 보든 말든 간에 난 하마, 라고 하듯이 일정은 마보의 형식을 설명하면서 시연해 보이고 있었다.

'개뿔! 나한공은 무슨 나한공…… 망아지가 뒷발질하는 거구만!'

일명은 갑자기 운비룡으로 돌아가고 싶어졌다.

내 머리카락 돌려달라고 소리치고 싶었다.

아무리 짜증나고 싫어도 하지 않을 수 없는 일이 있다.

지금의 일명이 그러했다. 첫날이니, 일단은 따라가는 모습이라도 보여야 했다. 일정은 동안이면서도 나이답지 않게 도무지 희로애락을 드러내질 않으니 상대하기가 껄끄러웠다. 해서 일명은 그가 시키는 대로 마보 자세로 멀뚱히 선 채로 눈앞에서 맹렬히 수련하는 사람들의 모습을 지켜보아야 했다.

"저 사람들은 얼마쯤 수련한 거죠?"

일정이 시킨 대로 손을 내밀고서 엉거주춤 선 채로 운비룡이 물었다.

"초보 수련생에서 고수를 바라보는 사람들까지…… 많지. 저쪽 계도를 쓰는 사람 보이지? 입문 칠 년째인 우리와 동배다. 나한공을 거쳐서 지금은 칠십이종절에 중 하나인 대원도법(大元刀法)을 연마하고 있는 고수란다."

"칠십이종절예(七十二種絶藝)!"

소림사의 이름을 들은 사람치고 칠십이종 절기의 명성을 듣지 못한 사람은 아무도 없었고 일명 또한 마찬가지였다.

따분한 표정이었던 일명이 갑자기 눈을 빛내면서 물었다.

"칠 년이면 칠십이종 절기의 몇 가지를 배우는 거죠?"

"그거야 사람마다 다르지, 어떻게 하나로 말할 수 있겠니? 칠십이종 절예는 그 하나만 경지에 이르게 연마하면 강호에서 명숙(名宿)으로 대우받을 수 있을 정도로 우열을 논하기가 어려운 절기다. 평생을 통해 오직 한 가지만 수련하는 경우도 많지."

'젠장, 칠십 가지가 넘는데 하릴없이 평생 지루하게 하나만 하냐? 어떤 바보가 그 따위로 대가리가 나쁜 거야?'

속으로야 투덜거릴망정, 일명의 겉모습은 열심히 마보의 형상이다. 그리곤 다시 물었다.

"사형은 몇 가지나 배웠어요?"

"하하…… 나야 이제 두 가지를 배웠지."

"뭐뭐 배웠는데요?"

"지금은 그것보다는 네 공부가 우선이다."

말과 함께 일정은 슬쩍 일명의 어깨를 눌렀다.

"좋아. 처음 하는 사람치고는 자세가 좋다. 하지만 조금 더 낮춰서 일각을 버틸 수 있다면 기초 수련은 된 셈이지……."

일명을 완전히 말을 탄 사람으로 만들어놓은 일정은 일명의 주위를 돌면서 말했다.

"사람은 숨을 쉬면서 살아간다. 호흡(呼吸)이 그것이지. 호는 내쉬는 것이고 흡은 들이마시는 것이다. 숨을 쉬지 않으면 죽게 되고 사람이나 동물이나 식물까지도 호흡을 한다. 그 호흡을 통해서 몸에 필요한 기(氣)를 받아들이게 되는 것이지. 우리가 무공을 통해서 배우는 것은 바로 안으로 호흡하는 방법이다. 그것을 일러 내공이라고 하는데 받아들인 기를 내부에서 운용하여 잠자고 있는 몸의 잠능(潛能)을 이끌어내면서 첫 번째로는 태아가 어머니의 뱃속에서 숨 쉬던 때로 돌아가는 것이고, 두 번째는 그것을 넘어 천지지간에 나를 동화시켜 나가는 것이니 선천(先天)의 고심한 도리가 되는 것이지."

그렇게 일정은 일명에게 나한권의 동공(動功)하는 방법을 하나씩 알려주기 시작했다. 물론 계속해서 일명의 주위를 돌면서 말하였고 한 번 말하는 것으로 운비룡이 그것을 암기할 수 있으리라고는 기대조차 하지 않았다.

어떤 사람도 이 마보를 처음 시작하면 얼마를 버티기 힘들다.

말이야 일각을 버틸 수 있다면 기초 수련이 된 셈이라고 했지만 실제로 일각을 버틸 수 있다면 사실상 마보는 끝낸 셈이라고 해야 했다. 그만큼 마보는 버티기가 어렵다. 더구나 지금 그가 눌러놓은 것처럼 자세를 낮추면 가히 살인적이다.

일각은커녕, 그 십분의 일도 버티기가 어렵다.

그런데 아직 어린아이에다 마보를 수련한 적도 없는 일명을 그렇게 내몬 것은 대우의 명을 받았기 때문이다. 엄하게 단련시켜서 딴생각을 하지 못하도록 기초를 확실히 잡아주라는.

"그런 것을 일러 형송의긴(形鬆意緊)이라 한다. 전신의 모든 것에 힘을 사용하면 안 된다는 것이지. 표면은 버려두고 뜻만으로 일체를 관장하여 이완된 상태로 호흡을 하면서 마음을 보는 것이라는 뜻이다.”

여전한 일정의 말을 들으면서 일명은 오후의 햇살 아래 따분한 표정으로 여전히 마보다.

파르라니 깎은 머리는 햇볕을 받아 따끈따끈하다.

시팔! 머리라도 길면 안 뜨거울 거잖아.

나른한 표정으로 있던 일명은 문득 욕지기가 치미는 것을 참아야 했다. 기왕 첫날인데 안 좋은 인상을 보여줄 필요가 없다. 그건 천재 운비룡이 해야 할 일이 아니었다.

머리 나쁜 놈들이나 하는 일이지…….

“……그렇게 뜻을 잡아 마음을 단전에 둠을 의수단전(意守丹田)이라 한다. 나한공은 이렇듯 혼원일기(混元一氣)에서 시작하여 한계독보(寒鷄獨步)에 이르도록 형(形)을 연습하면서 그 호(呼), 흡(吸)을 살피므로 내식(內息)을 다져 공력을 쌓을 수 있도록 하는 것이다……?”

말을 하고 있던 일정의 얼굴이 묘해졌다.

여전히, 태연히 일명이 마보의 자세로 서 있음을 발견했기 때문이다. 따분한 빛은 분명했지만 크게 힘들어하는 것 같진 않았다. 그 눈은 묘한 빛으로 다른 사람의 연공을 보고 있었지만 그건 분명히 힘들어하는 눈이 아니었다.

있을 수 있는 일이 아니었다.

일부러 말을 끌었기에 이미 일각은 넘은 지 오래다.

벌써 사타구니를 끌어안고 쓰러졌거나 아니면 처음부터 다리를 부들부들 떨어야 했다.

그런데 따분한 듯한 표정이라니.

저놈은 힘도 안 든단 말인가?

설마, 저 자세로 기절이라도 한 게 아닐까?

믿기지 않아 고개를 일명의 앞으로 가져가자 갑자기 일명이 말했다.

"사형!"

"왜?"

뭘 훔쳐보다가 들킨 사람처럼 일정은 깜짝 놀라서 대꾸했다.

"머리…… 정수리 좀 긁어줘 봐요. 아띠…… 파리가 똥을 쌌나? 뒤지게 가려워요."

"……?"

일명의 말에 일정은 어이가 없어 절로 입이 벌어졌다.

기절한 것도 힘들다는 호소도 아니고 머리를 긁어달라고?

핑계를 대서라도 자세를 풀고 싶을 텐데…….

그때 문득 일정은 생각이 미쳤다.

"너…… 혹시 마보를 연습한 적이 있더냐?"

그 말에 일명은 고개를 돌려 일정을 보더니 씨익, 웃었다. 제법 고른 이가 드러나면서 웃는 일명의 웃음은 보기 나쁘지 않았다.

"당연히 했죠."

"했다고? 얼마나?"

"글쎄? 얼만지는 잘 모르죠. 무공을 배우고 싶어서 동네 무관에 갔더니 거기서 처음 시키는 게 그거라서 그때부터 매일 그걸 따라 했고 얼마 전에는 이렇게 해서 잔 적도 있어요."

"자, 잤다고?"

일정의 눈이 휘둥그레졌다.

"왜요? 소림사에서는 그러지 않나요? 한 삼 년 되니까 자세가 편안해져서 가끔 책도 이러고 보는데요. 지난번에는 이러고 자는 걸 마당에서 형이 안아다 방에다 뉜 적도 있어요."

'이놈은 대체…….'

일정은 갑자기 괴물을 보듯 일명을 보았다.

그런 일정을 보면서 일명은 속으로 히죽, 웃었다.

'바보야. 그런 얼굴로 누굴 속이겠다고…… 버릇은 네가 아니라 내가 널 잡아주지. 어수룩하긴…… 이런 빌어먹을 자세로 누가 잠을 자겠냐? 가랑이가 찢어지는 것 같구만.'

일명의 생각을 알 리 없는 일정은 골치가 아파졌다.

일각이 넘어도 얼굴색 하나 변하지 않는 애를 계속해서 수련이라고 마보를 연습시킬 수는 없다. 삼 년이 넘었다면 최소한 아홉 살 때부터 했다는 것이니 바로 나한권으로 들어가야 하는데 그건 예정을 최소 삼 개월은 초과하는 것이었다.

혼자 결정하긴 어려운 일이다.

"좋아, 그대로 수련하든지 잠시 쉬든지 해도 좋다. 난 잠시 안에 다녀오마."

천천히인 듯하지만 실제로는 꽁지에 불이 붙은 듯 급하게 달려가는 일정을 보면서 일명은 피식, 웃었다.

까짓 거 아무리 힘들어도 이 정도는 참을 수 있었다. 반나절쯤은 자신있었다. 나중에 일어설 수 있을지는 자신하기 어렵지만.

일명, 운비룡이 이 마보를 연습한 것은 말과는 달리 실제로는 일곱 살 때부터였다. 큰 애에게 얻어터지고 분해서 잠을 못 자고 씩씩대는 운비룡에게 형 대호는 이 마보를 가르쳐 주었다. 금방은 몰라도 나중에는 이 동작의 효험을 알게 될 거라고.

하는 둥 마는 둥 하던 운비룡은 동네 무관에 숨어들어 가서 이 마보가 무공 수련의 기초가 됨을 듣고는 그때부터 열심히 연습했다. 일 년이 지나면서 하체가 튼튼해짐을 스스로가 느낄 정도가 되었다.

그래서 더욱 열심히 했었다.

뭐든 배우고 바로 까먹는 그 망할 놈의 일 때문에라도.

소문난 악바리의 근성은 실은 그러한 체력의 뒷받침이 있었기에 가능했다. 아무리 근성이 있어도 몸이 따라주지 않으면 절대로 행동으로 옮길 수가 없기 때문이다.

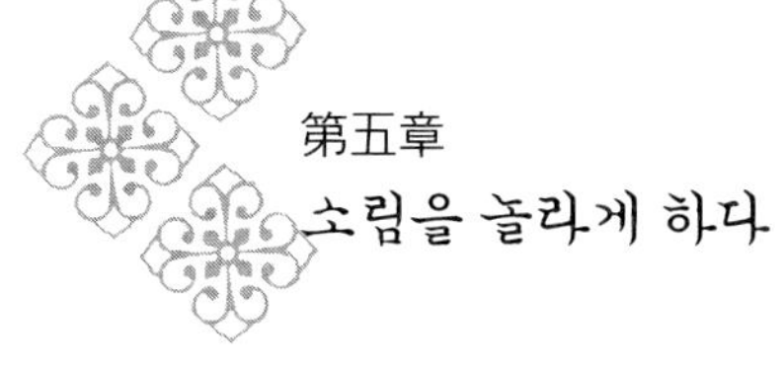

第五章
소림을 놀라게 하다

첫째 마당

"뭐라고?"

"아무래도 이상합니다. 마보를 그처럼 능숙하게 한다는 건…… 내공을 수련한 적이 없는 아이가 근력만으로 그렇게 오래 버틸 수 있는 건 믿기가 힘이 듭니다. 제자가 나한권의 요결을 말해 주는데도 건성으로 듣는 것 같아 혼내주려다가 참았는데, 아무리 봐도 이미 다 알고 있는 것 같아 보여서였습니다."

"다 알고 있다고? 어떻게?"

대우가 놀라 다시 물었다.

"사실 나한공이야 속가제자들에게도 다 가르치는 것이니 무관에서 어떻게 알고 가르쳤다고 해도 놀라운 게 아니지 않겠습니까? 그럼 나한공을 가르친다는 게…… 아무래도 이상해서 진도를 어떻게 해야 할지 미리 여쭙는 겁니다."

일정은 나이가 어려 보이지만, 그 또래에서 진중하고 침착하게 일 처리를 한다. 믿을 만하다는 소리이니 대우 또한 잠시 생각에 잠겨야 했다.

그렇게 해서 일단 대우도 나가보기로 했다.

하지만 밖으로 나온 대우는 눈을 부릅뜨고 말았다.

일명.

예상대로면 뙤약볕에 땀을 뻘뻘 흘리면서 다리를 부들부들 떨거나 대우를 보면 울상을 지어야 옳았다. 제아무리 강건한 체력을 지닌 사람도 예외일 수는 없었다.

그런데 일명은 달랐다.

이마에 땀방울이 송골송골 맺혀 있는 건 맞지만 죽을 만큼 힘들어 보이지는 않았다.

대우를 놀라게 한 건 바로 일명의 그 구부린 손놀림이었다.

미묘하게 흔들리고 있는 모습은 얼핏 보기에는 어깨의 떨림과 연관되어 손이 떨리는 것처럼 보였지만 실제로는 그것이 아니라는 것을 대우는 일견해서 알아볼 수가 있었다.

그가 고개를 돌리자 그 눈에 보이는 것은 일고(一顧)라는 법명을 가진 일 자 배 제자였다. 그 제자가 바로 대원도법을 연습하는, 좀 전에 일정이 말한 동배이기도 했다.

"이럴 수가?"

마침내 그의 입에서 신음이 흘러나왔다.

"왜 그러십니까?"

그의 표정이 묘한 걸 보고 일정이 물었다.

"일명의 손놀림을 자세히 보거라. 느껴지는 게 없느냐?"

"손놀림이라면……."

일정은 무슨 의미인지 모르고 일명의 손놀림을 한참이나 지켜보았다. 그리고 시간이 지남에 따라 그의 눈에서도 점점 놀람이 커져 갔다. 그 눈이 마지막에 이르른 곳은 사형인 일고가 대원도법을 수련하고 있는 모습이었다.

"말도 안 되는……."

그가 중얼거렸다.

"왜 말이 안 되지?"

"저건 그냥 흉내입니다. 누구도 대원도법을 한 번 보고 따라 할 수는 없습니다. 제자가 대원도법을 수련하고 있지만 벌써 삼 년째임에도 아직 진수(眞髓)를 얻었다고는 할 수가 없습니다. 그걸……."

"일명을 불러라."

대우는 그 말을 끝으로 등을 보이고 사라져 갔다.

이야아—압!

팍, 파팍…….

바닥에서 풀썩, 풀썩…… 흙먼지가 일어났고 기합은 고막을 때린다. 세찬 경기는 여전히 풀 포기를 말아 올리고 대련하는 손과 손의 마주침에 폭풍이 이는, 그 가운데 일명은 여전히 말을 달리고 있는 모습으로 엉거주춤했다.

역동적이고 활기찬 연무장과는 달리 나한당의 뒤는 말 그대로 산자락이다. 졸졸 시내가 흐르고 숲은 숲의 내음으로 존재한다. 새소리가 물소리에 어울려 아늑하기만 했다.

그 계류를 등지고서 대우가 서 있었다.

그 앞에 일명과 일정이 서 있는데 일정은 일명의 앞에서 나한권을 시연해 보이고 있는 중이었다.

"저것이 나한권 십팔수다. 선인지로(仙人指路)나 회두망월(回頭望月), 동자배불(童子拜佛) 등의 초식은 이미 세상에 많이 알려져 있지만 소림비전은 그것과 조금 다르지."

움직이는 한 동작마다 조용한 가운데 힘이 있고, 힘이 있으면서도 조용하여 역동적이었다.

"저렇게 해서 십팔수의 나한권이 다 끝났다. 나한공을 제대로 펼쳐 내는 것이 나한권 십팔수라 할 수 있는 게다. 이제 저 하나하나를 해설하고 움직임을 잡아주어야겠지만 그전에 네가 얼마나 보았는지 어디 한번 따라 해보겠느냐?"

"예."

일명은 자신있게 고개를 끄덕였다.

어차피 이 시간 이후 여기 사람들이 다 알게 될 터이다. 알게 하려면 빨리 알게 해야 했다. 그래야 계획한 대로 상황이 흘러갈 것이 아닌가.

일명은 잠시 숨을 가다듬고서 방금 본 나한권 십팔수를 머리 속에서 떠올렸다.

하나하나가 선명하게, 눈에 잡힐 듯이 보였다.

그리고 그것을 일명은 그대로 펼쳐 내기 시작했다.

물 흐르듯이 조금도 망설임없는, 자연스러운 동작이었다.

…….

"맙소사!"

일정이 입을 딱 벌렸다.

대우 또한 휘둥그레진 눈을 감추지 못했다.

그들 앞에 벌어진 이 일을 어찌 믿을 수 있다는 것인가.

회오리는 이제 시작이었다.

둘째 마당

어제까지 운비룡.

오늘부터 소림사의 일명으로 거듭난 그 아이는 사부가 된 대우의 입을 벌리게 만들었다. 사형 일정 또한 눈을 부릅뜨고서 믿기지 않는 광경을 바라보아야만 했다.

몸을 틀면서 왼발을 좌측으로 내딛는가 싶더니 좌장과 우장을 배 앞에서 교차시키는 가운데 오른발이 뒤로 후퇴한다. 왼발이 오른발의 앞으로 끌려 나오는가 싶더니 이내 발끝으로 서면서 손목이 부드럽게 돌아가 완화(腕花)를 이루더니 귀 옆까지 원을 그리며 올라오는 저 동작은 어김없는 나한권 제일수 헌원과호(軒轅跨虎)였다.

왼발이 옆으로 이동하며 두 손바닥이 금전지(金剪指)로 화하고, 오른

손이 아래로 좌로 작은 원호를 그린다. 왼손이 위로 향하는가 싶더니 이내 오른쪽으로 달리다가 아래로 떨어지면서 원을 그리니 그 모습이 야말로 제이수 선인지로(仙人指路)에 다름이 아니다.

그렇게 한 수 한 수가 이어지면서 오른발이 뒤로 밀리는가 싶은 순간에 신형이 빙글 돌아가며 오른발이 축이 되었다. 발이 땅을 차고 튀어 오르는 가운데 다른 발은 태산과 같이 땅바닥에 붙어 미끄러지니 주변에 걸리는 모든 것을 쓸어버리는 긴나무자(緊哪武姿)의 마지막 열여덟 번째의 초식이 아닌가!

…….

'이건 도대체…….'

수세(收勢)로서 마무리를 하며 일정처럼 자세를 바로 하는 일명을 보면서 대우는 말을 하지 못했다.

어찌 그렇지 않겠는가.

조금 어색한 점이 있기는 했지만 그 움직임은 가장 중요한 내부 흐름의 요체(要諦)를 이미 알아챘기에 가능하다는 것을 한눈에 알 수 있는 사람이 대우였다.

"전에 나한권을 배운 적이 있었느냐?"

참지 못하고 옆에서 일정이 물었다.

"아뇨."

일명은 태연히 고개를 저었다.

"그런데 어떻게 내가 한 동작을 그대로 따라 할 수가 있단 말이냐?"

"따라 하라고 보여준 거 아니었어요?"

오히려 되묻는 일명으로 인해 일정은 말문이 막혔다.

그거야 당연히 따라 하라고 보여준 것이다.

하지만 한 번 보고 따라 할 수가 어떻게 있단 말인가? 물론 겉모습이야 어느 정도 따라 할 수가 있겠지만 지금 움직임으로 볼 때는 내기의 흐름조차 어느 정도 숙지가 된 것으로 보였다. 그렇지 않다면 기운이 꼬여서 그렇게 자연스럽게 움직일 수가 없기 때문이다.

"그건 그렇지만……."

일정은 말을 잇지 못했다.

"전에 나한권을 본 적도 없단 말이냐?"

이번에는 대우가 물었다.

"없…… 아니, 비슷한 걸 무관에서 본 적은 있었던 거 같아요. 하지만 이번처럼 제대로 본 적은 없었죠."

"음……."

잠시 신음을 하던 대우는 미간을 찌푸렸다가 일명을 보았다.

"좀 전에 너는 연무장에서 무엇을 보았더냐?"

"다른 사람들이 연무하는 모습을 보았었죠."

"그중 기억하는 게 있느냐?"

"본 건 다 기억하죠."

"본…… 걸 다 기억한다고? 그 연무장에서 본 걸 다 기억한단 말이냐?"

"지금 봤는데, 그걸 기억 못하면 어떻게 해요?"

일명의 되물음에 일정은 뜨악해서 눈알만 굴렸다.

그 해괴한 표정을 본 대우는 어이가 없었지만 자신도 그에 못지않을 거라는 생각이 들자 얼른 표정을 고치며 짐짓 아무렇지도 않은 듯 말을 이었다.

"네 머리가 매우 좋은 것 같구나. 그렇다면 네 앞에서 계도로 시전하던 그 도법을 흉내 내볼 수가 있겠느냐?"

"그 대원도법 말인가요?"

"그렇다. 어찌 아느냐?"

"일정 사형이 그게 칠십이종절예 중 하나라고 해서 눈여겨봤었죠."

"그것도…… 다 기억한단 말이냐?"

"본 건 다 기억하죠."

"본 건 다……?"

아무리 아무렇지도 않은 척하려고 해도 어찌 그럴 수가 있겠냐. 사람이 아무리 같지 않다고 해도 이렇게까지 차이가 난다면 기가 막힐 수밖에 없다.

대우와 일정은 자신도 모르게 서로 쳐다보았다.

그리고 말.

"어디, 그걸 한번 보여주겠느냐?"

소림무공은 일반 불문무공과는 조금 다르다.

남해 보타(普陀)의 무공은 관음성지(觀音聖地)답게 불가의 색채가 강하다. 소림 또한 불가의 정종(正宗)이지만 오랜 세월이 흐르면서 계속해서 많은 고수들이 새로운 절기를 추가하고 연수(硏修)했다. 속가의 고수들이 출가하면서 추가되고 만들어진 절기들은 불가의 성격보다는 다른 의미가 강하기도 했다.

그러나 그 가운데 도도히 흐르는 것은 항마(降魔)의 기운이다. 마군(魔軍)을 항복시키는 사천왕의 기상이 깃든 무력. 내가 아니라 세상을 지키기 위한 무공. 무공에도 이타(利他)의 정신이 깃든 것이 소림 무공이며 대원도법은 그중에서도 불가의 색채가 강한 무공이었다.

계도는 체도(剃刀)라고도 하며 원래는 승려가 소지하는 작은 칼이다. 그러나 소림사의 계도는 무공을 위하여 좀 크고 강하게 만들어졌다. 그러므로 그 기상은 강맹하고도 웅휘하다.

아직 계도를 일명이 들기에는 무리가 있었다.

해서 계도 대신에 일명이 든 것은 수련용 목도였다.

일정이 가져다 준 목도를 든 일명은 잠시 생각을 가다듬고는 천천히 목도를 움직이기 시작했다.

그리고 그 움직임에 따라서 대우와 일정의 눈도 점점 커졌고 마침내는 찢어질 듯이 부릅떠지고 말았다.

눈만이 아니라 입도 좌우로 벌어졌다.

아래로 벌어지기보다 경악이 지나쳐 목에 힘을 주게 되자 입이 좌우로 경련을 일으키게 된 것이다.

휙휙—

마치 소용돌이치듯이 일명이 신형을 돌리고 있었다.

연속 마흔아홉 번의 회전이 이루어지면서 이 대원도법의 선풍대수(旋風大樹)의 마지막 초식은 끝을 내게 된다. 그 위력은 수십 명의 나한이 한꺼번에 칼을 휘두르듯 경지에 이르면 세상을 놀라게 할 만했다.

그런데 일명이 그것을 흉내 내고 있는 것이다.

비록 마지막 회전을 함에 이르러서 실수로 발을 헛디디면서 넘어졌다가 다시 일어나긴 했지만, 그것이 겨우 열서너 번의 회전으로 끝났지만, 중간에 서너 번이나 주춤거리기는 했지만, 전혀 망설임없이 대원도법 서른여섯 초를 시전해 보인 것이었다.

…….

갑자기 주위가 조용해졌다.

일명은 시전을 끝내고 어색하게 대우를 바라보았다.

"생각처럼 잘 안 되네요. 좀 전 그 사형은 정말 잘하던데."

"……."

대우는 대답하지 않았다.

그 얼굴빛은 참으로 묘했다.

잠시 생각에 잠겼던 대우는 한숨을 쉬고는 일정에게 말했다.

"초식 말고 기본공을 알려주어 내기(內氣)를 다스리게 해보거라."

말과 함께 그는 등을 돌렸다.

"저, 정말 그걸 한 번 보고 다 외웠단 말이냐?"

숲을 나설 즈음, 등 뒤에서 참지 못하고 일정이 묻는 소리가 들려왔다.

무리도 아니었다.

아무리 나이에 비해 수련이 높은 일정이라고 하더라도 어찌 저런 천재를 보고 놀라지 않을 수가 있단 말인가?

무공이란 단순히 머리가 좋은 것과는 다르다.

머리가 좋아서 이해를 하는 천재는 가끔 발견된다.

하지만 머리가 좋은 데다가 저렇듯 몸까지 따라주는 절세적인 존재는 정말 나타나기 어렵다. 대우도 말로만 들었지, 설마 하니 저런 사람을 실제로 볼 수 있으리라고는 생각도 해본 적이 없었다.

더구나 그것이 일명이리라고는.

자신도 분명히 둔하지 않았다.

그랬으니 나한당 십팔나한의 수좌(首座)에 오른 것이 아닌가.

그런데도 대원도법을 배울 때 그 기본 자세를 제대로 만들어내기 위해서 무려 육 개월을 고련해서야 비로소 가능했었다.

그런데 그걸 무공도 제대로 배우지 않은 녀석이 한 번 보고 제대로 흉내를 낸단 말인가?

물론 겉으로는 몇 번 걸리기도 했고 흐트러지기도 했다.

하나 그것은 일명의 잘못이 아니라, 내공을 지니지 못해서였다.

대원도법은 내기를 운용하는 상승도법이다. 힘으로는 후반으로 가면 흉내를 낼 뿐, 시전 자체가 불가능하다는 소리다.

'저게 천살지기를 지닌 사람의 능력이란 말인가?'

숲을 나선 대우는 숲 사이로 언뜻 보이는 일명을 슬쩍 돌아보았다.

천진한 사미의 모습이었다.

하지만 그는, 대우는 보았다.

그 아이가 지닌 엄청난 능력을.

"혜인 사백조께서 저 아이를 소림으로 보낸 것이 바로 이런 까닭이란 말인가?"

만에 하나 마도(魔道)에서 저 아이를 제자로 삼아 데려갔었다면, 하는 생각이 들자 대우는 갑자기 가슴이 서늘해졌다.

만에 하나, 저 아이가 길을 달리해 마인으로 성장했다면…… 누가 저 아이를 막을 것인가!

"나무아미타불 관세음보살……."

대우는 절로 불호를 외면서 걸음을 빨리했다.

"제자로 삼지 못하겠다?"

"제자가 제자로 삼을 재목이 아닙니다. 소림사 자체에서 이 아이에 대하여 심각히 고민한 다음에 진로를 결정해야 합니다. 자칫 잘못 무승으로 키웠다가는 소림사 전체가 어떻게 될지 모릅니다."

"그렇게 대단하단 말이냐?"

심경 대사가 신음을 흘렸다.

평범한 아이가 아님은 알았다.

그리고 그 아이를 혜인 사백조가 소림으로 보낼 때에는 분명히 뜻이 있었으리라 생각을 했다. 천살지기를 타고난 아이라면 그 본신에 지닌 잠능(潛能)만으로도 세상을 피로 목욕시킬 수가 있기 때문이다.

그런 아이를 살려두고 굳이 소림으로 보낸 것은 분명히 무엇인가 뜻이 있었으리라 믿어지기에 그 아이를 무승으로 키우면서 지켜보고자 함이 소림사의 생각이었다. 그렇기에 특별한 관문으로 보낸 것이 아니라 일반 무승과 같은 반열로서 수련을 시킨 것이다.

그런데 그 첫날, 대우가 제자로 삼기 어렵다고 기절초풍하여 달려왔으니 이건 보통 일이 아니었다.

한 번 보기만 하면 모든 걸 다 배운다?

흉내도 아니고…….

'그게 가능하다니…….'

그러고 보니 일명의 아버지 노삼이 죽기 전에 특별하다는 이야기를 한 것도 같다.

그때는 흘려들었더니…….

'천살지기라…….'

심경 대사는 일명이 천살지기를 표출했을 때의 그 공포스러운 모습을 기억하자 가슴이 서늘해졌다. 만에 하나라도 그때 일명이 무공을 배운 상태였다면 자신은 도저히 일명을 제압할 수 없었으리라.

"아무래도 이 일은 장문인께 고해야겠구나."

그가 무겁게 말했다.

* * *

방장실(方丈室)은 특별한 의미를 갖는다.

방장이란 말은 네모진, 사방 일 장 길이의 방을 의미한다. 그 옛날 유마힐거사가 사방 열 자가 되는 방 안에다 삼만 이천 사자좌(獅子座)를 벌려놓았다는 것에서 유래하지만 지금은 대체로 사원의 주지가 거주하는 방을 말한다.

소림사의 방장실은 장문방장이 기거하면서 또한 소림사의 대소사를 보는 집무실이기도 하다.

오늘, 장경각 뒤에 있는 그 방장실에서는 긴장이 감돌고 있었다.

"그게 가능한 일인가?"

심혜 상인도 믿기지 않는 듯 물었다.

"대우가 거짓을 말할 사람이 아니지요."

"한 번 보면 모든 걸 다 따라 할 수 있다…… 대원도법을 그대로 해냈다라는 건가?"

"그렇습니다. 그 아이가 천살지기를 타고난 것은 소제가 이미 확인한 바입니다. 그 공포스러운 기운은 결코 외부로 유출되어서는 안 될 일입니다. 만에 하나 잘못되면 천하가 피에 잠길 겁니다."

"심경 사제는 어떻게 하자는 것인가?"

"불법을 전심(專心)으로 공부케 하여 마음을 다스릴 수 있게 해야 합니다."

"기질이 학승(學僧)이 될 아이가 아닌 것 같던데?"

"마음에 불심(佛心) 한 가닥을 심어둔다면 굳이 학승이 아니라도 되지 않겠습니까? 언제 어디에 있더라도 소림의 제자임을, 부처님의 제자임을 본인이 자각할 수만 있다면 말입니다."

"사제가 달라졌군……."

"예?"

"평생 무공만 연습하여 편벽한 점이 없지 않더니 이번 나들이를 하면서 많이 편해졌구나 싶으네. 감축할 일이네."

"장문 사형께서도 별말씀을……."

겸양을 한 심경 대사는 이내 심각히 얼굴을 굳혔다.

"어찌하면 좋겠습니까? 장문인께서 결정하시겠습니까? 아니면 장로회의에서 결정을 해야 할까요?"

"아직 장로회의에 가야 할 필요까지는 없겠어. 그 아이가 무슨 심각한 문제를 일으킨 것은 아니니까. 좀 더 지켜보면서 그 아이의 능력을 알아보게. 세간에 보면 뭘 보든 한 번에 모든 걸 기억하는 사람들이 가끔 있다네. 하지만 오성(悟性)까지 따라주는 지는 또 다른 문제이지. 깨닫는 힘까지 그 기억력과 같다면 정말 하늘이 내려준 천재이지. 그런 천재라면 아마도 소림사를 천추만대에 남길 위대한 존재이거나 아예 소림사 자체를 세상에서 말살해 버릴 존재가 되겠지."

"그런 위험을……."

"우린 불제자네. 위험하다고 해서, 한 아이의 앞날을 쉽사리 결정할 수는 없는 일이네. 그건 소림사가 할 일이 아니지."

심혜 상인이 조용히 고개를 저었다.

第六章
부하를 만들다

"졸려 죽겠군……."

일명은 연신 하품을 해댔다.

시끌벅적한 소란 끝에 하루가 지났다.

그리고는 저녁 공양에 이어 나한당에 마련된 선방에서 쉬게 되었다. 물론 예불은 빠짐없이 참석해야 했고 그것은 소림사의 누구라도 예외가 아니었다.

일명이 든 선방은 나한당의 뒤에 마련된 것으로 무승이 되고자 하는 수련생들을 위한 곳이다. 하루 종일 쉬지 않고 고단하게 수련한 예비 나한들이 쉬는 곳이라 일명도 또래 서너 명과 같은 방에서 쉬게 되었다. 그 나이인 십대는 거의 모두가 지 자 배라 그들의 사숙뻘인 일명은 절로 목에 힘이 들어갈 만했다.

젠장! 어떻게든 버텨서 대(大) 자를 받았어야 했는데……

라고 생각이야 했지만 깍듯이 인사를 하는 사질들을 보곤 충분히 서운한 마음을 달랠 수가 있는 일명이었다.

좀 전까지도 밤 수련을 한다 운기조식을 한다고 법석을 떨던 놈들이 구름 사이로 달이 깜박거리기 시작하자 이젠 모두 곯아떨어졌다.

같은 방을 쓰는 놈들은 일명을 포함해서 모두 네 명.

다 그저 그런 놈이지만 작달막한 키에 눈이 반짝이는 열다섯 살짜리 지눌(智訥)은 부하로 쓸 만해 보여서 일명이 이미 찍었다. 나이가 많아 봤자 절에서 산 녀석이니 어수룩해서 교활하기 이를 데 없는 일명에게야 찬거리에 불과했다.

좋게 말해도 노리갯감일 뿐.

'무공…….'

일명은 산동성이 고향이라는 지눌의 잠든 얼굴을 내려다보며 생각에 잠겨 있었다.

일곱 살에 출가해서 지금 열다섯이니 무려 팔 년이나 무공을 닦은 놈이다. 소림사에서 커온 녀석이라 그 무공만 따지면 일명으로서는 상상키도 어렵게 강했다.

하긴 이 방에서 가장 무공이 떨어지는 놈, 뭐라더라? 지통(智通)이라고 하는 저놈만 해도 일명과는 비교가 되지 않았다.

과연 소림사였다.

저런 새끼중만 해도 그렇게 강하니…….

'저 소림사의 제대로 된 무공을 배우려면 뭔가 다른 방도를 강구해

야만 해.'

일명은 졸린 눈을 부릅떴다.

한잠 늘어지게 자고 싶었다.

하지만 자고 난 다음이 걱정되어 잘 수가 없었다.

망할!

보나마나 자고 나면 다 까먹고 말 거야.

자신이 천하에 다시없는 천재라는 걸 보여줘야만 했다. 그러기 위해서는 자지 말고 기억해야만 한다. 내일은 자더라도 오늘은 자지 말아야 한다.

일명은 자신의 문제가 뭔지 잘 알고 있었다.

그 문제를 소림사에서 나서서 고치도록 만들어야만 했다. 그러자면 그들이 자신에게 기대를 가지게 해야 했고 자신의 가치를 알도록 보여주어야만 할 것이 아닌가?

그래야 그들이 자신을 주목하고 치료법을 알아낼 테니까.

그럴 만한 존재…….

일명은 소림사로 들어오면서부터 고민했었다.

과연 나를 어떻게 보여주어야 할 것인가.

그냥 착하게 보여주고 말까, 아니면 있는 그대로 보여주어야 할까? 그도 아니면 능력의 절반만 보여주는 것이 옳을까? 제대로 보여주는 게 좋은 것일까? 아니면…….

그리곤 오늘 소림사의 제자가 되면서 결정했다.

일단 제대로 보여주면서 반응을 보기로.

그렇게 해서 모두가 놀라도록 만드는 데는 당연히 성공했다.

그러나 이 정도로는 부족해.

뭔가 좀 더 다른, 무엇이 있어야 하는데 그것을 위해서는 오늘 잠들어서 내일 다 잊어버리는 것을 지금 보여주어서는 아니 되는 것이다.

"아, 씨팔. 진짜 돌겠다. 오늘따라 무지하게 졸리네……."

일명은 벌떡 일어났다.

딸랑, 딸랑…….

밖으로 나오니 간헐적으로 바람이 불 때마다 청랑한 풍경 소리가 귓전을 울린다. 여름이라고 해도 개봉과 숭산의 여름은 아예 다르다. 서늘한 산자락 밤바람은 심호흡을 하자 가슴이 시원해졌다.

졸음이 달아나는 것 같았다.

잠시 눈을 감았다 뜬 일명은 천천히 움직이기 시작했다.

까만 하늘.

쏟아지는 저 은하수의 무리들.

그 아래 구름 한 점 없는 가운데 밝은 달빛 아래 움직이는 일명의 움직임은 낮보다 더욱 유려했다. 그 고요하고도 유연함이 움직일 때마다 힘이 실려 손짓에 따라 기운이 일고 발을 차냄에도 힘이 갈무리되는 모습이 역력히 느껴졌다.

거대하게 치솟은 창송고백(蒼松古柏)들은 그런 일명의 모습을 보면서 그윽이 숨을 죽였다.

'정말 천재로구나…….'

그 어둠 속에서 일명의 움직임을 지켜보고 있던 대우는 신음을 흘렸다.

혹시나 무슨 일이 있지 않을까 하여 잘 자는지 둘러보러 왔었다.

하긴 이미 잘 살펴보라는 장문인의 명이 있었으니 당연히 살펴보기도 해야 하지만…… 그렇게 왔다가 잠은커녕 이 밤에 홀로 일어나 수련을 하는 모습을 보니 어찌 감탄치 않을 것인가.

자신의 머리만 믿는 천재가 아니었다.

노력까지 하는 천재.

지금 일명이 펼치고 있는 것은 나한공이었다.

저 나한공은 선천나한십팔수에 해당하는 것으로서 나한권과는 달리 유연함 몸놀림 가운데 천지간의 기를 몸속으로 끌어들이는 기본공이다. 사방에 알려지기는 했지만 실제로는 그 진정한 정수를 소림사 밖에서는 알지 못했다.

분명히 한 번 보여주었었다.

그리고 그걸 따라 하는 걸 보고 경악했었다.

그 뒤로는 다시 연습할 시간이 없었다.

나한십팔수, 나한권을 계속해서 연습했었고 대원도법을 펼치기도 했었지만 그 뒤는 저녁 공양 후에 불법을 강(講)하는 데 참석하고는 자러 들어갔던 것이다.

결국, 배운 후 이제야 다시 펼치는 것일 터이다.

그런데 저 완숙함은 대체 어디서 나오는 것이란 말이냐?

한 번을 펼치고 두 번을 펼치는 것을 보고는 열심이구나, 라고 감탄을 했었다. 한데 그 정도가 아니었다. 펼치고 또 펼치고 나중에는 그느린 기본공이 점점 빨라지는 것이 아닌가.

"저건?!"

그것을 본 대우는 경악으로 눈을 부릅떴다.

나한공이 저렇듯 빨리 펼쳐지기 위해서는 내기의 흐름이 몸의 움직임과 완전히 일치되어야 한다. 결코 눈썰미 좋은 사람이 하루 이틀 해보는 것으로 이루어질 수 있는 경지가 아님을 대우는 너무도 잘 알고 있었다.

"저, 저놈…… 일명이 맞습니까?"

대우와 같이 일명을 데려왔던 대홍의 음성이 옆에서 들려왔다.

십팔나한은 나한당에서는 신과 같은 존재이지만 후배들을 위해서 밤마다 나한당 주위를 순찰함을 마다하지 않는다. 지금 이 시간은 대홍이 순찰을 맡은 시간인데 주변을 둘러보던 그가 손발이 움직이는 파공음을 듣고는 쫓아와 그 광경에 눈을 부릅뜨는 것이다.

"믿기지 않는군. 정말 저런 능력을 지닌 사람이 세상에 있을 수 있다는 것이…… 이걸 화라고 생각해야 할지 복이라고 생각해야 할지……."

부지중에 대우가 신음처럼 중얼거렸다.

그들의 뒤, 창송취백의 그늘 어둠 밑에는 심경 대사까지 있었다.

일명, 운비룡이 지녔던 천살지기!

그 가공할 힘의 실체를 보았던 사람인 심경 대사는 일명의 움직임을 보면서 전율을 느끼고 있었다.

그의 머리 속은 정말 복잡했다.

과연 저놈을 어떻게 해야 할 것인가.

평소라면 천년 소림을 만년 소림으로 만들어낼 절대기재가 나타났다고 기뻐했을 그였다.

그러나 다른 사람이 아닌, 천살지기를 지닌 것이 일명이다.

만에 하나 불문의 절기를 전수했다가…… 정말 만에 하나라도 불문을 벗어나 세상으로 뛰쳐나가 불미스러운 일이라도 저지르게 된다면 누가 그를 막을 수 있을 것이며, 그 죄를 어찌 감당할 수가 있을 것인가?

'하아…… 대체 혜인 사백께서는 무슨 생각으로 저 아이를 소림으로 보낸 것이란 말인가?'

'아미타불…….'

절로 불호가 입 밖으로 흘러나온다.

하지만 그들은 생각하지 못했다.

지금 그들이 보고 있음을, 볼 것임을 짐작하고 일명이 수련을 하고 있음을, 지금의 수련이 그들에게 보이기 위한 시위임을 그들은 누구도 짐작하지 못했다.

그것은 결코 열두 살 나이의 아이가 할 생각이 아니었으므로.

*　　　*　　　*

"으갸갸아아~"

늘어지게 하품을 하면서 지눌은 눈을 떴다.

기본적으로 승려들은 일찍 일어난다. 어린애라고 해도 예외는 아니다. 해가 뜨기 전인 축시(丑時:새벽 1—3시)나 인시(寅時:새벽 3—5시)에 일어나 조과(早課)를 하게 된다.

아직 자고 있겠지, 하던 지눌은 일명의 자리가 비어 있음을 보고 괴이한 표정으로 밖으로 나오다가 놀라 눈이 커졌다.

"어라?"

일명이 마당에 우뚝 서서 숨을 가다듬고 있음을 보았기 때문이다.

"아니, 벌써 일어났어요? 다들 처음에는 일어나기 어려워서 헤매는데……."

지눌은 졸린 눈을 끔벅거렸다.

"난 네 사숙이잖아. 사숙이면 애들이랑 달라야지."

일명은 태연히 대꾸했다.

속으로야.

'시팔놈아. 졸려죽겠다. 뒤지게 처자고선 뭐가 벌써 일어났냐구 묻는 거냐?'

속으로 욕을 얻어먹은 걸 알 리가 없는 지눌은 머리를 긁적였다.

"불문은 나이를 따지지 않죠. 깨달음이 우선이니……."

그러면서 눈치를 보는 꼴이 서열이 위라고 뽐내지 말라는 빛이다. 그것을 보고 일명은 속으로 씨익, 웃었다.

"네 깨달음이 나보다 낫다고 하는 거냐?"

"그, 그럴 리가…… 하지만 사숙께선 출가하신 지 이제 이틀째이니 아직이야 배우실 게 많이 남았지요."

"호오? 하긴 팔 년째이니 아무리 둔해도 배운 게 적을 리가 있겠어? 당연히 지금의 나보다 나아야지. 하지만 말이지……."

일명은 지눌의 얼굴에다 눈을 들이댔다.

"한 가지 내기할까?"

"뭘요?"

그 눈빛에 공연히 껄끄러워진 지눌이 떨떠름히 물었다.

조과 시간이 가까워진다.

멀리서 덩덩…… 길게 아침 종이 울려 퍼지고 있었다.

"곧 조과 시간이에요. 법당으로 가야 합니다."

지눌이 말했다.

"네가 그간 배웠던 것, 가장 자신있는 게 뭐지?"

"무공이요?"

"맞아. 무슨 무공이 가장 자신이 있어?"

"그거야…… 백팔나한권입니다."

"백팔……? 십팔나한권이 아니고?"

지눌의 얼굴에 웃음이 떠올랐다.

"십팔나한권은 기본공이지요. 처음 들어올 때 배우는 것이구요. 그 무공은 밖으로 다 유출이 되기도 했습니다. 그 나한권의 정수(精髓)는 백팔나한권이고 이건 소림의 칠십이종절예 중 하나지요."

"그러냐?"

일명의 눈이 반짝였다.

"오늘 내가 그 백팔나한권을 다 배우면, 넌 어떻게 할래?"

"에?"

지눌이 눈을 끔벅거렸다.

도무지 이해가 되지 않는 소리인 것이다.

뭔 소리를 하려는 것일까?

"내가 만약 그걸 오늘 중으로 다 배우는 걸 보여주면…… 넌 내 부하가 되는 거야. 알겠지?"

"부, 부하요?"

지눌의 얼굴이 괴이하게 변했다.

"그래, 부하!"

일명이 씨익, 웃었다.

그때까지도 지눌은 그 의미를 알지 못했다. 그제서야 일어난 아이들이 주섬주섬 밖으로 쏟아져 나오고 있었다.

조과를 지나고 나면 공양(供養)을 한다.

대체로 소림사에 있는 승려들은 향적주(香積廚)라는 이름의 주방에서 만든 밥을 먹게 된다. 그러나 나한당의 무승들은 일반 승려와 일정 기간 동안은 섞이기 어렵다. 해서 공양(供養)이라 불리는 밥 먹기도 당연히 따로 해결을 한다.

아침 공양 후에 일명은 심경 대사의 부름을 받았다.

밤새 한잠도 자지 않았지만 나한공을 밤새도록 연습한 때문인지 크게 피로하지 않았다.

눈이 조금 빨개진 것 외에는.

"한잠도 자지 않았다고 들었다. 왜 그랬지?"

"그냥…… 재미있어서요."

"무공 배우기가 재미있더냐?"

"예."

일명은 고분고분했다.

고분고분하지 않을 이유가 없지 않은가.

"피곤하지 않으냐? 네 나이에 그렇게 밤을 새면 안 될 텐데……."

"잊어버리고 싶지 않아서…… 그래서 열심히 익히고 싶었습니다."

"음……."

심경 대사는 일명을 가만히 보았다.

앳된 얼굴이다. 하지만 누가 보아도 총기가 흐르는 눈빛이다. 결코 어수룩할 수가 없는 재기가 보인다. 저런 아이가 뛰어난 기억력에 지각 능력, 거기에다 잠을 자지 않을 정도의 집중력이라면 이건 대체 가지지 못한 것이 뭐란 말인가?

"밖으로 나오너라."

심경 대사가 일어났다.

둘째 마당

귓전에 풍경이 흔들리는 소리가 들린다.

바람결에 시내 건너에서 아침 예불을 올리는 소림사의 독경 소리가 청랑하게 사방을 감돌고 멀리 종소리가 들려온다.

그런 아침 안개를 밟고 일명은 섰다.

그런 일명을 보면서 대우가 말했다.

"어제 배웠던 나한공과 나한십팔수를 펼쳐 보거라."

그의 옆으로는 대홍과 몇 사람의 나한이 서 있고 그 가운데에는 심경 대사가 서 있었다.

대우의 말에 따라 일명은 지난밤 새 고련(苦練)한 나한공을 시전하였다. 그 뒤로 다시 나한권십팔수.

그 두 가지가 끝나자 대홍이 목도를 건네주었다.

네가 보고 흉내를 낸 대원도법을 펼쳐 보라는 의미였다.

일명은 조금도 망설이지 않고 대원도법을 펼쳐 보였다. 어제에 비해서 오히려 흐름은 더 딱딱해지고 끊어지는 느낌이 들어서 일명은 시전하면서 당황하게 되었다.

분명히 어젯밤만 해도, 아니, 얼마 전까지만 해도 거침없이 펼쳐지던 대원도법이었다. 그것이 왜 이렇게 갑자기 엉망이 된 것인지 이해가 되지 않았고 그러니 당황할 수밖에 없었다.

하지만 그럼에도 불구하고 전심(全心)을 기울이자 흐름은 끊어지지 않았다. 조금 느려졌을 뿐이다. 그렇게 천천히 도법이 시전되는 가운데 일명은 왜 목도를 전개할 때마다 기혈이 들끓어 오르고 손발이 꼬이는지를 검토했다.

손발이 흐름에 적용될수록 기혈이 불규칙해져서 그것을 그대로 흘려내자니 속에서 욕지기가 치밀고 토할 것만 같았다.

그것이 전형적인 주화입마의 형상임을 일명은 알지 못했다.

상승의 무공이라고는 근처에 가본 적도 없는 그이니 어찌 그것을 알 수 있겠는가.

하지만 직감적으로 이 상태가 위험하다는 것을 느낄 수 있었다.

무엇인가 이대로 펼치면 안 되는 상태에 도달했다는 것을.

'멈추게 해야 합니다!'

심경 대사에게 대우가 전음으로 말했다.

"그냥 두거라."

심경 대사가 무거운 음성으로 낮게 대꾸하였다.

그들은 지금 일명이 처한 것이 어떤 상황인지 너무 잘 알고 있었다. 대원도법은 상승의 내기를 운용하는 상승도법이다. 내공이 뒷받침되지 않는 사람은 이 대원도법 서른여섯 초의 후반 열두 초는 시전을 하기가 불가능하다.

그것을 일명은 절정의 재질로써 흉내 내어 보이는 것이다.

그러나 도세(刀勢)가 내력을 요구하니 전신의 기혈이 들끓어 오를 수밖에 없었고, 그 진체(眞諦)에 가까워질수록 그 현상은 더욱 심해져 억지로 무리를 하게 되면 결국 피를 토하면서 쓰러지게 될 터였다. 그 상태가 얼마나 심한가는 그 사람이 진체에 얼마나 더 가깝게 다가갔느냐에 따라서 심할 수밖에 없었다.

일명의 재질이라면 거의 죽음이나 폐인이 될런지도 몰랐다.

그런데 그것을 모를 리 없는 심경 대사가 중단시키지 말라는 것이다.

'대체 무슨 생각으로…….'

대우는 자신도 모르게 심경 대사를 바라보았다.

심경 대사는 세월을 받아들인 거암(巨巖)과 같은 모습으로 묵묵히 일명의 움직임을 주시하고 있었다.

'설마 하니…….'

만에 하나라도 차라리 저 엄청난 그릇을 깨버리는 것이 소림사로서는 낫지 않을까 하는 생각으로 사태를 방치하는 것이 아닌가 의심을 했던 대우는 이내 머리를 저었다.

그럴 사람이 아님을 너무 잘 아는 자신이 그런 불측한 생각을 한다는 것이 죄를 짓는 것 같았기 때문이다.

일명의 움직임은 점점 느려졌다.

한 칼을 휘두르는 그 움직임, 한 칼질을 할 때마다 숨이 찬 듯 보였고 얼굴이 마치 홍시처럼 새빨개졌다.

그런데도 움직임은 멈추지 않았다.

"더 이상은……."

대우가 입을 열었다.

불제자로서 더 이상은 저런 무리를 두고 볼 수가 없는 것이다.

그때였다.

심경 대사가 손을 들어 그 말을 제지했다.

"보거라. 정말 믿기지 않는 아이로구나."

그의 말에 따라 눈을 돌린 대우의 눈이 점점 커졌다.

일명의 한 칼질, 한 칼질은 힘겹지만 이루어져 가고 있었고 더 놀라운 것은 그 칼질이 원래 대원도법과는 조금 빗겨 나가고 있었다는 점이었다.

"기혈의 역류를 피해서 도법을 변화시키는 거로군요……."

그가 참지 못하고 중얼거렸다.

그뿐 아니라 같이 있던 나한들 모두가 눈을 부릅뜨고 있었다.

"맞다. 무공이 뭔지 알지도 못하는 아이가 눈 동냥해서 배운 무공을 시전하다 할 수가 없게 되니까 자신에게 맞게 수정하고 있는 게다."

심경 대사가 무거운 음성으로 설명을 했다.

어쩌면 그는 그것을 기다리고 있었던 것일까?

그럴 수도, 그렇지 않을 수도 있었다.

과연 중도에서 포기를 할까? 아니면 어떤 방식으로 저 어려움을 타개해 나갈 수가 있을까? 하여 지켜보았더니 정말 놀랍게도 저 아이는 소림 칠십이종절예 중 하나를 변형시키는 믿기지 않는 일을 해내고 있는 것이다. 물론 그것이 대원도법 자체를 변화시킬 수는 없고 달라질 수도 없다. 그러나 그러한 길을 찾아냈다는 것만으로도 이미 놀랍기 짝이 없는 일이었다.

후일 무공에 대한 지식을 갖추게 된다면 그것이 어떻게 되리라는 것은 너무도 뻔한 일일 것이기 때문이다.

천재적인 기억력, 초인적인 오성(悟性), 놀라운 집중력, 거기에 더해서 이젠 무서운 적응력까지 보여준다.

대체 저 아이의 어디까지가 가진 능력일까?

인간이 가질 수 있는 모든 것을 한 몸에 담고 있는 절대적인 신기(神器)!

심경 대사의 심중 놀라움은 이미 극을 넘어서고 있었다.

저 아이를, 아니, 저 괴물을 어찌해야 할 것인가!

"그만 멈추거라."

심경 대사의 말에 일명은 힘겹게 밀어내던 목도를 멈추었다.

새빨개진 얼굴은 아직도 정상이 아니었고 가쁜 숨은 턱에 닿아 절로 풀무처럼 뿜어진다.

"이, 이상하네요. 어젯밤에는 잘되었었는데……."

일명의 얼굴이 일그러졌다.

멋지게 보이고 싶었는데 이런 낭패라니.

"아니. 넌 잘했다. 그 정도로 충분하다. 내가 널 조금 도와주마."

심경 대사는 일명의 앞으로 가서 일명의 머리에서부터 몇 군데 혈맥을 눌렀다. 엄지와 식지, 중지. 이 세 손가락을 이용한 타법은 아주 느릿했지만 한 번의 움직임마다 뼈마디가 시큰하는 느낌과 함께 뒤이어 시원한 느낌이 전신으로 퍼지는 것 같고 방금까지의 그 피로가 순식간에 가시는 것만 같았다.

"와! 이게 대체 뭐죠?"

손을 들어보자 갑자기 가뿐해진 느낌.

일명은 자신도 모르게 탄성을 질렀다.

"네게 내력을 도와주신 것이다. 어쩌면 그것으로 넌 지금 시전하기 어려웠던 대원도법을 시전할 수 있을는지도 모른다. 하지만 너무 거기에 연연하지 않아도 되니 너는 이만 가서 쉬거라."

"예?"

일명은 눈을 동그랗게 떴다.

"아니, 아침 공양하고 해도 다 뜨기 전에 벌써 가서 놀라는 건가요? 다들 이렇게 수련을 하다 마나요?"

"수련을 더 하고 싶으냐?"

"그럼요!"

"그럼 가서 연무장에서 일정과 같이 수련을 하고 있거라."

"알겠습니다!"

일명은 활기차게 대꾸하곤 쌩~하니 연무장으로 달려갔다. 신나 하는 모습이 역력했다.

"올 때 보지 못했다면 정말 저 녀석이 그때 그 말썽쟁이라고는 상상치도 못하겠군……."

사람 좋은 대홍이 머리를 절레절레 흔들었다.

"어찌하시렵니까?"

대우가 심경 대사를 바라보았다.

"오늘 하루 조금만 더 지켜보지. 간단히 처리할 문제가 아닌 것 같으니……."

심경 대사가 무겁게 말끝을 흐렸다.

속명지법(續命之法)을 시전하여 일명의 기력을 도와주면서도 아직 결정을 하지 못했다.

이대로 장문인에게 가야 할 것인가?

아니면…….

야하아~압!

파팡! 파앙—!

대기를 떨어 울리는 기합이 포향(砲響)처럼 울린다.

한 손짓마다 경풍이 일고 선장을 휘두르고 계도를 돌리는 대련에서는 해일과 같은 기세가 넘실거렸다.

일명은 그런 수련생들을 보는 것만으로도 신이 났다.

그렇게 좇아와 두리번거리던 일명의 눈에 한 사람이 들어왔다.

바로 지눌이었다.

지눌은 한 수련생과 열심히 대련 중이었다.

침착하고 안정된 몸놀림으로 지눌은 상대와 맞서고 있는데 거의 비슷한 또래로 보이는 상대는 지눌의 공세를 이겨내지 못하고 힘겨운 모습이었다.

마침내.

"졌어."

상대가 물러나면서 손을 흔들었다.

"양보해 줘서 고마워."

지눌이 상기된 얼굴로 손을 들어 반장을 해 보였다.

그러다 지눌은 어라? 하는 얼굴이 되었다.

그 아이가 몸을 돌리는 자리에 일명이 서서 자신을 보며 웃고 있었기 때문이다.

"자, 우리 시작해 볼까?"

"뭐, 뭘요?"

"이제부터 네가 백팔나한권을 다 펼쳐 봐. 그럼 내가 그걸 한 번 보고 다 배울 테니까. 아침에 한 약속을 잊어버린 건 아니겠지?"

"그럼 그게 농담이 아니었단 말……!"

말을 하던 지눌은 일명의 손바닥에 철썩 뒤통수를 째려 맞았다.

이런 일은 생각도 해본 적이 없던 지눌은 골이 휑해서 눈을 끔벅거렸다. 어처구니가 없기도 하고 화가 나기도 했다.

하지만.

"짜식이? 사숙이 한 말씀을 농담이라니! 너 아무리 사미가 새끼중이라고 해도 그렇지. 중이 삿된 말을 입에 담으면 되겠냐? 게다가 우리 소림규조 제오조가 뭐였지? 망언을 하지 말라였잖아!"

이어지는 일명의 말에 반박할 말이 없어진 지눌은 입을 닫을 수밖에 없었다.

"시작해. 만약…… 네가 펼친 걸 내가 다 따라 하지 못하면 넌 방금 내게 맞았던 걸 되돌려줄 수가 있을 거야. 내가 약속하지. 이자까지 붙여서 두 대를 때려도 좋다고."

"정말이죠?"

지눌의 눈빛이 반짝였다.

"그럼!"

일명은 태연히 고개를 끄덕였다.

"좋아요! 잘 보세요. 한 번만 펼칠 거니까."

지눌이 이를 악물고 백팔나한권을 펼치기 시작했다.

한 수, 한 수를 펼쳐 나감에 따라 지눌의 백팔나한권은 점점 빨라졌다. 그럴 수밖에 없는 것이 혹시라도 다 따라 하면 큰일이란 생각으로 지눌이 최대한 빨리 그 나한권을 펼쳐 보였기 때문이다.

'뭐야? 이건 너무 복잡하잖아?'

일명은 미간을 찡그렸다.

한두 초나 일이십 초도 아니고 무려 백팔 초였다.

그것을 한 번 보고 다 따라 한다면 어불성설이었다. 따라 하기도 그렇지만 펼치는 사람도 한 번에 다 하기는 어려운 것이 정상일 정도로 긴 것이 바로 백팔나한권이었다.

"자아, 이게 나한권의 마지막인 나한항마(羅漢降魔)예요. 백팔 초 모두를 펼쳤으니 사숙께서 따라 하실 차례입니다."

이마에 땀방울이 맺힌 지눌이 웃으며 말했다.

전심전력으로 나한권을 펼쳤으니 힘이 들 만도 했다.

혹여라도 일명이 따라 배울까 하여 속도를 빨리하면서도 또한 몸에 밴 무공이라 틀리지 않도록 열심히 한 그였다.

'흐흐…… 바보 녀석, 역시 절에서 자란 녀석이라 순진하다니까!'

일명은 속으로 음흉하게 웃었다.

기실 일명은 어제 지눌이 펼치는 백팔나한권을 이미 한 번 본 적이 있었다. 못 본 척했을 뿐이었다. 그리고는 오늘 다시 펼쳐 보라고 한 것인데 그걸 빨리 펼쳐 보여주었으니 권법을 어떻게 운용하는지를 느리고 빠르게 다 보여준 셈이었다.

일명이라면 절대로 그렇게 정직하게 보여주지 않았을 것이었다.

하다가 좀 틀어서 따라 하기 어렵게 했을 테니까.

"으으……?"

지눌은 눈이 점점 커졌다.

입도 자꾸 벌어졌다. 바짝 움켜쥔 양손이 자꾸만 떨렸다.

믿기지 않는 일이 눈앞에서 벌어지고 있기 때문이다.

일명이 지눌이 펼쳤던 백팔나한권을 너무도 당연한 듯이 펼쳐 보이고 있었던 까닭이다.

"어때?"

시전을 마친 일명은 이마의 땀을 소매로 씻어내면서 씨익, 웃었다.

"그, 그럴 수는…… 미리, 미리 알고 계셨던 게…… 윽!"

지눌은 다시 머리를 얻어맞았다.

"이놈이! 어제 입문한 사람이 어떻게 그걸 미리 알아?"

일명이 눈을 부라렸다.

"그, 그렇긴 한데……."

지눌의 얼굴은 귀신에 홀린 듯했다.

그러한 광경을 대우를 비롯한 나한들은 놓치지 않고 지켜보고 있었고 일명은 그들이 보고 있음을 물론 알고 있었다.

第七章
소림명종(少林明宗)의 후계자

첫째 마당

순식간에 이틀이 그냥 흘러갔다.

일명은 아직도 잠을 자지 않았다. 밤마다 거의 발광하듯이, 과시하듯이 무공을 연습했다. 그런데도 그날 이후 심경 대사와 대우 등은 조용하기만 해서 대체 무슨 생각을 하는지 알 수가 없었다.

'설마 나 같은 천재를 몰라본단 말인가?'

일명은 백팔나한권을 휘둘러 대면서 투덜거렸다.

관심을 끌기 위해서 일부러 눈에 띄게 능력을 한껏 발휘했지만 이게 도대체 어떻게 된 일일까? 왜 아무런 반응이 없는 걸까? 일명은 졸린 눈을 부릅뜨고서 이를 악물었다.

이제 일명의 나이 열둘.

그렇지만 아직까지 계획해서 안 된 일이 없었다.

뭘 해도 하나만 생각하지 않았고 변수까지 감안해야 함을 알게 된 것은 열 살 때였다. 그때부터는 일을 꾸미기 전에 각종 변수를 먼저 생각하는 것이 습관이 되었다. 해서 사소한 실패는 몰라도 일 년 전부터는 아예 실패라는 걸 하지 않았다.

그렇지 않다면 어찌 명주전의 후계자인 송일주 같은 사람이 운비룡 같은 어린애를 중시했으랴.

'젠장! 뭐가 잘못된 거지?'

백팔나한권을 휘두르다 팔을 뿌리치면서 일명은 손을 멈추었다.

갑자기 맥이 빠졌다. 심하게 졸렸다. 하긴 벌써 사흘이나 자지 않았으니 졸리지 않는다면 오히려 이상한 일이다.

하지만 왜 안 자냐구 이상하게 물어줘야 계획했던 대로 되는데 이 늙은이들은 대체 뭘 생각하느라고 이렇게 종무소식인 걸까?

"이 어르신이 겁나나……."

구시렁거리던 일명은 문득 기이한 느낌에 고개를 돌렸다.

누군가가 자신을 지켜보고 있다 싶었는데 정말 어둠 속에서 누가 자신을 바라보고 있었다.

나이는 이십 대 초반? 갓 스물이나 되었을까?

승포를 입고 계인이 선명한 것을 보니 그도 소림의 승려인 듯. 훤칠한 키에 얼굴은 평범했지만 눈이 별빛처럼 빛났다.

"누구요?"

일명이 물었다.

하지만 대답 대신 그 중은 한 걸음을 앞으로 내딛었다.

그는 이 장 밖에 있었다. 그런데 한 걸음을 내딛자 그 순간 그의 신형은 이미 일명의 앞에 도깨비처럼 불쑥 나타났다.

"억?"

깜짝 놀란 일명이 급히 뒤로 몸을 튕겼다.

"기관삼초(氣貫三焦), 좌상즉우하(左上則右下), 수장수평(手掌須平), 장심상인(掌心相印), 명위조천답지(名爲朝天踏地)!"

청년승이 귀에 익은 말을 흘리며 느닷없이 일권을 일명의 가슴에다 밀어냈다.

"뭐야?"

일명은 느닷없는 기습에 당황해서 다리를 차 돌리며 몸이 반 바퀴 도는 순간에 양손을 수도로 하여 한편으로는 청년승의 일권을 막고 다른 한편으로는 그 손목을 치려고 했다.

"배산운장은 거기에 필요한 게 아닐 텐데?"

청년승이 손을 거둬들이며 말했다.

그는 반걸음 물러나 어느새 뒷짐을 지고 일명을 보고 있는데 일명의 놀란 반격은 그 한 번의 움직임으로 전혀 별 볼일이 없는 헛손질로 화해 버리고 말았다. 말 그대로 달밤에 혼자 체조를 한 꼴이다.

"당신, 누구야?"

일명은 화가 나서 달려가며 다시 일권을 내질렀다.

"괴성점원(魁星点圓)이라? 적절하군. 이러면 어쩔 테냐?"

일명의 주먹이 눈앞에 도달하는 것을 보고 있던 청년승이 태연히 물으면서 손가락 하나를 슬쩍 내밀어 일명의 주먹을 콕, 찍었다.

"으악!"

일명은 심상치 않음을 느꼈지만 피할 수가 없었다.

비명과 함께 일명은 주먹을 감싸 쥐고서 나뒹굴었다.

껑충 뒤로 물러날 예정이었지만 놀랍게도 손가락 하나에 깃든 경력이 너무도 거대하여 마치 몸 전체가 철벽에 부딪친 것만 같았다. 주먹만 으스러질 듯한 것이 아니었다.

"으으으……."

신음을 흘리는 일명을 내려다보며 청년승이 물었다.

"듣자니 너는 보는 건 뭐든지 다 따라 할 수가 있다고 하더구나. 이 한 수도 따라 할 수가 있겠느냐?"

그의 얼굴은 시종 태연하고 처음부터 지금까지 한결같았다.

"하, 하면 하지!"

일명이 일그러진 얼굴로 소리치면서 벌떡 일어났다.

그러나 주먹이 깨지는 것 같아 그쪽 손은 아예 들어 올릴 수조차 없었다.

놀랍기 그지없는 일이었다.

'이게 대체 어떤 무공이길래 이렇게나 엄청나지?'

내심 경악한 일명은 방금 본 것을 기억해 내려고 했지만 이내 얼굴이 기묘하게 일그러졌다.

단순한 손가락 하나의 움직임.

그저 콕, 찍었던 그 장난 같은 움직임을 생각해 보자 순식간에 수십 개 이상의 변화가 손가락 끝에서 일어났던 것을 느낄 수 있었고 그 변화는 주먹을 찍는 순간에 사라져서 도저히 연관을 시킬 수가 없었던 것이다.

그저 손가락 하나를 내밀다 말았을 뿐.

"왜, 안 되겠느냐?"

"한 번만 더 보여줘 봐. 그럼 해 보이지."

"내가 왜 그래야 하지?"

"싫으면 말고. 내가 이상한 놈이라고 소문이 나니까 질투 땜에 시험해 보러 온 거 아냐? 그럼 제대로 해보든지."

"하하……."

청년승이 맑게 웃었다.

처음으로 보인 웃음이었다.

그냥 있을 때는 모르겠더니 활짝 웃음을 보이자 사람이 매우 좋아 보이고 편안해 보이는 얼굴이었다. 그러나 일명은 이미 꼴 보기 싫은 놈으로 찍은 터라 그 얼굴도 가증스러워 보일 따름이다.

"좋아, 내 보여주지."

청년승은 이내 웃음을 거두고는 다시 일명을 향해 손가락질을 해 보였다.

두 사람의 거리는 겨우 사 척가량에 불과하여 일명은 깜짝 놀랐다. 이미 한 번 당해본 바가 있었기 때문이다.

"일지선(一指禪)이라 하지. 손가락 하나의 움직임에 천하의 이치가 깃든 희대의 절학이며 소림 칠십이종절예 중 상위에 속한 무공이다. 알아볼 수 있겠느냐?"

청년승이 물었다.

일명의 얼굴이 묘해졌다.

변화는 몇 개 되지 않는 것 같았다.

그런데 그 변화를 살펴보면 하나가 둘이고 둘이 넷이었다. 흉내를 내려고 하면 할수록 변화는 엄청나게 많아졌다.

일명의 손가락이 떨리다가 결국 그 자리에서 떨구어졌다.

처음으로 따라 하지 못한 무공이 생긴 것이다.

"왜 따라 하지 못하지?"

"변화가 하나가 아닌…… 아니, 변화가 없어. 변화가 있는데 보이는 변화는 없어. 따라 해도 그게 아니군……."

일명이 미간을 찡그린 채로 한참 망설이다가 뱉어내듯 말했다.

그 말에 청년승의 눈에 비로소 놀란 빛이 떠올랐다.

하지만 그것은 어둠 속에서 순간적이었을 뿐, 이내 사라져서 바로 앞에 있는 그 영악한 일명도 그것을 알아보지 못했다.

"왜 그럴 것 같지?"

"그걸 알면 따라 하지, 내가 너한테 구박받고 있겠어?"

일명이 눈을 흘겼다.

자못 투정이라 청년승은 피식, 웃었다.

"이야기 하나를 들어보겠느냐?"

"하려고 온 거 아뉴?"

일명의 말에 청년승은 미미하게 웃으며 말을 이었다.

"옛날 육조 혜능 대사께서 남쪽으로 피신하여 다니실 때 몇 사람이 깃발을 두고 다투는 걸 보셨었지. 한 사람이 저 깃발은 바람이 불어서 펄럭인다 하고 한 사람은 바람이 아니라 깃발이 펄럭이는 것이라고 하자 육조께서 말씀하시기를 '그것은 당신들의 마음이 펄럭이는 것 때문' 이라고 하셨다. 왜였겠느냐?"

"……."

그 말에 일명은 갑자기 심각해졌다.

잔뜩 미간을 찡그리고 있던 일명은 고개를 들어 청년승을 바라보았다.

"그렇다면…… 지금 당신이 펼친 일지선의 변화는 당신의 마음이라는 건가?"

"선재(善哉)! 가르칠 만하군, 맞다. 내 마음의 움직임이 내 손끝을 통해서 나타난 거지. 그런데 너는 그걸 네 마음의 움직임이 아니라 네 눈을 통해서 보려고 했으니 어찌 볼 수가 있었겠느냐? 더구나 네 마음이 나와 같을 수 없으니 처음부터 같을 수가 없었던 것이다."

"그건……."

일명은 뭔가 거기에 심오함이 깃들어 있음을 알 수 있었다.

그런데 그게 뭔지는 알 수가 없었다.

뒤에야 알게 되었지만 그 사람의 경지를 일명이 알지 못하니, 이해도 흉내도 불가능하다는 것을 당시에는 알지 못하였다. 평범한 무공이라면 흉내가 가능하지만 상승의 마음 공부라는 것은 흉내로써는 불가능하다는 것을 그때까지는 알 수가 없음이 너무 당연했다.

"보겠느냐?"

말과 함께 청년승은 손가락을 내밀었다.

일명을 향해 거대한 힘이 뿜어졌다.

바위라도 산산조각이 날 만한 가공할 힘이었다.

"저……!"

일명의 얼굴이 사색이 되었다.

강력한 기세가 그를 옭아맸다. 피하거나 움직일 수가 없도록. 거기다가 그렇지 않더라도 피할 틈이 없는 한 손가락의 움직임이었다.

가슴이 선뜻하더니 펑! 하는 소리가 뒤에서 일었다.

놀라 뒤를 돌아보니 일명의 뒤에 있던 바위가 말 그대로 박살이 나서 흩어지고 있었다.

'내 가슴을 쳤는데 어떻게 난 아무렇지도 않고 저 바위가?'

일명의 얼굴이 하얗게 변해 버렸다.

아무리 영악해도 아직 어린아이일 수밖에 없었다.

그때 청년승은 다시 손가락을 뻗었다.

뭔가 공기 중의 어떤 힘이 움직이는 듯하더니 눈앞에 있던 나무가 광풍을 만난 것처럼 미친 듯이 춤을 추었다. 나뭇잎이 손가락의 흔들림에 따라 회오리치면서 떠올랐다.

…….

방금의 장관은 이내 스러졌다.

그 자리에 남은 것은 여전한 나무와 그 나무를 어루만지는 달빛.

일명은 홀린 듯 나무와 바위를 바라보다가 물었다.

"이게…… 같은 것이라고?"

"물론이다."

청년승은 문득 얼굴을 엄숙히 했다.

"너의 재주가 출중하다는 것은 이미 들었다. 하지만 불가에서 가장 중요시하는 것은 바로 마음(心)이다. 네가 배울 것은 마음이지, 재주가 아니라는 말이다. 칼을 놓으면 바로 부처가 될 수 있으며, 고개를 돌리면 피안(彼岸)이란 말도 바로 그러한 것들이지. 소림의 무공은 재주가 아니라 마음이라는 말, 잊지 말거라."

말과 함께 청년승은 등을 돌렸다.

"……."

청년승의 등은 거대해 보였다.

나이는 이제 갓 스물인데 그의 모습은 일대종사의 것처럼 거대하기만 해 보였다. 일명이 감히 상상하기도 어려운 그런 거대한 천 길 벼랑을 보는 것만 같았다.

"뭐야? 이름이 뭐죠?"

그의 신형이 숲 속으로 사라져 가는 것을 보고 있던 일명이 갑자기 소리쳤다.

"대지(大智)."

그 말을 끝으로 그의 신형은 사라졌다.

하지만 그의 출현은 일명에게 실로 크나큰 충격을 주기에 족했다.

저 정도의 나이에 저런 실력을 지닌 자가 대 자 배에 있다니!

과연 소림이란 말인가?

'그래…… 역시 소림사군. 기다려. 내가 저 나이에 이르면 아마 소림사 역사상 가장 위대한 존재가 될 테니까. 잘난 척해봐야 몇 년 더 잘났을 뿐일 거야!'

일명은 입술을 물었다.

졸리던 것들이 한꺼번에 모조리 달아나는 것만 같았다.

눈을 부릅떴다.

대체 뭘 해야 할까?

갑자기 백팔나한권을 연습하는 것이 부질없어 보였다.

*　　　*　　　*

다시 날이 밝았다.

숭산 전역을 울리는 소림사의 종소리가 아침이 됨을 알리지만 사실 이때는 보통 사람들은 단잠에 빠져 있는 깊고 깊은 첫새벽이다.

나한전에 사람들이 모이고 조과가 시작되었다. 대불정수능엄신주라는 사백이십칠 구 이천육백이십 자의 긴 경전이 염송(念誦)되고 법당에 모인 사람들이 모두 그것을 따라 한다. 그중에는 일명도 있었다. 놀라운 기억력으로 그 긴 경전도 첫날 다 외웠으니 따라 하는 데 문제가 있을 리 없었다.

문제라면 사흘이나 자지 않아서 토끼눈이 되었다는 것뿐.

"궁금한 게 있다고?"

새벽 조과에 참석한 후, 찾아온 일명을 만난 대우가 물었다.

그날 이후, 대우는 일명을 만나지 않았다. 일정이 매일 일명과 지낸 일들을 보고했고 그 보고만 받고 있을 따름이었다. 사실 보통이라면 그것이 당연했다.

기초라는 것은 하루아침에 되는 게 아니었기 때문이다.

"대지가 누구죠?"

"대지?"

뜻밖이란 표정이 대우의 얼굴에 떠올랐다.

"네가 그 이름을 어떻게 아느냐?"

"새벽에 절 찾아왔었어요."

"널?"

대우의 얼굴은 더욱 기이해졌다.

"어떻게 그 아이가……?"

"누구예요? 그 나이에 대 자 배라니…… 어떤 사람이죠?"

"글쎄, 네게 말해 줄 수 있는 건 별로 없구나. 굳이 한마디만 하자면 대 자 배 중 가장 어리고 또 가장 뛰어난 인재이지."

"가장 뛰어나다구요?"

일명이 눈을 빛냈다.

"그래. 아마 소림 역사상 가장 뛰어난 사람 중 하나가 되리라 믿어지고 있는 사람이 바로 그 아이다."

"으음…… 그럼 전요? 저는 어떤가요?"

"너도 가능성이 있겠지. 하지만 소림사의 무공은 박대정심(博大精深)하여 오늘 내일의 가능성으로 그 모든 것을 알기는 어렵다. 너의 총명함으로 보자면 당연히 가능성이 높은 아이란다. 하지만 지금 너는 심기가 안정되지 못하고 기혈이 정체되는 현상이 보이는데, 아마도 이건 너무 자지 않아서 그런 것 같구나. 왜 잠을 자지 않으려는 것이냐?"

"그건…… 그냥……."

"그냥이라니? 벌써 사흘째인데 네 나이에 잠을 자지 않으면 크게 몸을 상하게 되고 원기마저 상할 수가 있다. 지금은 일단 자는 것이 좋겠다."

그 말이 심상치 않음을 느낀 일명은 다급히 뒤로 물러서려고 했다. 그러나 뒤에 서 있던 일정이 수혈을 누르자 피할 수가 없었다.

"안 돼……!"

참고 참았던 졸음이 폭포수처럼 쏟아짐을 느낀 일명이 다급하게 소리쳤다.

그러나 너무 졸렸다.

일명은 그렇게 사흘 만에 잠에 빠져들었다.

둘째 마당

"대지를 만났다고?"

"어젯밤에 찾아왔었다고 하는군요."

심혜 상인의 되물음에 심경 대사가 대답했다.

"어떻게 된 일입니까? 대지는 지금 폐관에 들어 있을 텐데, 어떻게 일명을 찾아갈 수가 있었는지……."

"어제 일차 개관(開關)을 했다네."

심경 대사의 눈에 놀람의 빛이 떠올랐다.

"개관을? 벌써 말입니까? 아직 일 년은 남아 있었을……."

심경 대사가 고개를 저었다.

"정말 대단한 아이로군요. 벌써 개관을 하다니……. 그 아이의 능력을 감안해서 잡은 일정인데 그걸 일 년이나 단축했더란 말입니까?"

"아미타불…… 나도 뜻밖이었지만 그런 모양이야. 이번 폐관에서 뜻밖의 깨달음이 있었던 모양이더군. 오늘 밤, 다시 달마동(達摩洞)으로 들어간다네."

"오늘 말입니까? 어제 나와서?"

심경 대사가 어이없는 듯이 물었다.

"폐관과 개관이 마음을 묶는 족쇄가 아니라고 하더군. 마음의 허물을 벗어낸 게지. 그 나이로 보자면 이미 또래의 깨달음을 벗어난 군사일룡(群蛇一龍)이라 할 수 있는 경지일 듯하네. 폐관을 풀고 나온 것은 이미 목적한 바를 달성했기 때문이기도 하지만 실제로는 한 가지 의문이 있어 장생전(長生殿)에 계신 원로들께 그 의문을 묻고자 해서라고 하더군."

"장생전…… 그 어른들께 말입니까?"

미미한 웃음이 심혜 상인의 입가에 걸렸다.

"그런 모양이네. 달마조사 이후, 우리 소림이 배출한 수많은 고승대덕(高僧大德)들 가운데, 이 몇백 년 이래는 혜인 사백께서 가장 뛰어나셨었지. 향후 몇백 년간은 그분을 따라갈 사람이 없으리라 생각했었는데…… 어쩌면 그분을 능가할는지도 모를 인재라고 여겨지는 대지가 나타난 가운데 우리 소림에 이젠 일명과 같은 괴물까지 들어왔으니, 나는 과연 부처님께서 무슨 생각을 하고 계시는지 아무리 생각을 해도 짐작조차 가지 않는구먼."

"장문 사형께서는 이미 숙명통(宿命通)을 이루셨으니 알고자 하신다면……."

심혜 상인이 머리를 저었다.

그의 눈은 노인답지 않게 투명하고 깊었다.

"천기는 사람에 의해 조종되거나 간섭받아서는 아니 되네. 아직까지 모든 것이 혼돈(混沌)인 바에야…… 홍몽(鴻濛) 중에 태극이 뚜렷하지 않으니 음양이 상조(相助)할지 충돌할지도 명백하지 아니하네. 전대의 업(業)은 아직 유효하니 어찌 섣불리 미래를 예단할 수가 있겠는가?"

그의 음성은 무거웠다.

마치 미래의 무엇인가를 이미 알고 있는 사람처럼.

"어떠하더냐?"

"대단한 아이입니다."

"너와 비교한다면?"

"그 대답을 듣고자 하십니까?"

묻는 대지의 눈은 맑게 빛난다.

"허허허…… 이 녀석이 이젠 사부를 훈계하려 하는구나."

"어찌 감히 그럴 리가."

미미하게 웃음을 보인 대지가 정색을 했다.

"제자의 그 나이 때보다는 뛰어납니다. 아마 그 나이에 그 아이보다 뛰어났던 사람은 제자가 아는 한은 없었을 것 같습니다."

"그렇지?"

"그렇습니다. 하지만……."

"하지만?"

"향후의 성취가 제자를 뛰어넘을지는 단정하기 어렵습니다."

"왜지?"

"이곳이 소림사이기 때문입니다."

단정히 꿇어앉은 대지의 얼굴이 그윽한 빛을 뿜어냈다. 나이답지 않은 숭고함이며 고고한 기색이었다.

"제자는 일심으로 불법에 귀의(歸依)하였습니다. 하나 그 아이는 성정이 불가에 잘 어울릴 것 같지 않았습니다. 그것이 향후 성취에 있어서 차이를 두게 할 것같이 보였습니다."

"잘 보았다."

심혜 상인은 고개를 끄덕였다.

그의 눈은 그윽하였지만 또한 그 깊은 곳에는 한 가닥 흔들림이 있었다.

'한 가지 다른 점이 있다면 그 아이 또한 너와 같은 천재라는 점이다. 천재라는 의미는 다른 범재(凡才)와는 달리, 그 성취가 일반적인 생각을 뛰어넘는다는 것이지. 향후 너나 그 아이의 성취가 어찌 될지는 아무도 짐작할 수 없다. 명(明)과 암(暗)의 선택이 어찌 될는지 누가 알겠느냐……'

심혜 상인은 깊은 생각에 잠겼다.

그것이 대지가 일명을 만난 다음 그를 만났을 때의 일이었다.

*　　　*　　　*

일명은 죽음처럼 깊은 잠을 잤다.

사흘이나 자지 않았으니 오죽할까.

일단 쓰러지자 그 순간 깊은 잠에 곯아떨어져 옆에서 흔들어도 깨어나지 못했다. 수혈을 짚은 일정은 자신이 점혈을 심하게 한 게 아닌가 걱정되어 일명을 다시 살펴봐야 할 정도였다.

일명이 깨어난 것은 다른 사람들이 모두 잠든 꼭두새벽이었다.

침잠했던 모든 것이 새로워졌고 정신이 맑아졌다.

하지만.

"자, 잤다!"

잠에서 깨어 잠시 어리둥절했던 일명은 자신의 처지를 경각하자 크게 놀라 벌떡 일어났다.

그리고 다음 순간에 머리 속이 맹렬히 회전했다.

나한, 나한, 나한…….

그래. 나한십팔수, 백팔나한권…… 맞아. 대원도법…….

이름은 생각이 났다.

그러나 그뿐이었다.

어떻게 했는지 전혀 기억이 나지 않았다.

"씨파알…… 사흘이나 안 자고 연습했는데…… 그래도 조금은…… 조금은 기억이 나야 할 거 아니냐?"

일명은 머리를 쥐어뜯었다.

하나 그것도 마음대로 되지 않았다.

쥐어뜯을 머리카락이 없다는 것을 알기까지 걸린 시간은 말 그대로 찰나간에 불과했기 때문이다. 반들반들, 지난날 파리가 낙상할 거라고 놀리던 그 민대머리가 된 자신이었음을 기억하기까지는 정말 순간적이었다.

"제기랄!"

일명은 치미는 화를 참지 못하고 벽을 머리로 받았다.

쿵…….

정신이 휑하고 머리통이 깨지는 것만 같았다.

눈앞에서 불똥이 퍽! 튀었다.

'어라?'

일명은 눈을 끔벅거렸다.

뭔가가 손에 잡힐 듯했다.

망설일 일이 아니었다.

일명은 대뜸 문을 박차고 밖으로 뛰쳐나갔다.

'뭔 짓이래?'

깊은 잠에 빠졌던 지눌은 그 소동에 깨었다가 입맛을 다시곤 다시 홑이불을 뒤집어썼다.

사미라고 봐주는 것은 없다.

곧 조과 시간이 될 테니 조금이라도 더 자두어야 했기 때문이다.

달빛이 휘영청 하다.

여기저기 창송취백의 그림자들이 일명을 반긴다.

지난 며칠 동안 거의 발광을 할 때마다 그와 함께한 친구들. 그 모습들, 그 움직임까지 일명은 기억이 생생했다.

그리고 떠오르는 주먹.

'그래!'

일명의 얼굴에 희망이 떠올랐다.

일명은 양손으로 주먹을 쥐었다. 그리고는 그 주먹을 배 앞으로 교차시켰다. 나한십팔수 가운데 제일초인 헌원과호(軒轅跨虎)의 기수식이었다.

그러나 그것이 다였다.

누가 잡아 묶기라도 한 듯이 일명의 두 손은 그 자리에서 움직이지 않았다. 격렬하게 머리 속이 회전하는데도, 그런데도 아무런 생각이 떠오르지 않았다.

뭔가가 떠오를 듯한데도…… 실제로 생각나는 것은 없었다.

"씨팔……."

일명의 손이 힘없이 떨구어졌다.

그리곤 그 자리에 주저앉았다.

지난 사흘 몸부림쳤던 것이 모두 허사가 되었다.

전과 꼭 같다.

좀 더 강한 모습을 보여주고 싶었는데, 그래서 소림사가 자신을 알아주기를 바랐는데…… 이래서는 아무것도 아니다.

아무것도…….

일명은 입술을 깨물었다.

참으려고 해도 눈물이 뚝뚝 떨어졌다.

볼이 델 정도로 뜨거운 눈물이었다. 아버지가 돌아가셨을 때도 이렇게 뜨겁게 가슴이 저미게 아파했던가?

욱욱…….

소리 죽인 울음이 밤을 도와 숨을 죽인다.

일명은 그렇게 조과가 시작될 때까지 그 자리에 쪼그리고 앉아서 울고 또 울었다.

승려들의 생활은 일견 단순하다.

조각(早覺)이라고 하여 잠자리에서 일어나는 일.

문종(聞鐘)이라 하여 종소리를 들으면서 옷을 입는 일을 착의(着衣)라고 한다.

하탑(下榻)이라 하여 방에서 나오는 일.

도등측(到登廁)이라 하여 뒷간에 가는 일.

세수(洗手)라는 손을 씻는 일.

정면(淨面)이라 하여 얼굴을 씻는 일과 음수(飮水)라 하여 물을 마시는 일에서 수구(漱口)라는 양치질까지…….

아침 일과는 그렇게 시작된다.

예불을 하면서 조모과송(早暮課誦)을 시작하여 불법을 공부하며 그 이후에 비로소 수식(受食)이라 하여 밥 먹기를 하게 되는 것이다.

일명은 아침을 먹는 둥 마는 둥 하고는 일정을 따라 연무장으로 갔다.

늘 탱글탱글 하던 일명의 모습에 기묘하게 힘이 없음을 일정이 발견하기에는 그리 오랜 시간이 필요하지 않았다.

"왜 그래?"

"암거도 아니에요. 어제 너무 많이 자서 머리가 아파서……."

"어라? 너, 고개 좀 들어봐라."

일정이 손을 내밀었다.

"왜 그래요?"

"눈이 부은 것 같은데? 울었니?"

"울긴 누가 울어요? 내가 어린앤 줄 알아요?"

일명은 애써 눈을 외면했다. 그러나 소복하게 부운 눈두덩을 제대로 가릴 수는 없었다.

"왜 울었어?"

"안 울었다니까요!"

일명이 소리쳤다.

주위에 있던 지눌을 비롯한 수련생들이 눈을 깜박이면서 일명을 쳐다보았다.

"보긴 뭘 봐?"

일명이 눈을 부라리자 배분에 밀린 지눌 등은 다시 수련에 들어갔다.

"음…… 오늘 쉬지 않아도 되겠느냐?"

일정의 물음에 일명이 못마땅한 얼굴로 말했다.

"만날 놀고 쉬고 그래 가지고 언제 고수가 되고 제대로 무승이 될 수가 있어요? 빨랑 시작해요."

"허 그놈 참…… 알았다. 자, 다시 나한공을 시작해 보렴."

"참내…… 만날 그거만 해요?"

"그거라니?"

"그렇잖아요? 이미 첫날 다 된 걸 뭐 하러 또 해요? 다른 거나 가르쳐 줘요."

"나한공은 기본공이다. 기본이 갖춰지지 않으면 모든 게 사상누각이 되는 법이다. 자, 시작해 봐라."

"한 번만 다시 보여봐 주세요."

"보여달라고?"

"그래요. 어젯밤에 일어나서 해보는데 뭔가 맘에 안 드는 곳이 있는데 뭔지 모르겠어요. 해서 사형이 하는 걸 보면서 비교를 해보고 싶어요."

"이런 녀석 같으니…… 그러지 말고 네가 해봐라. 내가 봐주마."

"아니. 사형이 해요. 그걸 보고 내가 다시 해 보일 테니 잘못된 걸 잡아주세요."

'이놈이 대체 뭔 생각으로 이런 소릴 하는 거지?'

일정은 일명의 태도에 의아했지만 나한공 십팔수를 다시 보여주었다.

일명이 그것을 따라 하는 것은 너무도 당연했다.

그러나 그것이 계속 통용될 수는 없다.

이틀 밤을 자지 않던 일명은 다시 잡혀서 수혈을 짚였다.

들통이 난 것은 정확히 엿새가 되던 날이었다.

뭔가 이상함을 느낀 대우가 일명을 아침 공양 후에 홀로 숲으로 데려가서 연습을 시켰는데 단 한 가지도 시전하지 못했던 것이다.

처음에는 장난인 줄 알았다.

"왜 해보라니까 하지 못하는 게냐? 하기가 싫으냐?"

대우는 일명을 꾸짖었다.

어제 나한공을 보완하는 내공비결을 알려주었던 대우는 일명이 막막하게 서 있는 모습을 보면서 꾸짖었지만 일명은 고개를 숙인 채 말이 없었다.

나한공은 어떻게든 따라 해내고 있었다.

하도 여러 번 했으니 몸이 그 익숙함에 반응을 했기 때문이다.

그런데 내공비결은 죽어도 생각이 나지 않았다.

당연히 나한공만을 운기하는 모습의 일명을 대우는 이해할 수가 없었다.

"사실은……."

마침내 일명은 실토를 했다.

의도했던 형태가 아니라서 못마땅하지만 더 이상은 방법이 없다고 느꼈기 때문에 아예 모든 것을 다 말해 버렸다.

말을 들으면서 대우는 황당하고도 기가 막혔다.

그런 일은 들어본 적도 생각해 본 적도 없었던 것이다.

말이나 되나?

머리가 나쁜 것도 아니고 보고 들은 걸 바로 기억하고 따라 한다. 게다가 불경 등 학문을 외우고 말하는 것은 말 그대로 일취월장, 달달 외어 기가 막혀 벌린 입이 다물어지지 않을 정도였다.

그런데…… 유독 무공만 그렇다니?

"정말 자고 나면 기억이 안 난단 말이냐?"

"예. 그래서 안 자려고 했던 겁니다."

이래서는 아무리 들어봐도 거짓일 리가 없다.

자기만 하면 다른 건 괜찮은데 유독 무공만 잊어버린다고?

'대체 혜인 사백조께서는 이 아이를 어떻게 만들고 싶으신 거란 말인가? 대체 무슨 생각이셨길래…….'

대우는 일명의 아버지에게 들었던 일명이 태어났던 당시의 일을 기억하기 위해서 눈살을 찌푸렸다.

아무래도 관건은 거기에 있는 것 같았기 때문이다.

그날 오후, 일명은 방장실로 불려갔다.

셋째 마당

"그게 있을 수 있는 일인가?"

소림사의 장문방장 심혜 상인은 어이없는 얼굴을 했다.

"아미타불…… 대우가 몇 번에 걸쳐서 시험을 해보았는데…… 기이하게도 자고 나면 정말 잊어버린답니다. 해서 소제가 직접 확인을 해보았습니다만 정말이었습니다."

심경 대사가 답을 했다.

"허어, 그거참…… 정말 무공만 잊어버린단 말인가?"

"그렇습니다. 같이 외운 난해한 불전(佛典)은 그대로 기억합니다. 그런데 자고 나면 어제 배운 무공은 전혀 기억하질 못하더군요. 아, 몸은 나름대로 어느 정도 기억하고 있는 것 같습니다만 뇌리에서 그 흔적을 지운 것처럼 아예 기억 자체를 못하는 것 같습니다."

"어찌 그런 것이 가능하단 말인가?"

심혜 상인은 난감한 신색으로 미간을 깊게 찡그렸다.

누구라도 기가 막힌 일이니 머리가 아플 수밖에 없는 것이다.

일명을 만난 심혜 상인은 근 일각에 가까운 시간 동안 맥을 짚었다.

일명은 자신의 맥을 짚은 심혜 상인의 손가락을 통해서 따듯한 기운이 손목을 타고 전해져 자신의 몸 전체로 퍼지는 것을 느끼고 역시 소림사의 장문인이라서 뭔가 다르구나! 라고 감탄했다.

은연중에 기분이 좋아졌던 것이다.

내력을 풀어 일명의 내부를 더듬어 십이정경과 기경팔맥에서 뇌리까지를 살펴본 심혜 상인은 손을 거두며 물었다.

"머리가 아프거나 한 적은 없느냐?"

"가끔이요. 지난번에는 상당히 심했었죠……."

일명은 심경 대사를 만나던 때 즈음을 떠올렸다.

"어떤 때 그렇더냐?"

"그건……."

일명은 미간을 찡그렸다.

딱히 언제라고 말하기가 어려웠던 것이다.

게다가 워낙 당시 고통이 심해서 떠올리기도 싫었다.

처음부터 이렇게 심했던 것은 아니었다.

하지만 그 사실을 처음 인식한 일곱 살 때부터 그 상태는 점점 더 심해졌고 생각을 하면 할수록 점점 더 해져서 이제는 정말 자고 나면 아예 모든 것이 기억나지를 않는 것이 지금의 일명이었다.

잊어버린다 할지라도 몸은 기억할 텐데…….

"어떻게 생각하나?"

방장실의 시자(侍者)인 대유에게 일명을 약왕전(藥王殿)으로 데려가도록 한 심혜 상인이 앞에 있는 사제들을 보고 물었다.

그 앞에는 나한당주인 심경 대사 외에도 약왕전의 전주인 심주 대사와 달마전의 전주인 심유 대사 등 모두 네 사람이 둘러앉아 있었다.

"정말 보기 드문 경우입니다. 단순히 머리를 다쳤다면 다 기억하지 못하거나 할 텐데요……."

약왕전주인 심주 대사가 대답했다.

"음, 어제 일을 자고 나면 기억하지 못할 수도 있는 건가?"

"아미타불…… 아주 드물지만 머리에 심한 충격을 받으면 그럴 수도 있다는 기록을 본 적이 있지요. 직접 본 적은 없습니다."

심경 대사의 물음에 심주 대사가 다시 답했다.

"그럴 수는 있다는 이야기군. 그럼 이 아이처럼 특정한 것만 잊어버릴 수도 있는 건 아닐까?"

"그건 말하기 어렵습니다. 잠자기 전에 배운 것 중에서 무공만 잊어버린다면…… 글쎄요?"

심주 대사는 머리를 저었다.

그때 문득 심혜 상인이 말을 시작했다.

"백 년 전에 무림 중에는 괴의(怪醫)라고 불린 사람이 한 사람 있었다네. 그는 천하제일의 의술을 지녔고 그 방면으로는 천재라고까지 알려졌었지……."

괴의라고만 알려진 그는 마음에 들면 돈을 받지 않고도 병자를 고쳐 주었고 마음에 들지 않으면 천만금을 주어도 환자를 보지 않았다. 그런 괴의가 광의(狂醫)로 변한 것은 그가 세상에 알려진 십 년 후부터였다고 하였다.

의술에 미쳐 있던 그가 밤마다 시신을 발굴하여 해체하고 나중에는 산 사람까지 잡아다가 해부하는 것이 들통나서 공분을 샀기 때문이다. 심지어는 환자를 산 채로 해부한 적도 있었다. 환자의 가족들은 이 천인공노할 일에 이를 갈면서 광의를 죽이기 위해서 그를 쫓았다.

"소제도 거기에 대해서 들어본 바가 있는 것 같습니다. 그의 행적은 천인공노할 것이었지만 의술만은 고금제일이라고 하지요."

약왕전주 심주 대사가 고개를 끄덕였다.

"그는 몇 년을 쫓기다가 결국 누군가에 의해 처참하게 시신도 남기지 못하고 죽었다고 들었습니다만……."

"그는 죽지 않았네."

"예?"

심혜 상인의 말에 심주 대사는 의아한 얼굴이 되었다.

"그는 죽은 것으로 가장하고는 마교의 제사장과 손을 잡았다네."

"마교의 제사장이요?"

심주 대사의 얼굴이 돌변했다.

마교는 이미 세상에서 사라진 이름이다.

그런데 마교라니…….

"설마 그들이 아직 남아 있습니까?"

달마원의 주지 심유 대사가 놀란 빛으로 물었다. 다른 사람에 비해 비대한 그는 미륵처럼 사람이 좋게만 생겼는데 지금 상황에서는 긴장된 빛이 역력했다.

"그야 아무도 모르지. 하지만 내가 알기로는……."

말끝을 흐린 심혜 상인은 정색을 했다.

"마교는 이미 천 년 전에 무너진 걸로 되어 있고 그 제사장은 마교를 살리기 위해서 평생을 바쳤다고 하더군. 결국 현세에서 불가능함을 깨닫고 죽은 사람들을 살리기 위해서 마전(魔典)을 연구하다가 광의를 만나게 되었지. 둘은 의기투합해서 사람의 사후를 연구하기 시작했다고 하네. 그렇게 해서 광의는 이전의 누구도 도달하지 못한 사후 세계의 비밀에 접근하게 되었다네."

한 번도 들어보지 못한 말에 심경 대사 등은 숨을 죽였다.

"하지만 그 와중에 사후 세계의 무서움과 그를 통해 마교의 인물들을 현세(現世)시키는 일이 얼마나 무서운 일인지를 깨닫게 된 광의가 마지막 순간에 배신을 하는 바람에 그 일은 무산되고 말았지……. 광의는 그렇게 영원히 자취를 감추었다네."

"……."

모두가 심혜 상인의 얼굴을 바라보았다.

이 와중에 왜 심혜 상인이 저런 말을 하는지 이해하기 어려웠지만 필시 까닭이 있을 것이고 이제부터 그 이유를 심혜 상인이 말해 주리라 믿었기 때문이다.

"맞아. 이유가 있지. 그가 죽기 전에 몸을 의탁한 곳이 바로 우리 소림사였다네."

"옛?"

"그, 그런 일이?"

모두가 놀라 실성을 흘렸다.

"그리고 그가 남긴 기록을 마지막으로 접한 사람은 바로 혜인 사백이셨다네. 그분이 그 기록을 본 다음, 그가 남겼다는 광의잡설(狂醫雜說)은 장경각에서 사라졌지……."

"그런 일이? 왜 혜인 사백께서 그 기록을?"

"나도 모르네. 하지만 혜인 사백께서 일부러 그 기록을 없앤 건 아니고 아마도 이유가 있었을 듯싶어. 내가 이 말을 한 것은 만에 하나 이 일이 혜인 사백께서 저 아이에게 베푼 금제로 인해서 일어난 것이라면 그것을 해제하기 위해서는 참고해야 할 것 같아서이네."

그 말을 끝으로 심혜 상인은 눈을 감았다.

할 말이 끝났다는 의미다.

이젠 약왕전에서 일명의 몸을 조사하는 것만 남았다.

"대반야심광이 그 아이의 몸에 있다는 겁니까?"

항렬로 심경 대사의 사제가 되는 약왕전의 전주인 심주 대사가 방장실을 나오면서 물었다.

"그렇네. 그때 그것을 보지 못했다면…… 아마 그 아이를 격살했을지도 모르네. 그만큼 당시 상황은 보지 않았다면 믿기 힘든 것이었으니까……."

"대반야심광이라…… 그렇다면 정말 혜인 사백께서 대반야능력을 완성하셨단 말일까요?"

"그분이 아니라면 누가 할 수 있었겠나?"

달마원의 심유 대사의 말에 심경 대사가 대답했다.

"하긴 그렇습니다. 그분이 아니라면 누가 할 수 있었겠습니까?"

*　　　*　　　*

오후의 햇살이 따스하게 방장실 일대를 비춘다.

개봉이라면 뜨거웠을 그 햇살은 숭산에서는 따스하고 정감있어 보였다.

약왕전은 소림사에서 중요한 곳에 속한다.

세상에 이름 높은 대환단(大還丹)이나 소환단(小還丹) 등의 영약이 이곳에서 만들어진다. 대환단이야 워낙 약재가 귀해서 만들기도 어렵고 근래에는 만들어진 적도 없지만 이 약왕전의 의술은 소림사만큼이나 의가(醫家)에서는 이름이 높다.

약왕전은 소림사 후전에 속한다.

아무래도 병자를 돌보고 의약을 연구하기 위해서는 사내 중심부에 있기는 어렵기 때문이다.

약왕전에 들어온 일명은 들어서기 전부터 코를 찌르는 약 향을 느꼈다. 늘 그렇지만 이 약재들의 냄새는 사람을 질리게 하지 않는다.

주위를 둘러보니 약왕전의 건물은 본전 하나에다 그 좌우로 몇 개의 부속 건물이 붙어 있었다. 아마도 약재를 보관하고, 연단하고 여러 가지를 해야 할 테니 약왕전 하나로는 어려울 터였다.

게다가 소림사 밖에서 찾아오는 환자들까지 적은 수가 아니었다.

소림사는 나라에서 경전(耕田)을 하사받은 부자 절이다.

시주 또한 절을 유지하기에 부족함이 없도록 풍족한 편이었다. 돈을 벌고자 마음만 먹으면 바리바리 돈을 싸 들고 무공을 배우기 위해서 찾아올 명가의 자제들이 줄을 선 마당이지만 소림사는 그러지 않았다.

불가는 무공을 가르치기 위해서 존재함이 아니라 마음을 닦기 위한 도량(道場)이라는 것이 소림사의 뜻이었다.

해서 찾아오는 환자는 가능한 한 거절하지 않았다.

일명은 환자로 분류되지 않아서 환자들이 있는 곳으로 가지 않았고 약왕전에서 약왕전주인 심주 대사를 기다렸다.

지루한 진찰은 그날을 넘기고 다음날도 계속되었다.

진맥, 진맥…….

약왕전주인 심주 대사와 사제들과 제자들까지 진맥은 계속되었고 약왕전의 핵심 인원들은 모두가 총동원되어 일명을 살폈다.

이틀째 되던 날 일명은 다시 달마원으로 갔다.

거기서 심유 대사를 만난 일명은 다시 진맥을 받았다.

이번에는 그냥 진맥이 아니라 전신의 모든 경맥을 진기로써 도인하면서 하나하나 살펴보는 내가진단이었다. 앞서의 약왕전에서의 진찰이 의도에서 해답을 얻고자 함이라면 이 달마원에서는 무공으로서 해답을 찾고자 함이었다.

“어디로 가요?”

일명은 앞선 대우에게 물었다.

"가보면 안다."

대우는 알려주지 않았다.

하지만 걸음걸이는 십분 조심스러워서 과연 어디를 가길래 저렇게 조심스러운지 일명은 궁금해졌다.

한 번도 가본 적이 없는 천불전을 넘어섰다.

그리고 그 뒤로 이젠 소림사의 뒷산이었다.

잣나무가 하늘을 가린 숲이 나타났다.

얼핏 지눌에게 듣기로는 이 소림사의 뒷산 자락으로는 달마동을 비롯하여 소림사의 금지들이 있는 곳이라고 하였다.

그런데 자신을 왜 이런 곳으로 데려가는 걸까?

그 의문은 그리 오래가지 않았다.

숲 속 여기저기에 싸리담과 함께 초가들이 세워져 있는 곳에 일명은 당도하게 되었다. 일명의 걸음이라면 반나절은 걸렸음 직하지만 대우가 그의 손을 잡고 날듯이 달렸기 때문에 실제로 달려온 시간은 불과 일각여에 불과했다.

"사숙조께 아룁니다. 사손 대우가 명을 받잡고 아이를 데려왔습니다."

그중 한 초가에 이른 대우가 초가 앞에 무릎을 꿇고서 말했다.

…….

답이 없다.

가끔 새 우는 소리가 고요히 들릴 뿐, 정말 조용했다.

'사숙조라니? 그럼 심 자 배가 아니라 혜 자 배 노인네가 저기 있단

말이야? 으음, 정말 나이가 많겠네…….'

심혜 상인만 해도 이미 칠십이었다.

그 사부뻘인 사람이라면 못해도 대충 백 살은 되었을 것이 아닌가? 그럼 혜인 사백조라는 분은 대체 몇 살이나 되었을까? 일명은 갑자기 그 노인네의 나이가 궁금해졌다.

왜 자신을 이런 꼴로 만들었는지 밤마다 원망스러웠다.

그때였다.

"아이를 보내거라."

창노한 음성이 초가 안에서 들려왔다.

대우는 일명의 등을 밀었다.

"가서 뵙도록 해라. 네 태사숙조이신 분이며 전대 약왕전주이시니 절대로 경솔함이 없어야 할 것이다."

일명은 대우가 잔뜩 긴장된 모습인 것이 눈에 들어오자 자신도 모르게 긴장이 되어 입 안의 침이 말랐다.

초가는 싸리담이 있고 달랑 집 한 채가 있는 농가의 모습이다. 그나마 집도 크지 않아 그저 평범한 선방에 불과했다. 선방 하나에 옆에 방이 하나 달려 있는 그런 작은 모옥이었다.

"저……."

일명은 초가의 앞으로 가서 입을 열었다.

"들어오너라."

창노한 음성이 들려왔다.

보통의 선방은 신발을 신고 들어간다. 그리고는 침대가 놓여 있는데 이곳은 조금 달라 섬돌이 있었다. 거기다 신발을 벗고 들어가는 것 같은데 놓인 것은 아무것도 없었다.

망설이고 있자니 어쩔 수가 없어서 에라, 모르겠다. 그냥 신발을 거기다 벗고 안으로 들어갔다.

넓지 않은 방 안에는 희미한 빛이 새어들고 있는데 창문이 있는 안쪽에 나무 침상 하나가 놓여 있고 그 자리에 노승 한 사람이 정좌한 채로 일명을 바라보고 있었다.

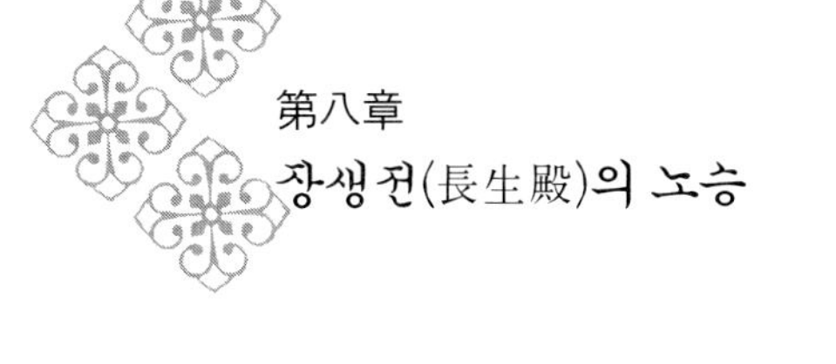

第八章

장생전(長生殿)의 노승

첫째 마당

창으로 희미한 빛이 새어들고 있지만 방 안은 그리 밝지 않았다.

하지만 침상에 앉아 있는 노승을 본 일명은 내심 깜짝 놀랐다.

지금까지 봐왔던 근엄한 고승을 생각했던 일명이었는데, 놀랍게도 그 침상에 앉아 있는 사람은 봉두난발에다 길게 자란 수염이 배까지 내려와 있었던 것이다. 그가 승려임을 알아볼 수 있었던 것은 승복을 걸치고 있어서였다. 목에 걸린 긴 염주. 나이를 알아볼 수 없도록 뒤엉킨 백발은 괴이하기까지 했는데, 자신을 바라보는 저 눈빛은 마치 번갯불과 같았다.

형체가 있는 비수처럼 일명의 눈을 찔러 일명은 감히 그 눈을 바라볼 수가 없어 고개를 숙여야 했다.

"이리 오너라."

창노한 음성으로 그가 말했다.

주춤거리며 일명이 노승의 앞으로 다가서자 노승이 다시 말했다.

"눈을 뜨고 노납을 보거라."

고개를 들자 작달막한 몸체로 보이는 노승은 불길과도 같은 눈빛으로 일명의 눈을 들여다보았다.

일명은 눈 속을 불빛이 뚫고 들어오는 것 같아서 깜짝 놀라 눈을 깜박거리다가 문득 그의 눈빛이 기이한 힘을 지니고 있음을 알게 되었다.

형용키 어려운 묘한 느낌.

마치 어떤 빛줄기가 뇌리를 투영해서 살펴보는 것만 같았다.

잠시 후, 노승은 눈빛을 거두며 말했다.

"여기 앞에 앉거라."

노승은 자신의 앞에 일명을 앉히고는 머리에다 손을 얹었다.

마치 뜨거운 물을 머리에서부터 붓는 것 같다. 정수리에 올려진 노승의 손에서는 뜨거운 기운이 쏟아져 일명의 머리 속을 헤집으며 머물렀다. 그리고 한참을 지나자 그 기운은 백회(百會)에서 뇌호(腦戶)를 거쳐 독맥을 타고 밑으로 내려갔다. 그렇게 독맥의 끝인 장강(長强)에 이른 기운은 다시금 임맥을 타고 위로 거슬러 오르기 시작했다.

사람의 경맥, 좀 더 정확히 말하면 경락(經絡)에는 흐름이라고 하는 것이 있다.

경(經)이란 경락의 주(主)이며, 대간선과 같다. 경이 종으로 흐르는 대신, 락은 곁가지와 같은 방계(傍系)로써 횡으로 흘러간다.

그것들은 제각기 십이경맥, 십이경별, 십오락맥, 십이경근, 십이피부라 일컬어진다. 십이경맥은 따로 십이정경(十二正經)이라 한다. 그 십이정경은 수태음폐경에서 시작해서 마지막 족궐음간경까지 제멋대로가 아닌, 차례로 된 흐름을 가지고 있다.

예를 들어 첫 번째로 시작되는 수태음폐경의 경우는 좌우로 모두 스물두 개의 혈도가 있으며 그 흐름은 인시(寅時: 새벽 1—3시)고 그 다음의 수양명대장경은 묘시(卯時: 새벽3—5시)에라는 형태다.

거기에 더해 기경팔맥이 존재하게 되니 이를 경맥유주(經脈流注)라고 한다.

노승의 손에서 시작된 힘줄기는 임독양맥을 거쳐 그 흐름을 따라 천천히 일명의 몸 전체를 감돌았다.

마치 하나하나 몸 전체를 살펴보는 것만 같았다.

무슨 진맥이라도 하는 것 같지만 맥이 아니라 이런 식으로 머리를 짚은 채 기운을 뽑아내어 전신을 살피는 진맥은 듣도 보도 못한 일명은 멀뚱히 자신이 들어온 문을 바라본 채로 눈만 깜박거리고 있었다.

태사조라니 압도되어 숨조차 크게 쉬기가 어려웠다.

"되었다."

노승이 손을 뗀 것은 무려 반 시진이나 지나서였다.

말 그대로 온몸에서 쥐가 나는 것만 같았다. 사숙조도 아니고 태사숙조라고 하니 감히 움직일 수도 없다. 꼼짝도 못한 채 그저 앞만 바라보고 앉아 있어야 하니 어찌 간단한 일일까? 죽을 맛이었다.

저린 몸으로 엉거주춤, 겨우 몸을 일으키자 노승이 물었다.

"무엇이나 한 번 보면 기억한다고?"

"예."

"그런데 유독 무공만 배운 지 하루 뒤, 정확히 말하자면 자기만 하고 나면 잊어버린단 말이지?"

"그렇습니다. 제발 저 좀 고쳐 주세요!"

일명이 눈치를 보았다.

"……."

노승은 물끄러미 일명을 바라보았다.

교활하고 영리해 보였다.

착하거나 선근(善根)이 뚜렷하여 불가의 대기가 될 소지를 보이는 아이는 아니었다.

그의 불명은 혜악(慧藥).

약사여래와 같이 평생을 두고 의도에 몸을 바쳐 중생을 고통과 질병에서 구원하겠다는 생각을 가지고 불명까지 약으로 짓고, 약왕전에 투신하여 평생을 보낸 전대의 약왕전주다.

거의 실전되어 버렸던 대환단의 조제를 당대에 재현해 낸 사람이 바로 그였고, 죽었다던 사람까지 살려내어 염왕의 적이라는, 병자들에게서 활인성승(活人聖僧)이라고까지 불리던 사람이 바로 그였다.

불도와 무공이 혜인이라면 불가의도의 최고가 바로 그였던 것이다.

'대체 사형은 무엇 때문에 이 아이에게 이런 금제를 베푼 것일까?'

혜약 상인은 고민스러운 빛으로 일명을 바라보았다.

반짝이는 저 눈빛은 분명히 평범한 총기를 훌쩍 뛰어넘는다.

자신이 살펴보아도 근골이 보통을 넘어 아주 보기 힘든 무골이었다.

이런 정도라면 사반공배(事半功倍), 절반의 노력으로 결과는 배가될 수가 있으리라.

누구라도 탐을 낼 인재였다.

잘 가르친다면 무림문파에서는 백 년 이래, 아니, 천 년 이래의 우뚝 솟은 존재가 될 수 있을 것이요, 학문을 연구한다면 그 또한 경세적인 업적을 이룰 수가 있으리라.

하지만…….

'천살지기를 타고났다. 천살의 기를 타고난 사람은 본인이 죽지 않는 한은 결국 천하에 피바람을 몰고 온다. 한두 사람이 아니라 수천이 죽게 되는…….'

아무리 보아도 핏빛 어린 저주를 감추고 있을 뿐이다.

언젠가는 저 저주를 천하에 퍼뜨리게 될 아이였다. 혜약 상인이 아는 혜인 사형이라면 업보를 지는 한이 있더라도 결코 살려둘 아이가 아니었다.

천살의 기를 타고난 아이들은 가끔 보인다.

정도의 차이가 있을 뿐이다.

하지만 이 일명이란 아이는 달랐다.

다른 아이가 마졸(魔卒)이라면 이 아이는 마왕(魔王)이라 할 만했다. 내부 근골을 살펴보니 경악스러울 따름이었다. 불필요한 경맥이 아예 존재하지 않고 기혈 자체가 언제라도 움직일 준비가 되어 있는 천생의 신체(神體)라고 할 만했다.

그것이 겉으로 드러나지 않은 것은 오로지 혜인 대종사의 금제 때문이었다.

'그 금제는 이미 풀렸다…….'

아마도 십이 년이라고 한 것은 그 금제가 십이 년 뒤에 풀리도록 안배한 것이 아닌가 싶지만 어떻게 된 것인지 금제는 아직도 풀리지 않고 존재하는 것 같았다.

'왜 이 아이에게 그런 증상이 계속해서 나타나는 것이지? 금제는 풀렸을 텐데…….'

혜약 상인은 깊은 생각에 잠겼다.

지난 백 년간 참수한 모든 것들을 동원하는 깊은 숙고(熟考)였다.

"……."

일명은 그런 혜약 상인의 얼굴을 초조하게 바라보았다.

그가 눈을 뜬 것은 일각여가 지난 다음이었다.

"심경을 불러라."

그가 말했다.

*　　*　　*

일명은 똥 마려운 강아지처럼 선방 주위를 돌아다녔다.

오늘은 연무가 면제되었고 나머지 일과도 모두 면제되었다.

장생전으로 혜약 상인을 만나러 다녀온 지 벌써 반나절이다. 그런데 심경 대사를 만난 혜약 상인은 자신을 보내 버렸고 대체 무슨 짓을 하는 건지 이 늙다리들은 연락 한마디 없다.

"젠장, 초조해서 죽겠네! 이러다 제명에 못 살지……."

투덜거리던 일명은 문득 눈을 빛냈다.

그리곤 냅다 연무장으로 향해 달렸다.

해가 꾸물거리며 저녁놀을 드리우고 있으니 연무장에서의 수련도 곧 끝이 날 참이었다.

"왜? 왜 그러세요?"

일명에게 귀를 잡혀 한쪽 구석으로 끌려간 지눌이 인상을 썼다.

"너, 방장실의 사미인 지공이란 놈과 친하다며?"

"무승이 되기 전에 불법 공부할 때 한 방에서 지내긴 했었죠……."

"가서 알아봐라. 지금 방장실에서 무슨 이야기가 오가고 있는지."

"바, 방장실의 일을 알아보라구요?"

"그래."

"으, 으으흐흐……."

지눌은 대답 대신 괴이한 소리와 함께 연신 머리를 내저었다.

"왜 그래?"

"그런 짓을 하면 파문당해요. 절대! 절대로 못해요……."

말을 하면서도 머리 내젓기를 멈추지를 않는다.

"너…… 사숙의 말을 뭘로 알고……."

일명이 눈을 부라렸지만 꽉 막힌 지눌은 짤짤 고개를 내저을 따름, 전혀 움직일 생각조차 하지 않았다.

"에이, 시팔…… 진짜 짜증나네……."

마침내 일명이 발을 굴렀다.

지눌의 눈이 휘둥그레졌다.

출가인이 욕이라니?

*　　　　*　　　　*

"그런?"

심혜 상인은 눈을 크게 떴다.

그가 있는 곳은 방장실이다. 그 방장실에는 지금 그와 심경, 약왕전 심주, 달마원의 심유 대사와 대우까지 모두 다섯 명이 모여 앉아 있었다.

"아미타불…… 그런 일이 있을 수 있단 말인가?"

"소제의 불찰에서 비롯된 일입니다."

심경 대사가 깊은 한숨을 내쉬었다.

"허어……."

심혜 상인은 머리를 저었다.

아무도 상상하지 못한 일이 일어났다.

혜약 상인이 모든 것을 감안하여 진단한 결과를 다시 달마원과 약왕전에서 검토했다. 그리고는 내린 결론은 혜약 상인의 진단이 옳다는 것이었다.

그 진단은…….

"네가 이 아이를 구하기 위해서 펼친 파사대법(破邪大法)으로 인해 혜인 사형이 펼친 금제에 문제가 생겼다."

심경 대사를 만나 경위를 들은 혜약 상인이 한 말이었다.

심경 대사는 폭주하는 일명, 운비룡을 제어하기 위해서 불문의 각종 항마법력을 시전했고 그 와중에 천살지기를 금제하게 되었다. 당시 그로서는 앞뒤를 가릴 여유가 없었다.

그만큼 일명의 체내에서 터져 나오는 천살지기는 무시무시했던 것이다.

그런데 그것이 잘못임을 심경 대사는 상상치도 못했다.

절세의 고수인 혜인 대종사는 태어난 일명의 천살지기를 금제하면서 제약을 두었었다.

십이 년간 천살지기를 대반야심광으로 제어하면서 그 기운을 증폭시키도록 안배해 두었던 것이다. 결국 그 천살지기가 터져 나오면서 소림사와 연결되는 인연의 고리까지를 그는 이미 천기로써 예측한 상태였다. 하지만 그런 그도 사손(師孫)이 천살지기를 금제시킬 수 있을 것이라고는 생각하지 못하였었다.

그간 억눌려 있다가 터져 나온 천살지기는 가공, 그 자체이지만 아이가 그 순간을 버틸 수가 있다면 대반야심광이 아이의 심성을 지켜줄 것이므로 그 빈자리를 소림사에서 충분히 메우고 키워줄 수 있을 것으로 보았던 것이다.

소위 말하는 천살지기의 저주가 풀리는…….

그런데 천살지기가 금제되자 모든 것은 원점으로 돌아갔다.

일명은 아직도 천살의 기운을 가진 무서운 존재이고, 혜인 대종사의 금제 또한 반은 풀리지 않은 상태가 되어버렸기에.

"방법이 없다는 것인가?"

"장문 사형께서 더 잘 아시지 않습니까?"

심혜 상인의 하문에 달마원의 심유 대사가 무거운 음성으로 답했다.

"정말 혜인 사백께서는 대단하신 분이네. 어찌 그리할 수가 있단 말인가? 무공만 잊도록 만들다니……."

"그러게 말입니다. 혜약 사숙께서 하신 말씀으로는 사람은 모든 것을 기억하는 부분들이 다 다른데, 혜인 사백께선 그것까지 다 감안하셔서 금제를 한 것 같다고 하십니다. 광의가 연구한 것이 없었다면 불가능한 일이었을 거라고 하시면서……."

"다른 말씀은 없으시던가?"

"못내 아쉽다고 할까? 회한에 젖은 표정이셨습니다."

"음……."

심혜 상인은 고개를 끄덕였다.

그럴 수도 있으리라.

평생을 두고 혜인 사백의 그늘에서 살았던 천재가 그였다.

그런데 마지막까지 혜인 사백의 금제를 풀지 못한다면 아무리 출가인이라도 사람이라면…… 어쩌면 혜약 사숙의 그 회한은 아직도 명리(名利)를 벗어나지 못한 자신에 대한 한탄이 아닐까 하는 생각도 들었다.

"그 아이를 어찌하시겠습니까?"

심경 대사가 물었다.

"자네 생각은 어떠한가?"

심혜 상인의 되물음에 심경 대사는 미간을 찡그렸다.

"유독 무공만 익히면 잊어버리니…… 무승으로 키우긴 어렵겠습니다. 더구나 언제 천살지기가 풀려 나올지 모르니 힘을 주기도 어렵지 않겠습니까?"

자칫 무공을 가르쳤다가 천살지기가 폭주하게 된다면 그 죄를 제아무리 소림사라고 할지라도 감당하기 어려울 터였다.

"음……."

심혜 상인은 잠시 생각에 잠겼다.

일명의 금제는 정말 사상 유래를 찾아보기 어렵다.

사람의 뇌에서 어떤 특정한 부분을 찾아 그 기억만을 금제한다니…… 평범한 사람이라면 실행하기는커녕, 믿기도 어려운 일이었다.

하지만 혜인 대종사는 해냈다.

"결국 금제를 풀기 위해서는 혜약 사숙의 말씀대로 그 아이의 능력이 혜인 사백과 버금갈 때에만 가능하다는 거로군……."

"현재로서는 그렇다고 합니다. 지금 우리가 할 수 있는 일은 없습니다."

약왕전의 심주 대사가 무거운 음성으로 말했다.

"결국 평생을 두고 불가능하다는 이야기로군요."

"그렇게 되겠지……."

모인 사람들은 무겁게 고개를 끄덕였다.

천하제일이라고까지 불린 일대의 성승, 혜인 대종사를 능가하거나 그에 버금가는 능력을 가져야만 금제는 해제가 가능하다. 그런데 오늘 무공을 배우면 내일 잊어버리는 일명이 어찌 그런 경지에 오를 수가 있을까?

현재 소림사에도 그런 고수가 없는데…….

"무승으로 키우긴 어려울 테니 아이를 일반 사미로 키우도록 하지."

마침내 심혜 상인이 결정을 내렸다.

둘째 마당

"예?"

일명은 눈을 부릅떴다.

무슨 소리냐고 눈을 부릅뜨고서 대우를 바라보았다.

아니, 쏘아본다는 것이 맞을 터였다.

"무승이 아니라 일반 사미라니요?"

"그렇게 결정을 했다. 너는 오늘부터 이곳이 아닌 계지원의 사미로서 불도를 배우면서 때를 기다리도록 하거라."

"말도…… 말도 안 돼요! 아니, 내가 나무아미타불이나 외려고 여기 온 줄 알아요? 그거 아닌 걸 사부님도 잘 알잖아요? 내가 왜 소림사에 왔는데 날더러 염불이나 하고 심부름이나 하란 말인가요?"

"이놈이!"

대우가 눈을 부릅뜨고 일명을 쏘아보았다.

위엄이 가득한 눈이었지만 지금 일명은 눈에 뵈는 게 없었다.

"못해요! 절대로 여기서 못 나가요. 난 무공을 배우러 온 거예요. 그러니 내 괴질을 고쳐 주란 말이에요! 사부! 사부도 아시잖아요? 내가 똑똑하다는 거. 절대로 실망시키게 하지 않을 테니 그 건망증만 좀 고쳐 주세요. 다른 곳도 아닌 천하의 소림사에서 고치지 못하면 누가 이걸 고칠 수가 있겠어요?"

일명은 마구 대들다가 이내 대우의 소매를 붙잡고 애걸을 했다.

노기를 떠올리던 대우는 그 모습에 암암리에 탄식을 하고 일명의 까까머리를 쓰다듬었다.

"일명아, 마음을 가라앉히고 들어보려무나."

그는 일명의 앞에 한쪽 무릎을 꿇으며 자세를 낮추어 일명의 눈을 바라보았다.

"이것은 때가 될 때까지이지, 영원히 너를 그렇게 두겠다는 것은 아니다. 지금은 너를 고칠 방도가 없으니 시간이 될 때까지 너를 잠시 계율원에 위탁을 하는 것이란 말이다. 너도 알다시피 소림사의 무공은 불도에 기초를 두고 있다. 상승무학으로 갈수록 불리(佛理)를 알지 못하면 무공을 깨닫기가 어렵다. 실제로 소림 칠십이종 절기 중 상위 십이 개 절기는 불도에 관한 깊은 지식이 없으면 접근하기조차 어렵단 말이다. 그러니 우리가 방법을 찾는 동안 너는 전심으로 불도를 닦아 스스로의 마음을 거울처럼 만들어야 할 것이다. 그렇게 되면 네 마음이 스스로 맑고 밝아져 소림사의 무공을 익히기에 적합하게 될 것이니 네 그 총명한 머리와 결합하게 된다면 조금 늦게 시작한다 할지라도 충분히 뛰어난 성취를 이룰 수가 있을 게다."

"정말요?"

아무리 영악해도 어린아이다.

그럴듯한 말을 듣자 일명은 눈을 깜박이며 생각에 잠겼다.

"그렇다. 실제로 네 증상을 치료하기 위해서 약왕전의 전주이신 심주 대사께서 어제부터 연구에 들어가셨다."

대우의 말은 사실이면서 또한 사실이 아니었다.

연구에 들어간 것은 사실이지만, 일명의 치료를 위해서는 아니었다. 일명의 금제가 너무도 놀랍고 신기한 것이라서 그 자체를 알아내기 위해서 달마원과 약왕전이 합동으로 연구에 들어간 상태였기에.

어쨌든 거짓말은 아니었다.

게다가 일명이 아무리 싫다고 해도 이미 결정은 내려진 다음이었다.

"만약…… 제가 그래도 싫다고 나가겠다고 하면요?"

대우는 일명의 눈알이 또르르 돌아가는 것을 보면서 미미하게 웃었다.

"넌 나갈 수 없다. 우리는 네 아버님께 널 부탁받았고, 네 형이 너를 찾아올 때까지 돌봐달라고 했었지. 어린 네가 어떻게 될 줄 알고 널 버려둘 수가 있겠느냐?"

"버리긴…… 혼자 살면 되는 거지…… 언젠 누가 돌봐줘서 살았남?"

일명의 입이 툭 불거졌다.

"사부의 말을 믿고 기다리도록 하거라. 넌 이미 불문의 제자다. 부처님의 가호(加護)가 너와 함께할 테니 반드시 네가 원하는 결과가 나오겠지."

"그렇겠죠……."

일명은 심드렁히 대꾸했다.

하지만 내심은 이미 완전히 달랐다.

'망할! 자기네들 맘대로 결정해 두고 난 움치고 뛰지 못한단 야그잖아. 까짓 거 정말 도망가 버리고 말까?'

막상 도망가려고 생각해 보았지만 난감했다.

가려면 개봉으로 가야 하는데 그곳으로 소림사에서 찾아오면 피할 방도가 없을 것 같았다. 이 인간들의 힘은 매우 대단해서 왕부에서도 어쩌질 못하니 그걸 다 피하면서 어떻게 하기는 어려울 것 같았기 때문이다.

'망할! 재수 옴 붙었네…….'

일명은 투덜거리면서 짐을 싸야 했다.

이럴 줄 알았어.

역시 중이 되는 게 아니었는데, 나무아미타불이나 외면서 무슨 낙이 있겠어?

"사숙께서 오시자마자 가게 되어서 섭섭하네요……."

지눌이 어색하게 머리를 긁적였다.

며칠 사이에 이미 괴롭힘을 당했으니 내심 시원하게 생각하겠지?

괘씸해진 일명은 환하게 웃어주었다.

"걱정하지 마. 자주 찾아올 거야. 대우 사부님께서 매일 놀러 와도 된다고 하셨어."

그 말에 지눌의 얼굴이 묘하게 일그러지는 것을 일명은 놓치지 않았다.

'넌 이미 내 밥이야, 이놈아!'

일명은 씨익, 정겹게 웃었다.

보는 지눌에게는 아마도 악마의 웃음이 아니었을까.

*　　　*　　　*

계지원은 소림사의 후전에 해당한다.

소림사는 산문을 들어서면서 천왕전이 있고 대웅전을 지나면 장경각이 존재한다. 그 장경각 뒤에 방장실이 있고 그 뒤로 소림사에 관련된 여러 가지 건물들이 존재한다.

달마의 앞에서 혜가가 팔을 잘라 법을 구했다는, 입설정(立雪亭)이 있고 그 뒤로는 천불전이 있어서 소림사의 가장 심처(深處)가 된다. 그 주변으로 백의전이 기타 여러 건물들이 있는데 약왕전이나 달마전도 거기에 속한다.

계지원은 소림사의 계율을 다스리는 곳이다.

승려로서 유지해야 할 품위를 잘 지키는지, 무승으로서의 소림사 제자가 혹여 무공을 가지고 운수행(雲水行:운수란 탁발을 의미한다)을 하면서 나쁜 짓을 하지는 않는지에 대한 감찰을 하는 곳이다.

해서 계지원 승려는 엄정하고 불법에 밝으며, 또한 대부분의 승려들이 무공이 강한 것이 특징이다. 반항하는 자들을 처리해야 하는 경우가 많기 때문이다. 그렇기에 나한전의 고수 출신이 그 대부분을 차지했다.

그것을 알게 된 일명은 내심 입이 째졌다.

'까짓 거 어디서나 무공을 배우면 되는 게지. 꼭 나한전이라야 하나?'

문제는……

그 빌어먹을 무공을 어떻게 기억하느냐였다.

"넌?"

일명을 본 일류는 뜨악한 표정으로 눈을 끔벅거렸다.

"안녕하세요, 사형?"

일명은 환한 얼굴로 일류에게 냉큼 인사를 했다.

이놈이 뭘 잘못 먹었나?

일류는 더 괴이한 표정이 되어서 일명을 바라보았다. 뭐라고 말은 해야겠는데 말이 나오지를 않았다.

"오늘부터 여기 있게 되었으니 선배로서 잘 부탁해요. 하하……."

일명은 너스레를 떨면서 일류의 앞에서 그럴듯하게 소림사의 특징인 반장의 예를 해 보였다.

"여, 여기 있는다니? 네가 여기 왜 있냐? 넌 나한당……."

"그 아이는 오늘부터 여기 있기로 했다."

누군가가 참견을 했다.

일명이 보니 뚱뚱한 중 하나가 커다란 잣나무 아래 있는 바위에 반쯤 기대 누운 채로 눈을 게슴츠레 뜨고서 이쪽을 보고 있었다.

어찌 잊을 수 있을까.

"일묘 사형!"

일명이 반갑게 손을 흔들었다.

"반갑네요. 이렇게 아는 사람들을 만나게 되어서……. 그보다는 계지원의 원주이신 심료 대사를 뵈어야 할 건데 어디 계세요? 일명이 왔다고 일단 말씀은 드려야죠."

"네깟 놈이 무슨 원주님까지……."

"데려가거라. 원주님께서 오거든 데려오라고 하셨다."

일묘가 하품을 하면서 말하더니 눈을 감았다. 말 그대로 나른한 오후가 몸 전체로 느껴졌다.

'젠장…….'

뭔가 불길한 예감에 일류는 미간을 찡그렸다.

달랑달랑 일류의 뒤를 따라 계지원주인 심료 대사를 만난 일명은 살갑게 심료 대사에게 인사를 했다.

"일명입니다!"

"……."

선방에서 정좌를 하고 있던 심료 대사는 심경 대사나 다른 사람에 비해서 훨씬 엄하게 생겼다. 좀 마른 편에다가 눈매도 날카롭고 얇은 입술을 근엄하게 다물고 있는 것이 어지간한 사람은 그 앞에 서면 한기가 느껴질 듯했다.

"일묘 사형이 원주님께 인사를 드리라고 해서요……. 따로 하실 말씀이 없으면 그만 가볼까요? 오늘부터 어디서 뭘 하면 될는지요?"

심료 대사의 성정을 잘 아는 일류는 심료 대사의 앞에 서면 일단 입이 얼어붙는다.

필요하지 않은 말은 하루 종일 가도 단 한 마디도 하지 않는다. 법을 집행함에 있어서 가히 피도 눈물도 없는 무서븐 존재가 바로 심료 대사인지라 소림사의 사람이라면 누구라도 그를 제일 무서워한다. 장문인보다도 더.

그런 심료 대사 앞에서 까불거리는 일명을 보고 일류는 기가 막혔다.

그런데……

"넌 뭐든지 한 번 보면 외운다면서?"

심료 대사가 입을 열어 묻기까지 하지 않는가.

"그렇긴 하지요……."

일명은 시무룩해서 말했다.

"하지만 무공은 담날 까묵습니다."

그 말에 심료 대사의 얼굴에 미미한 웃음기가 돌았다. 듣던 바와는 달리 어린아이답고 귀여운 구석이 있었기 때문이다.

"일류가 할 일을 가르쳐 줄 것이다. 가보거라."

"예. 자주 찾아뵙겠습니다!"

일명은 넙죽 엎드려 절을 했다.

"찾아오긴 어딜 찾아와? 원주님께서 그렇게 한가한 줄 알아?"

나오자마자 일류는 일명의 귀를 잡아당겼다.

"아, 아야…… 귀한 사제를 왜 첫날부터 못살게 굴어요?"

"귀한 사제? 이 녀석이…… 여기는 계지원이야. 계지원이 뭐 하는 곳인지 알아?"

"계지원이란 데야…… 말 그대로 계율을 지키는 곳이지요? 그거 모르는 사람이 어디 있어서 이 난리예요?"

"이놈 말하는 거 하고…… 계지원은 소림사의 계율이 지켜지는지 감시하고 또 지켜지도록 승려들을 감독해야 하는 곳이다. 그렇기 때문에 솔선해서 모범을 보여야 하니 말 한마디라도 조심해야 하고 행동거지 하나하나에 신경을 써야 한단 말이다. 그런데 넌 말 한마디마다 촐랑거리니 이래서야 어찌 계지원 승려로서……."

일류의 얼굴이 묘해졌다.

일명이 눈을 깜박이면서 자신을 바라보고 있었던 것이다.

"왜 그렇게 봐?"

"행동거지에 말투 하나에도 신경 써야 한다면서 착하고 어린 사제의 귀를 잡아당기는 게 계지원 승려가 할 일인가요? 흠…… 저기 나이 드신 분이 계시네? 저기다 함 물어볼까요?"

일명의 말에 일류는 얼굴을 일그러뜨렸다.

"너……."

그가 말끝을 흐렸다.

하지만 인상은 사뭇 엄격히 변했다.

"널 가르치는 사람이 나라는 걸 잊지 말아라. 내가 널 괴롭히면 넌 괴롭게 살아야 할 거야. 그럴 리는 없지만 난 어린애가 버릇없이 구는 건 딱 질색이다. 그러니 알아서 하는 게 좋을 거야."

"……."

일명은 눈을 깜박거리면서 일류를 보았다.

동요하는 빛이 역력함을 일류는 느낄 수가 있었다.

하지만 정작 일명은 전혀 달랐다.

'놀구 있네. 텃세하는 얼빠진 놈들 한두 번 본 줄 아냐? 사흘 내로 널 설설기게 만들지 않으면 내가 소림사 장문인 되구 만다. 고승들이 즐비한데 새카만 새끼중 주제에…….'

일명은 웃으며 일류의 손을 잡았다.

"하하…… 난 어린애가 아니에요. 사형의 착한 사제지. 잘 도와주시면 저도 착한 사제가 될게요. 잘 부탁해요."

꾸벅.

인사도 잘한다.

일류는 자신의 협박(?)이 먹혀 들어간 것으로 착각을 했다.

"그래. 네가 잘하면 내가 널 괴롭힐 리야 있겠니? 모름지기 승려는 수행에 힘써야 하고 우리 계지원 승려들은 더 더욱 그래야 하니 다른 승려와 같을 순 없는 거란다."

"그렇군요…… 잘 가르쳐 주세요, 사형!"

일명은 활짝 웃어 보였다.

일류는 아직 알지 못했다.

그 웃음의 의미를.

셋째 마당

가슴이 터질 듯 뛰었다.

뼈도 없는 듯 그렇게 부드러운 손. 일류는 촉촉한 느낌의 그 손을 움켜쥔 채로 헐떡거렸다.

"헉, 허헉? 아, 아미타불……! 이, 이러면 아니 되오."

한 번도 당해본 적이 없었던 상황.

어째서 여인이, 이 아름다운 여인이 자신이 잠든 선방에 들어와서 자신의 가슴을 쓰다듬는다는 말인가?

"빈승은 불자외다. 빈승은 불자……."

일류는 떨리는 음성으로 계속 중얼거렸다.

"짜샤! 네가 중인 걸 누가 몰라?"

어디선가 피식, 웃는 소리가 들리는 것 같았다.

그리곤 뭔가가 이마를 세게 쳤다.

"뭐, 뭐야?"

허둥대던 일류는 눈을 번쩍 떴다.

어둠이 잔뜩 눈앞으로 몰려들었다. 잠든 지 얼마나 된 걸까?

머리를 흔들며 두리번거리던 일류는 뭔가가 손 안에서 꼬물거리는 것을 느끼고는 손을 들었다.

구왁!

손 안에 있던 것이 펄쩍 뛰어 얼굴에 철썩, 붙었다가 튀어 달아났다.

"두, 두꺼비?"

기겁을 하고 뒤로 벌렁 넘어졌던 일류의 얼굴이 일그러졌다.

꿈에서 보았던, 자신의 가슴을 쓰다듬던 그 손길이 여인의 것이 아니라 두꺼비였단 말인가? 대체 두꺼비가 어떻게 선방에까지…….

'말도 안 돼! 벌써 삼 일째 개구리에다 두꺼비라니…….'

일류는 어둠 속에서 주위를 두리번거렸다.

사나운 기색으로 주위를 살폈지만 이상한 것은 아무것도 보이지 않았다. 일류가 아무리 이를 갈아도 같은 방에 자는 동료, 꼬마 일명을 포함하여 나머지 넷은 모두 세상모르고 잠에 곯아떨어져 있었다.

어쩌다가라면 몰라도 연 삼 일째라면 이건 아무래도 이상했다.

수상한 놈은 하나뿐이었다. 구석에 처박혀 자고 있는 일명…….

저놈이 온 다음부터 한잠도 자지 못했다. 하지만 색색 얌전히 잠든 일명에게서는 아무런 흔적도 찾을 수가 없었다.

'저놈이 내 머리통까지?

주먹을 쥐었다 폈다 하는 일류의 눈에는 핏발이 섰다.

어제는 뭔가 먹는 꿈을 꾸며 우물거리다 보니 입 안에 개구리가 들어 있었다. 밤새 토하느라고 한잠도 자지 못한 건 너무 당연했고 오늘은…… 이라고 이를 갈면서 자는 척하다가 그만 깜박 잠이 들었는데 그새 또 이런 일이 생기고 만 것이다.

하루 이틀도 아니고 밤마다 이러면 잠을 잘 수가 없는 것이 당연하고, 사흘째가 되자 거의 뜬눈으로 새다가 깜박 잠이 들었던 게 다시 이 꼴이었다.

참으려 해도 절로 입에서 콧김이 뿜어졌다.

'증거만 잡으면…….'

일류는 잡아먹을 듯 잠든 일명을 쏘아보았다.

그러거나 말거나 웅크린 일명은 색색, 숨소리도 편안히 잠들어 있을 따름이었다.

뒤척거리던 일류는 다시 잠들지 못했다.

곧 인시(寅時: 새벽3—5시).

조과(朝課)가 시작될 시간이니 지금 잠이 든다면 자칫 늦잠을 잘는지도 모른다. 게다가 신경이 곤두서서 잠을 자려고 해도 잠이 오지를 않았다.

"젠장!"

마침내 일류는 벌떡 일어났다.

사납게 일명의 잠든 모습을 쏘아본 그는 부글거리는 표정으로 선방을 나섰다.

그가 방을 나서자 씨익, 어둠 속에서 일명이 웃는 듯 보였다.

"으아악!"

처절한 비명이 새벽을 찢어발겼다.

"이게 무슨 소리야?"

사람들이 놀라 밖으로 뛰쳐나왔다.

승려들은 일찍 일어난다. 아무리 늦어도 인시를 넘기지 않으니 아침 일과가 그때부터 시작되는 까닭이다. 그런데 댕댕~ 종루에서 긴 여운이 퍼져 나와 숭산을 울리기 시작하는 판에 계지원에서 난데없이 터져 나온 비명이라니!

놀란 승려들이 튀어나오는 것은 너무도 당연했다.

"해우소(解憂所:화장실) 쪽인데?"

"쿠아악……."

일류는 똥통에서 허우적거리고 있었다.

계지원 해우소는 조금 지대가 높았다. 게다가 다른 곳과는 달리 볼일을 보면 아래에 쌓인 건초에 떨어지게 되어 있어서 말 그대로 똥통이었다. 한데 어찌 된 셈인지 일류는 그 똥통에 빠져서 허우적거리고 있는 것이다.

"대체 어떻게 된 거야?"

엉망진창이 된 모습으로 똥통에서 기어 나온 일류를 보고 다른 사람들이 코를 막은 채로 물었다.

"에퉤퉤에…… 칵, 카악! 아이고오~ 쿠에엑! 아, 앉는 자리가 갑자기 부서져 내리는 바람에……."

일류는 죽을상이 되어서 전신을 떨었다.

그 눈은 아직 사람들의 뒤에서 웃고 있는 일명을 보지 못했다. 본들 할 수 있는 일은 없었겠지만.

콰당!

사나운 기세로 법당에 들어선 일류.

그는 부릅뜬 눈으로 주위를 두리번거렸다.

법당에는 일명이 단정한 자세로 앉아서 불경을 읽고 있었다.

"뭐 하는 게냐?"

"공부하죠."

일명은 뒤도 보지 않고 답했다.

"공부? 네가 말이냐?"

"소림사에서 살려면 해야 된다면서요?"

"음……."

일류는 고개를 빼밀어 일명이 보는 경전을 들여다보다가 안색이 조금 변했다.

〈금강반야바라밀경(金剛般若波羅密經).〉

속칭 금강경이라 불리는 이 경전은 대승불교의 진수를 담고 있는 것이라 일명 같은 초보 사미가 볼 수 있는 것이 아닌 까닭이다. 게다가 양은 오죽 많은가.

"이게 뭔지나 알고 보는 게냐?"

"대충요. 반야심경 보고 나서 이걸 보는 거거든요."

"어제 반야심경 보고 오늘은 이걸 본단 말이냐?"

"그럼 매일 같은 거만 봐요?"

일류는 어이가 없었다.

"불경을 보는 이유가 뭐라고 생각하냐?"

"마음을 닦기 위해서죠."

"그런데? 그런데 반야심경을 훑어보고 오늘은 금강경을 본다고?"

"그렇죠. 글은 어차피 전할 수 없는 것에 대한 예시(例示)가 아니던가요? 그러니 우리 선종(禪宗)은 불립문자(不立文字)라고들 하죠. 소림사는 선종의 대찰이고 본산이니 저는 불경을 보는 것이 아니라 과연 부처가 왜 똥막대기인가를 찾아보는 중이에요."

'이놈이……?'

일류의 입이 절로 벌어졌다.

똥막대기라는 것은 운문 대사의 화두(話頭)를 의미한다.

간시궐(乾屎獗)이라고 불리는 이 똥막대기의 일화는 매우 유명했다. 그런데 이 꼬마가 그새 선문답까지 알게 되었다는 건가?

"그래, 왜 부처가 똥막대기냐?"

일류의 물음에 일명이 피식, 웃었다.

"한마디로 할 수 있다면 왜 그 큰스님이 똥막대기를 내밀었겠어요?"

"……."

일류는 말문이 막혔다.

예전 중국 사찰에서는 종이가 귀해 막대기를 잘 씻어 옆에 두었다가 끝처리를 막대기로 대충 했는데 그 막대기를 건시궐이라 한다.

운문 대사를 죽어라 따라다니는 행자(行者) 하나가 기회만 있으면 부처가 무엇이냐고 물었었다. 하지만 그때마다 운문 대사는 한마디도 하지 않고 도망쳤다. 기회를 노리던 이 행자는 운문 대사가 화장실에 가서 막 똥을 누려는 순간에 들이닥쳐 물었다.

"부처가 뭡니까?"

도망갈 수가 없어진 운문 대사는 아무 말도 없이 옆에 있던 똥막대기를 들어 불쑥 내밀었다.

코앞에 내민 그 똥막대기.

건시궐을 본 행자는 크게 깨달았다고 하는데 후학들이 이를 일러 부처는 똥막대기라고 일컫게 되었다. 하나 실제로는 그 자체를 한마디로 똥막대기라고 해석하면 큰 오류를 범하게 되는 법이었다.

트집을 잡을 수가 없게 된 일류가 잠시 일명을 노려보고 있다가 느닷없이 불쑥 물었다.

"너지?"

"예? 뭐가요?"

"지금 장난치고 있는 게 너지? 너 아니면 누가 그랬겠어? 네 녀석이 온 다음부터 계속……."

그의 말은 일명의 말에 끊어지고 말았다.

"무슨 말도 안 되는 소릴 해요? 아유~ 냄새야! 아침에 똥통에 빠진 담에 제대로 씻지도 않았나 보군요? 절루 가요! 무슨 엉뚱한 소리는……."

"내, 냄새…… 너 이놈……."

"사형은 정말 답답하네! 뭔지 모르지만 만약 내가 그랬다고 칩시다.

그럼 내가 그랬다고 말을 하겠어요? 사형 같으면 해요?"

"그건……."

일류는 말문이 막혀 더듬거렸다.

"요즘 사형이 운이 좋지 않은 것 같은데, 지금 사형의 태도는 부준이대압소(不准以大壓小), 공보사구(公報私仇)라는 본 사의 십이규조 중 여섯 번째를 범하는 중죄에 속해요. '강함을 빙자하여 약자를 누르거나 사사로운 복수를 하면 안 된다!' 라는 말을 계지원의 승려로서 설마 잊고 있는 건 아니겠지요?"

"으……."

말문이 막힌 일류는 일명을 노려보았다.

속이 부글부글 끓지만 단 한 마디도 반격을 할 재간이 없었다.

"그만두자. 모두 내가 잘못했다고 치고 말지! 말아!!"

마침내 그가 발을 구르며 고함쳤다.

"어린 사제를 괴롭히지도 않을 거겠군요?"

냉큼 되받는 일명의 말에 일류는 다시금 일명을 사납게 쏘아보았다.

하지만 일명은 태연하게 그 눈빛을 받아넘겼다.

이건 도저히 꼬마가 아니었다. 무슨 이런 꼬마가 있어?

마침내 일명은 길게 한숨을 내쉬었다.

절로 고개가 절레절레 내둘렀다.

"그만두자, 그만둬! 내가 너랑 상대해서 뭘 하겠느냐? 아미타불…… 스스로의 수양이 모자람을 탓할 밖에."

"아미타불, 선재(善哉)! 선재…… 잊지 말고 부디 잘 지키시길."

일명의 변죽에 일류는 열을 받아 얼굴이 시뻘게졌지만 이를 악물고서 법당을 빠져나갔다.

그 모습을 보고 일명이 씨익, 웃었다.

'패 죽이고 싶지? 하지만 개뿔을 찾는 게 더 빠를 거야. 넌 이미 내게 찍혔거든? 흐흐…….'

암중에 웃음을 흘린 일명은 열린 문 사이로 보이는 하늘을 보았다.

푸른 하늘.

벌써 소림사에 온 지 한 달이 넘었다.

하늘의 구름이 형의 얼굴로 보였다.

"망할……."

문득 일명이 투덜거렸다.

"이게 뭐야? 형 말대로 소림사에 왔다가 무공은 못 배우고 팔자에 없는 염불만 하고 있으니 이게 뭐야?"

하늘에서 형이 여전히 사람 좋은 웃음을 짓는다.

형이 보고 싶었다.

지금쯤 어디 있을까?

第九章
천화(天火)를 찾아서…….

하늘은 푸르다.

거대한 푸르름을 인 구만리 창천(蒼天)을 오가는 흰구름들. 그 구름들 사이로 구름보다 더 흰빛을 뿜는 산봉들이 즐비하게 늘어서 있다. 칼날처럼 삐죽거리며 치솟은 산봉은 얼음 그 자체.

말로만 듣던 설산(雪山)이 거기에 존재했다.

높고 높은 거대한 산자락은 어깨에 어깨를 이고 천하를 오시한다.

멀리서 볼 때는 그저 신비롭기만 했다.

하지만 직접 산에 오르면 그것은 신비가 아니라 외경(畏敬), 그 자체였다.

쿠쿠쿠…….

거대한 울림이 천지를 진동한다.

저 산마루에서 만년설이 눈사태를 일으킨다. 거대한 눈구름을 일으키면서 쏟아져 내려온다. 천지가 온통 눈이다. 보이는 모든 것이 눈 속으로 사라져 갔다.

과과과…….

고개를 돌리면 가슴을 울리는 음향이 들려온다.

수천, 수만 년을 두고 얼어붙었던 눈이 녹아서 흘러내리는 빙하. 얼음과 눈 녹은 물이 함께 도도하게 아래로 밀려 내려가는 모습은 절로 탄성을 흘리게 만들기에 족했다.

거대한 산, 그 산과 어우러진 참으로 거대한 대자연.

"저 빙하가 밑으로 내려가면 수원(水源)이 된다. 대체로 저 빙하들이 강을 이루는 출발점이 되는 게지."

노백이 감회 어린 표정으로 발 아래로 흐르는 빙하를 굽어보았다.

"대단합니다. 저 빙하와 이 설산을 보는 것만으로도 이곳에 온 보람이 있다 싶습니다."

대호가 상기된 음성으로 말했다.

"여기에 오면 비로소 인간이 얼마나 나약하고 한심한가를 알 수 있게 된다. 저 쏟아지는 눈사태를 한 번 겪어보면 인간이 무공을 익히기 위해서 아등바등 애써봐야 대자연의 위력 앞에서는 아무런 소용이 없다는 것도 알게 되지……."

그런 노백을 보며 대호는 의아한 듯이 물었다.

"아무런 소용이 없다면서 천화는 얻어서 뭘 하게요?"

순간, 대호는 움찔했다.

노백이 휙, 고개를 돌려 자신을 쏘아보았기 때문이다.

"멍청한 놈! 천화가 보통 물건이라면 내가 왜 널 데려와? 그게 평범한 거라면 왜 본 문의 여러 어른들께서 그토록 노력해도 얻지를 못했을 것 같으냐? 자연 그 자체로서 인간이되, 인간을 초월하는 힘을 주는 것이 천화란 말이다! 이 바보 녀석아!"

"아이고……."

대호가 도망가면서 비명을 질렀다.

느닷없이 노백이 짚고 있던 지팡이로 북어 패듯이 대호를 두들겨 패기 시작했기 때문이다.

쏴아아아—

쒸이이이이이—잉—

무공을 배우지 않았다면 움직이기도 어려웠을 무서운 눈보라.

아침까지만 해도 맑았던 날씨가 산꼭대기에 이르자 끔찍한 돌풍으로 변했다. 하늘에 구멍이라도 뚫린 듯이 눈 더미가 쏟아졌다. 쌓였던 눈이 돌풍에 휘감겨 올라 천지가 눈으로 덮였다.

쿠쿠쿠우…….

쿠콰콰아아아…….

여기저기서 산봉이 바람에 겨워 괴물의 고함과 같은 소리를 질러대고 있어 가슴 저 깊은 곳에서 공포가 치밀어 올랐다.

개봉을 떠난 지 벌써 넉 달째.

기후조차 바뀌었고 곤륜산 자락에 들어서자 계절은 아무런 의미도 없었다. 한여름에도 눈이 녹지 않는 곤륜산에 오르자 살을 에이고 뼈를 깎는 강풍이 쉬지 않고 불어 눈조차 뜨기 어려웠다.

대호는 노백을 만나면서 무공을 배웠다.

그가 가르친 무공은 불(火)이었다. 강력한 힘을 바탕으로 한 양강무비(陽剛無比)의 무공…….

그렇기에 추위가 이미 그에게 별 영향을 주지 않는 데도 불구하고 이 산상의 눈보라는 절로 옷깃을 여미게 만들었고 결국 노백의 말대로 두툼한 털옷을 입어야 했지만 이 엄청난 대자연의 위력 앞에서는 아무런 소용이 없었다.

게다가 천지가 들뜨는 것 같더니 여기저기에서 거대한 진동이 느껴졌다.

어디선가 벼락치는 굉음이 들려오는 것 같았다.

불길한 마음에 안력을 다해 고개를 돌리자 공포스러운 광경이 눈에 들어왔다.

산언덕 전체가 무너져 내리고 있음이 보였던 것이다.

바로 위에서.

"사부우……!"

대호가 안간힘을 다해 소리쳤다.

별로 말이 없는 대호이지만 그 음성은 우렁우렁하여 목청이 컸다. 그러나 공력을 실어 소리쳤음에도 그 소리는 바로 옆에서도 들리지 않을 것처럼 작았다.

노백이 대호를 보면서 황급히 손짓을 했다.

그러더니 그의 모습이 사라졌다.

바로 눈앞에서.

놀란 대호가 다급히 기듯이 노백이 있던 곳으로 달려가자 검은 구멍 같은 것이 보였다.

"빨리!"

구멍 속에서 손이 튀어나와 대호를 잡아당겼다.

쿠콰콰콰……!

그 자리를 눈사태가 덮쳤다.

"여기가 어딥니까?"

대호가 주위를 돌아보았다.

동굴.

시작은 동굴처럼 보였다.

그러나 안으로 들어가자 기이한 광경이 드러났다.

천장이 없었다.

투명한 맑은 빛이 하늘에서, 아니, 천장으로 짐작되는 위쪽에서 흘러 들어오고 있었다. 마치 수정으로 지붕을 얹어놓은 것 같은 그런 동굴이었다.

"원래 여긴 동굴이 아니라 좁은 통로였다. 협곡과 같은……. 저 위쪽은 만년빙이다. 수만 년 동안 얼어붙은 얼음덩어리들이 협곡을 건너 연결되면서 지붕이 되어버린 게지."

"어떻게 그렇게 잘 아세요?"

"녀석, 여길 내가 모르면 우리가 어떻게 살아났겠느냐? 이곳이야말로 우리 천화문(天火門)의 발생지다."

말을 하는 사이에 통로가 끝나면서 환한 빛이 나타났다.

만년빙으로 덮인 통로가 아니라 거대한 지하 광장이었다. 얼음 천장으로 만들어진 지하 광장은 신비롭기까지 했다. 게다가 그 크기는 상상하기 어렵게 컸다. 광장이 아니라 계곡처럼 보였고 얼음 지붕의 높이도 십 장 가까이 되는 것 같았다.

"와……."

대호가 참지 못하고 탄성을 터뜨렸다.

"우리 천화문의 조사이신 천화성군(天火星君)께서는 곤륜파의 속가제자였다고 한다. 직전제자는 아니고 그저 평범한 무공을 배웠던 사람이었는데 산행길에 우연히 이곳을 발견하고는 여기에서 천화를 얻으셨다. 그렇게 해서 천화문은 지금까지 오백 년을 이어왔다. 우리 천화문의 무공은 불에 기초하는데 그 모두는 천화문(天火紋)에서 파생되었지. 자, 이리 오너라."

노백이 앞서자 대호가 따라가며 물었다.

"아니, 이곳이 천화문의 발생지라면서 이렇게 버려둔단 말입니까?"

노백이 웃어 보였다.

"네 생각에는 누가 여길 올 수 있을 것 같으냐?"

"그렇긴 하지만……."

"걱정 말아라. 겉보기에는 아무것도 없는 것 같지만 실제로는 통로에도 갈래길이 있고 대혼천진세(大混天陣勢)가 펼쳐져 있어서 여기까지 당도하기는 불가능하다. 게다가 암중에 진세가 있어서 조사께서 처음 이곳에 당도하셨을 때 하마터면 굶어 죽을 뻔하셨었지."

정말 진세가 있는 것인지 노백은 이리저리 움직이며 앞으로 전진했고 한참을 달리다시피 해서 만난 곳은 후끈한 열기가 훅훅 풍겨져 나오는 또 하나의 동굴.

"여기에 천화가 있다."

노백이 격동 어린 음성으로 말했다.

"맙소사!"

대호는 동굴 안에 들어서자 입을 딱 벌렸다.

정말 맙소사였다.

이글이글 불길이 타오르고 있었다.

수천, 수만 년을 두고 세상 모든 것을 사를 듯 치솟았을 불길. 도도한 용암의 강이 시뻘겋게 꿈틀거리면서 눈앞을 흘러가고 있었다.

눈앞을 가로막은 용암의 강폭은 무려 십 장여.

그들이 나온 동굴에서 튀어나온 부분이 그나마 견디는 것은 용암의 강 위쪽으로 일 장가량의 높이에 위치해 있다는 것. 말하자면 발 아래가 온통 용암이라는 의미다. 그것도 멀리가 아니라 바로 눈 아래. 그러니 숨을 쉬기 어려운 열기가 후끈후끈하게 느껴졌다.

"화산이군요……."

뜨거운 불길을 느낀 대호가 중얼거렸다.

"맞다. 이곳은 지심용화(地心龍火)가 만들어지는 곳이지. 본 문의 조사이신 천화성군께서는 이곳에서 천화를 얻으셨다. 그리고는 저 암벽에다 천화문을 남기셨지. 본 문의 천화신공은 바로 저기에서 연유한다."

노백이 격동 어린 신색으로 앞을 가리켰다.

그의 손가락이 향하는 곳은 너비 삼 장가량인 용암의 강 너머에 있는 암벽이었다. 마치 칼로 깎아놓은 듯 반들반들한 암벽에는 불타오르는 불꽃의 문양이 기이한 형태로 새겨져 있는데, 얼핏 보기에 한 덩이의 거대한 불꽃처럼 보였다.

"본 문의 무공은 모두가 천화문에서 비롯하지만, 조사 이래로 누구도 그 진정한 정화(精華)인 천화를 얻지 못했다. 이제 그 일은 네가 해야 한다."

그때였다.

쿠우오오오…….

소름 끼치는 음향과 함께 거대한 불꽃이 용암의 강에서 치솟아올랐다. 마치 살아 있는 불의 용이 꿈틀거리며 머리를 드는 것만 같았다. 가공할 불길, 무서운 화기가 전신을 태울 것만 같아서 대호는 부지중에 한 걸음을 뒤로 물러났다.

착각이 아님을 보여주듯이 실제로 주위가 온통 시뻘겋게 달아올랐다.

"지심용화다!"

노백이 격동해 소리쳤다.

쿠쿠쿠—

마치 살아 있는 듯 꿈틀거리며 날아오른 불길은 전신을 온통 이글거리는 불꽃으로 휘두른 채로 솟구친 채로 있었다. 전신을 훨훨 태우면서…….

놀랍게도 그것은 대호를 보고 있는 듯했다.

설마 저 불꽃이 살아 있기라도 하단 말인가?

그러고 보니 용을 닮은 것 같기도 했다.

천화!

하늘의 불.

천화의 정체를 글로 남기는 것은 금지되어 있었다. 오로지 장문제자들에게만 구전(口傳)으로 전해 내려올 뿐, 그런데 삼백 년 전 장문인이었던 천화노인이 불의의 사고로 죽으면서 이후로는 천화 자체가 무엇인지를 제자들도 알지 못하게 되어버리고 말았다.

천화문의 제자들은 그렇게 해서 이리저리 흩어져 불과 관련된 모든 것을 찾았고 죽기 전에는 반드시 이곳에 이르러 천화를 얻기 위해서 노력했지만 누구도 성공하지 못했다.

이제 그 자리에 대호가 섰다.

용암 너머로 이글이글 타오르는 불꽃의 문양을 바라보면서…….

과연 저 문양, 천화문에 어떤 비밀이 있을 것인가?

나타난 저 거대한 불길, 마치 화룡과 같이 꿈틀거리는 저 불길, 노백이 말한 지심용화는 또 무엇일까.

꼭 얻고야 말겠다.

그리고 너를 데리러 가마.

말호야.

부디 이 형을 기다려 주려무나.

第十章
악연(惡緣)이 시작되다

첫째 마당

따분했다.

어느새 망할 놈의 세월은 일 년을 훌쩍 지나가 버렸다.

일명은 나무 그늘 아래 걸터앉아서 입이 찢어져라 하품을 해대고 있었다.

처음에는 이것저것 신경도 쓰고 어떻게 하든, 무공을 가르쳐 주려고도 하는 것 같더니 이젠 아니었다. 그저 신기한 놈이라는 것뿐, 그 이상도 그 이하도 아니었다.

하긴 오늘 가르치면 내일 잊어버리니 누가 계속해서 그 짓을 하려고 하겠는가. 자신이라도 그런 미친 짓은 하지 않을 거라고 생각은 하지만…… 그래도 섭하고 화가 나는 것은 참을 수가 없었다.

내가, 천하의 운비룡이가 중노릇하러 여기 와 있단 말이야?

“시팔!”

일명은 앞에 있던 돌멩이를 냅다 걷어찼다.

“뭐 하는 짓이냐?”

노한 소리가 앞에서 들려왔다.

‘윽!’

일명은 주춤했다.

계지원의 호랑이라는 대계(大戒)가 앞에서 퉁방울 같은 눈을 부릅뜨고 있었던 것이다.

‘젠장, 하필이면 저 인간에게 돌이 날아가냐?’

일명은 내심 하늘을 원망했다.

작달막하지만 저 탄탄한 체구의 인간은 지치지도 않고 잠도 자지 않고 돌아다니면서 승려들이 뭔 잘못을 하지 않나, 감시를 한다. 해서 소림사의 모든 승려들이 감나찰(監羅刹)이라고 고개를 젓는 인간이 바로 저 대계다.

“네 이놈! 씨팔이라니! 승려라는 놈이 함부로 망령된 말을 입에 담다니! 잘 때까지 그 자리에서 정구업진언 백 번을 외우도록 해라. 단 한 번이라도 모자라면 다시 백 번을 외워야 할 것이다!”

‘씨팔…… 재수 옴 붙었다.’

일명의 얼굴이 일그러졌다.

정구업진언을 백 번 외는 거야 어렵지 않다.

그런데 저 인간이 중간에 나타나서 제대로 외지 않았다, 다시 외라는 등의 트집을 잡으면 이 백 번이라는 건 대충 천 번으로 늘어나는 게 그간 보아온 정설(?)이었기 때문이다.

그렇게 당하고 나면 다시는 위반을 하고 싶어지지 않는다, 라는 것이 대계 화상의 돼먹지 않은 논리였지만 앞에서야 누가 그걸 돼먹지 않았다고 감히 입에다 담을 수 있겠는가?

손을 들고 정구업진언 백 번을 외라니…….

'존나 쪽 팔리게 생겼다…….'

일명은 한심해서 연신 입맛을 다셨지만 구원의 손길은 전혀 뜻밖의 곳에서 뻗쳐 왔다.

지객당에서 손님이 왔으니 도울 사미를 보내달라는.

해서 일명은 그곳으로 차출을 당하게 되었던 것이다.

"누가 왔길래 사미까지 도와달라는 것이더냐?"

못마땅한 대계의 물음에 지객당 사미인 지정(智淨)은 머리를 숙여 보이면서 말했다.

"예. 화경 공주님과 이 친구 일행이 소림사를 구경한다고 오셨다고 합니다."

"공주라고?"

뜻밖이라는 듯 대계가 놀란 얼굴을 했다.

'고, 공주라면 황제의 딸이잖아!'

일명의 눈이 번쩍했다.

지객당이 북적거리고 있었다.

아무리 초연한 소림사라고 하더라도 공주가 행차하자 다를 수밖에 없었다.

소림사는 전통적으로 여인이 출입함을 금하고 있다.

그것은 공주라 할지라도 예외가 아니었다.

황자(皇子)나 기타 다른 황족들이 오게 되면 내원에서 묵게 된다. 황제가 친림하게 되면 방장실에서 묵는 것이 또한 관례였다. 그러나 공주는 여자이므로 내원(內院)이 아닌 지객당에서 묵는 듯했다.

지객당의 당주는 따로 두선집객(頭禪執客)이라고도 불린다. 흠차대신이나 주부(州府)이상의 관리만을 영접하고 이선집객(二禪執客)은 그 아래, 삼선집객은 일반 신도라는 순이다. 오늘은 당연히 지객당의 당주인 심상 대사가 나서서 직접 손님을 맞이하고 있었다.

'많이도 왔네…….'

지객당에 온 일명은 입을 벌렸다.

사방이 온통 깃발과 사람의 천지였다.

갑주를 갖춘 병사들과 시종, 궁녀들, 거기에 더해 붉은색 깃대에 푸른 깃발을 든 자와 강인번(絳引旛:붉은 깃발)에 장대, 검도와 푸른 산(傘)과 금봉산(金鳳傘), 푸른 공작 부채와 붉은색 꽃처럼 생긴 부채 홍사등롱까지 지객당 일대가 온통 휘황찬란했다.

거기에 공주가 타고 온 봉교(鳳轎)와 갖가지 교자들이 즐비해서 마치 다른 나라에 온 것만 같았다.

지객당의 승려들은 긴장한 빛으로 바쁘게 주위를 돌아다녔다.

"너 잘 왔다. 향적주에 가서 빨리 음식을 가져오너라."

일명을 발견한 지객승 일경이 급히 말하고는 안으로 들어갔다.

공주 일행은 아직 지객당 내에 있는 모양이었다.

'제길, 첨부터 그리 가라고 하든지…… 똥개 훈련시키나?

투덜거리며 발길을 돌리던 일명은 지객당 사미 지정을 보게 되었다.

좀 전에 자신에게 지객당으로 오라는 명을 전한 지정은 천으로 덮은 상 하나를 들고 바쁘게 지객당으로 달려가고 있었다.

"뭐냐?"

"아, 사숙님! 공주님께 올릴 음식입니다."

"그래. 그거 이리 주고 너 빨리 향적주로 가서 준비된 음식을 가져오너라."

"전 이걸……."

"잔말 말고 빨리 가! 사숙의 말씀을 뭘로 듣는 거냐?"

일명은 지정의 손에 들린 상을 빼앗아 들고 냉큼 지객당 안으로 들어갔다.

평소 넉넉하기만 했던 지객당은 좁아 터졌다.

문 좌우로 병사들이 늘어서고 안으로 들어서니 시녀들이 줄을 섰다. 지객당주인 심상 대사(心相大師)는 자신이 늘 앉아 있던 지객당 탁자 앞에 서 있었고 그 탁자에는 휘황한 옷차림을 한 여인이 홀로 앉아 있었다. 머리에는 공주나 친왕비가 쓰는 구적관(九翟冠)을 쓰고 대삼(大衫)을 입었다. 하피(霞帔)까지 차려입은 여인의 얼굴은 위엄스러워 보였다.

순간, 당장 옆에서 호통이 터졌다.

"무릎을 꿇고 고개를 숙이지 못할까!"

스물이 될까 말까 한 궁녀가 일명을 꾸짖으며 상을 빼앗아갔다.

궁녀가 상을 올리자 옆에 있던 늙은 궁녀가 상을 검사하고 음식을 간단히 맛보고는 탁자에다 올리는 것이 보였다.

일명은 졸지에 벌선 꼴이 되어서 무릎을 꿇은 채로 두 손을 위로 들고 있었다.

그 손에 비워진 빈상이 올려졌다.

"가져가거라."

궁녀가 낮은 음성으로 말하며 고갯짓을 했다.

예쁘장하게 생기긴 했다. 슬쩍 곁눈질로 그녀를 본 일명은 속으로 심술이 덕지덕지 붙은 못생긴 년이라고 욕을 하고는 몸을 일으켰다. 몸을 낮춘 채 뒤로 물러나면서도 일명은 번개처럼 눈알을 굴려 탁자의 공주를 자세히 살펴보았다.

'에게? 늙었잖아?'

미모는 돋보였지만 아무리 봐도 서른은 족히 되어 보였다.

당시 여자 나이 서른이면 이미 할머니라고 치부될 나이다. 아무리 공주라도…….

일명은 문을 나서면서 공주의 주변으로 십여 명의 사람들이 있고 그 중에 예쁜 소녀들도 있음을 보았지만 애석하게 더 살펴볼 수가 없었다.

상을 든 사질들이 줄줄이 들어왔기 때문이다.

"사형, 저 나이 든 여자가 화경 공주 맞아요?"

물러난 일명은 지객승 일경을 만나자 대뜸 붙들고 늘어졌다.

"이놈이! 공주님에게 무슨 무례한 말투냐?"

일경이 눈을 부라렸다.

"아니, 공주님하고 친구들이 놀러 온 거라면서요?"

"누가 그래?"

"지정이요."

"아니다. 화경 공주님이 아들을 낳기 위해서 불공을 드리러 온 걸로 안다."

"엥? 아들이라니…… 그럼 시집을 갔어요?"

일명이 잔뜩 실망한 표정을 보이자 일경은 어이가 없어서 피식, 웃었다.

"웃긴 놈일세, 이놈아! 공주님께서 시집간 거랑 너랑 무슨 상관이냐? 쯧쯧…… 출가한 꼬마 중놈이……."

"쳇! 중은 사람 아닌가……."

"사람이면? 네가 공주님이랑 뭐가 될 거라고 생각하느냐?"

일경은 한심해서 툴툴 웃었다.

'군주랑 친구했는데 공주랑 친구 못할 게 또 뭐 있냐?'

일명은 속으로 코웃음 쳤다.

그렇게 돌아다녀 본 결과 정말 화경 공주는 나이가 서른이 넘었고 연달아 딸만 둘을 낳았는데, 이번에 다시 태기가 있어서 아들을 낳기 위해서 일부러 불원천리, 소림사로 치성을 드리기 위해 왔다는 것을 알아낼 수가 있었다.

군주인 딸도 왔고 그 친구나 또래들도 온 모양인데 더는 알아볼 수가 없었다. 공주 일행이 객사에 들어가 버린 바람에 안에는 얼씬도 못하고 죽어라고 심부름만 해야 했던 것이다.

일이 끝난 것은 오후가 되어서였다.

되었다는 소리를 듣자마자 일명은 계지원으로 돌아가는 대신에 뒷산으로 내뺐다.

가봤자 그 망할 대계가 닦달을 할 테니 늘어지게 낮잠이나 숲 속에서 자고 갈 셈이었던 것이다.

졸졸 흐르는 물소리가 귓전에 들린다. 바람이 나뭇잎을 흔들어대는 소리를 들으면서 눈을 감았다. 등을 낙엽 깔린 바닥에 대자 절로 솔솔 잠이 쏟아졌다.

깜박 잠이 들었던 일명은 묘한 소리에 잠이 깼다.

제대로 초식을 배우진 못했지만 보고 듣는 것이 무공이었고 불법 때문에 공부도 해야 해서 이리저리 감각은 전보다 계속 예민해지고 있던 참이라 단잠에 빠졌다가 이상한 소리에 잠이 깬 것이다.

'무슨 소리지?'

숨어들어 와 낮잠을 자는 것이니, 아무나 보도록 내놓고 잘 수야 없는 일이다. 해서 일명이 자는 곳은 벼락 맞은 고목 아래 커다란 구멍이었다. 주변은 숲이 우거진 데다 이 구멍을 발견하려면 작은 나무와 풀숲을 반 장쯤은 헤치고 들어와야 하니 누가 발견하기는 어렵고 일명도 우연히 발견해서 아무에게도 알려주지 않았다.

너비 반 장가량의 구멍에서 나와 소리가 들리는 곳으로 가자 뜻밖의 광경이 눈에 들어왔다.

십사오 세가량의 예쁜 소녀 하나가 개울에다 발을 담그고 물장구를 치고 있었던 것이다.

별빛 같은 눈에 분을 바른 듯 하얀 피부는 발그레하고 오뚝한 콧날과 연지를 찍어 바른 듯 붉은 입술 등은 이미 장래의 미모를 예고하고도 남음이 있다.

화려한 옷을 입고 있는데 뜻밖에도 배자(褙子)는 벗어 옆에 놓아두었다. 위에 걸친 것은 속옷은 아니지만 그래도 어깨가 드러나 보여 아름답기 이를 데 없었다.

그 옆에는 또래의 궁장을 한 여자 아이가 있는데, 용모는 조금 떨어지지만 역시 예뻤다. 옷이 화려해서인가…….

둘은 뭐가 그리 재미있는지 흐르는 물에다 발을 담근 채로 깔깔대며 장난을 치고 있었다.

"뭐야?"

잠에서 덜 깬 채로 엉금엉금 기어 고개를 내밀었던 일명은 그 광경에 잠이 확 달아났다.

뽀얀 어깨 선과 긴 목덜미.

아른거리는 물결에 담겼다 올려지면서 물방울을 튀기는 작은 발.

웃옷인 배자를 벗어두었던 오른쪽 소녀는 뭔가 이야기하고 웃다가 문득 얼굴이 굳어졌다.

수풀 사이로 고개를 내민 일명과 눈이 마주쳤던 것.

두 사람의 사이는 개울이 휘돌아가는 곳인지라 불과 두어 장.

"너……?"

소녀의 눈이 동그래졌다.

'이크!'

일명은 황급히 몸을 돌려 네 발로 숲 속을 달렸다.

그러나 휘리릭! 옷자락이 날리는 소리를 듣자 심상치 않은 사태가 벌어졌음을 직감했다.

그리고 그것을 증명하듯 눈앞에 예의 소녀가 바람처럼 내려섰다.

'무공을 익혔군!'

일명은 내심 가슴이 철렁했지만 이내 소녀를 향해 불호를 외었다.

"나무아미타불……."

눈앞이라 뽀얀 어깨가 그대로 보인다.

황급히 고개를 숙였고 소림의 제자임을 나타내려고 반장의 예를 해 보였다.

아뿔싸!

그런데 고개를 숙이자 땅바닥에 내려선 소녀의 맨발이 보이는 게 아닌가.

그런데.

"뭘 보지?"

차가운 음성이 들려오는 게 아닌가.

"아무것도 보지 않습니다. 여시주께서는 어떻게 이곳에 오셨는지요? 이곳은 소림사의 경내입니다. 여자들은 출입이 금해진 곳이지요."

일명은 음성이 심상치 않음을 느끼고 말을 둘러댔다.

소녀는 멈칫했다가 이내 코웃음을 치며 아미를 치켜 올렸다.

"흥! 소림사라 해도 천하가 황상의 것이거늘, 내가 가지 못할 곳이 어디 있어? 그보다 너! 왜 숨어서 날 훔쳐본 거지?"

"그, 그런 적 없습니다."

"없다고?"

"예, 물소리가 들리기에 외인이 금지된 곳인데 누가 있나 하여 가보았을 뿐입니다. 뜻밖에 어린 여시주들께서 계셔서 되돌아온 것이구요."

"어린 중놈이 영악하게 말을 잘도 둘러대네?"

"예?"

일명은 난데없는 소리에 놀라 소녀를 바라보았다.

소녀는 어깨가 드러났음에도 전혀 개의치 않는 듯 차갑게 웃으며 말을 계속했다.

"네가 침을 질질 흘리며 거기 숨어서 보고 있다가, 내게 들키니까 지금 도망가던 중이잖아? 그래 놓고 그냥 와봤다고? 호호호……."

웃던 그녀는 갑자기 손을 뿌리쳤다.

너무 창졸간의 일이라 일명은 그 손에 따귀를 얻어맞곤 나가떨어지고 말았다.

소녀의 손답지 않게 매워 그 따귀 한 대에 일명은 억! 소리를 내면서 일 장 밖으로 나뒹굴었다.

"시, 시주!"

핏물을 뱉어낸 일명이 놀라 소리쳤다.

이상한 감을 느끼고 얼굴을 돌리지 않았더라면 그 타격에 앞니가 두어 개는 부러지고 말았을 터였다.

"감히…… 중놈 주제에, 그것도 새끼중이 음심(淫心)을 품고 내 발을 훔쳐봐? 그러고도 살기를 바라진 않겠지?"

소녀의 얼굴에는 살기가 등등했다.

"무, 무슨 소리를? 음심이라니요? 그런 적 없습니다!"

"흥! 그 소리는 지옥에 가서 지장보살을 만나거든 해보지? 우선 네놈의 눈알을 파내고 그 다음에 사지를 찢어 죽여주마!"

소녀는 야멸차게 소리치면서 손가락을 쭉 뻗어 일명의 눈을 공격해 왔다.

속도가 빠른 것이 평범한 소녀의 것이 아니었다.

"내가 뭘 잘못했다고……."

일명은 채 말을 끝낼 수가 없었다.

고개를 틀자 눈 옆으로 손가락이 스쳐 가며 경풍이 일었다.

장난이 아니다!

일명은 소녀가 정말 자신의 눈을 파내려 한다고 생각이 들자 가슴이 섬뜩해졌다.

"뭐 이딴 계집애가 다 있어?"

화가 난 일명은 허공을 핑글, 돌아 다시 자신의 눈을 노리는 소녀의 손가락을 쳐내려 했다.

"계집? 그 말로 네놈은 죽어 묻힐 곳도 없게 되었다! 그까짓 나한권의 선인지로로 나의 벽라지(碧羅指)를 막겠다고?"

소녀는 냉소를 흘렸다.

그녀의 신형이 빙글 도는가 싶더니 일명의 옆구리를 걷어찼다. 그 예쁜 발에 맞자 이건 살인적이다.

"억!"

일명이 훌쩍 위로 튕겨졌다.

그 떨어지는 곳으로 소녀가 날아가면서 떨어지는 일명의 눈을 노렸다. 정말 눈을 파내려는 것 같았다.

발길질에 몸이 떠오를 정도면 심한 타격이었다.

입이 딱 벌어졌다.

그런 상태로 나가떨어지던 일명은 심상치 않은 경풍을 느끼고 혼비백산했다. 날아드는 것이 그녀임을, 그녀의 눈에 서린 살기를 보았기 때문이다.

손을 교차하면서 몸을 비틀었지만 허공에서 떨어지는 몸을 움직이기 쉬울 리가 없다. 기억도 잘 안 나지만 방금 펼친 선인지로야 지난 일 년 내내 나한공을 연습한 터라 몸에 배어 나오는 것이다. 하나 지금 일명이 지닌 무공으로는 도저히 저 악랄한 계집애와 맞설 수가 없다.

막는다고 한 손짓은 허사가 되고 계집애의 손은 속절없이 일명의 눈을 노렸다.

"악!"

일명이 눈을 감싸 쥐고서 나뒹굴었다.

"제법이네?"

눈을 감싸 쥔 채로 바람처럼 바닥을 뒹굴어 몸을 일으키는 일명을 보면서 소녀가 코웃음 쳤다.

다시 공격해 올까 봐 팽이처럼 몸을 뒹굴어 반 장여나 굴러간 다음에 나뭇등걸에 부딪치자 몸을 차 돌려 일어나는 모습이 뜻밖일 정도로 빨랐던 것이다.

눈을 감싸 쥔 일명의 손가락 사이로 핏물이 흘러내렸다.

"으으……."

일명은 이를 갈았다.

눈이 쓰라려 뜰 수가 없었다.

눈동자로 손가락이 파고드는 순간에 번개처럼 머리를 틀면서 몸을 비틀었다.

아슬아슬하게 손가락이 눈을 파고드는 것은 면했지만 눈꼬리를 따라 경풍이 스쳤고 살이 찢어지는 것을 면할 수는 없었던 것이다. 눈이

지독하게 아려 아무것도 보이지 않았다.

잔뜩 일그러진 얼굴, 핏물이 뺨을 타고 흘러내리는 것을 보고서도 소녀는 눈썹 하나 까딱하지 않고서 냉소했다.

"소림사의 새끼중이라 한가락 한다는 거지? 좋아, 네가 나의 공격을 한 번 더 피하면 목숨만은 살려두도록 하지."

어지간하면 피를 보고 놀라 손을 거둘 만하건만 소녀는 생글생글 웃음마저 띤 채로 일명에게 다가왔다.

일명은 한쪽 눈을 부릅떠 다가오는 그녀를 쏘아보았다.

격렬한 분노가 전신을 지배한다.

"한 걸음만 더 다가오면…… 널 죽여 버리겠다."

일명이 이를 갈았다.

그 말에 소녀는 멈칫, 하다가 이내 깔깔 웃었다.

"너라고? 호호호…… 목숨만은 살려두려고 했더니 스스로 무덤을 파는구나? 어디 한번 죽여봐라."

소녀는 생글생글 웃음을 지우지 않은 채로 다가왔다.

그때.

"진매(珍妹)! 무슨 짓이야? 여긴 소림사란 말이야!"

다급한 음성과 함께 푸른빛 궁장을 입은 소녀가 앞을 막아섰다. 신을 찾아 신느라고 늦게 달려온 것이고 그만큼 먼저 소녀의 행동이 빨랐던 것이기도 했다.

"비켜! 소림사 따위가 뭐길래?"

"앗!"

그녀의 밀침을 이기지 못하고 청색 궁장 소녀가 뒤로 넘어졌다.

살기가 느껴졌다.

'대체 뭐 저런 계집애가 있어?'

일명의 얼굴이 다시금 일그러졌다.

순간 일명이 한숨을 쉬더니 떨리는 음성으로 말했다.

"아미타불…… 정녕 소승의 목숨을 빼앗아야겠습니까?"

일명의 태도가 달라지자 홍색 궁장을 한 소녀는 흠칫, 했다가 싸늘히 웃으며 고개를 끄덕였다.

"그래."

"아미타불, 업보로다. 업보야…… 불제자로서 남과 다툴 수가 없으니 어찌하리. 여시주께서 소승의 목숨이 탐난다면 드릴 수밖에. 가져가시오."

일명은 길게 불호를 외면서 그 자리에 무릎을 꿇었다.

가슴에 반장을 한 채로.

얼굴에서 손을 떼자 감은 눈에서 핏물이 흘러내리는 것을 볼 수 있어서 보기에 섬뜩했다.

양 눈을 다 감았으니 그 눈이 어찌 되었는지도 알 길이 없었다.

'어?'

일명의 태도가 전혀 달라지자 진매라고 불렸던 홍색 궁장의 소녀는 뜻밖이란 듯이 눈을 크게 뜨더니 피식, 웃었다.

"그런다고 널 용서할 줄 알아?"

"나무아미타불 관세음보살…… 나무관세음보살……."

일명은 대답 대신 눈을 감고 불호만 외었다.

죽일 테면 죽이라는 표정이고 모습이었다.

"진매! 그만 해! 어린 스님을 정말 죽일 셈이야?"

"죽이긴 누가 죽여? 지가 죽여달래잖아!"

신경질적으로 소리친 소녀가 일명을 보면서 말했다.

"네놈이 뉘우치는 것 같으니 네 스스로 네 눈을 파내면 내, 너의 목숨만은 살려주마."

그 말에 일명은 눈을 감은 채로 웃었다.

"살생은 불제자가 할 일이 아닌 법, 스스로의 신체를 훼손함도 옳지 아니 합니다. 더구나 지금은 더 더욱…… 아미타불……."

"흥! 꼬마 중놈이 무슨 염불은? 네가 스스로 벌주를 자초하니 죽더라도 날 원망할 수는 없으렷다?"

소녀는 날카롭게 소리치더니 척척 다가와서 대뜸 일명의 눈에다 손가락을 쑤셔 박았다.

전혀 망설임이 없는 행동이었다.

"나무아미타불……."

일명은 길게 염불하면서 고개를 숙였다.

휙!

소녀의 손가락이 일명의 머리 위를 스쳐 갔다.

그 순간 일명이 머리를 불쑥 들면서 앞으로 몸을 튕겨냈다.

그 머리통에 소녀의 턱이 받친 것은 거의 피할 수 없는 수순.

"억!"

악 소리도 아니고 억 소리가 나면서 소녀의 턱이 위로 젖혀졌다.

그런 그녀의 명치에 일명의 주먹이 틀어박혔다.

"아악!"

비명과 함께 그녀가 배를 감싸 쥐려 했다.

그냥 둘 일명이 아니었다.

자신보다 무공이 위에 있는 계집애임을 이미 알았다. 그런데 기회를 준다면 저 더러운 성미로 봐선 자신을 아예 갈아 마시려고 할 것이 분명하지 않은가?

개봉에 있을 때도 기회를 잡으면 절대로 봐주지 않는 일명이었다.

퍽퍽!

일명의 주먹이 여자라고 사정 보지 않고 그대로 틀어박혔다.

얼굴이야 냅두더라도 힘을 쓸 수 없도록 배를 연달아 패주었다.

입에서 쓴물이 게워지도록.

"그만둬요!"

청색 궁장의 소녀가 소리쳤다.

일명은 들은 척도 하지 않았다.

"죽일 놈 같으니, 그만두지 못할까?"

노한 외침과 함께 항거할 수 없는 힘 한 가닥이 일명을 후려쳤다.

퍽!

"으악!"

일명은 누가 집어 던진 듯이 날아갔다. 태풍에 휩쓸린 가랑잎이 날아가는 것만 같았다.

둘째 마당

"군주마마!"

단숨에 일명을 날려 보낸 인영은 배를 움켜쥔 채로 쓰러져 있는 홍색 궁장의 소녀를 부축했다.

나이가 든 노파였다.

얼굴은 주름살투성이. 손에는 괴장(拐杖)을 들었는데 바로 일명을 날려 보낸 그 지팡이였다.

"괜찮으십니까?"

그 노파는 소녀를 품에 안은 채로 물었다.

"저, 저 교활한 놈을…… 죽여…… 죽여 버려!"

겨우 숨을 돌리자 소녀가 발버둥을 치면서 일어났다.

보통 성깔이 아니었다.

성질 같으면 당장 달려가서 일명을 죽여 버릴 텐데 얼마나 세게 맞았던지 배가 당겨서 걸을 수가 없었다. 해서 소리친 것이 일명을 죽여버리라는 것.

"으으……."

일명은 신음을 흘렸다.

그를 후려친 괴장의 힘은 엄청나서 제대로 맞았다면 지금쯤 일어나지도 못하거나 어디가 부러졌을 터였다.

그러나 위험을 깨닫는 순간에 일명은 괴장이 때리는 방향으로 몸을 날렸고 그렇게 해서 팔랑개비처럼 몸을 굴리게 되어 결정적인 타격만은 면할 수가 있었다.

데굴데굴 굴러간 것도 힘이 강력했던 것도 있지만 그 힘을 줄여주기 위해서였다. 그뿐 아니라 심상치 않은 것을 직감하고는 되도록 멀리 떨어지기 위함도 있었다.

하나 상대는 너무 고수였다.

땅을 뒹굴어 번개처럼 네 발로 기어 숲 속으로 숨어들었지만 채 일 장도 벗어나지 않아 그 앞에 선 저승사자를 보아야 했던 것이다.

그 노파였다.

노파는 침잠한 눈빛으로 일명을 내려다보고 있는데 살기가 돌고 있었다.

"아, 아미타불…… 서, 설마?"

일명은 혹시라는 기대를 가지고 불호를 외워보았다.

달려들어서 될 상대가 아님을 이미 직감한 다음이었다.

"군주마마의 행적을 누설시킬 수 없으니 미안하지만 너는 입을 다물어주어야겠다."

"그, 그럼요! 무슨 일이든, 아무 말도, 아무 말도 하지 않겠습니다."

일명은 급히 말을 했다.

그러는 일방 속으로 입이 째지게 욕을 해댔다.

'시팔! 저년도 군주마마야? 같은 군주인데 왜 그리 달라? 자다가 염병이나 걸려 뒤져라!'

일명이 말을 쏟아내자 노파는 괴이한 빛으로 일명을 내려다보았다.

자신이 내려친 괴장에 실린 역도는 상당해서 지금쯤 일어나지도 못해야 할 텐데, 멀쩡하게 조잘대고 있으니 괴이했던 것이다.

아무래도 좋았다.

어차피 살려둘 수는 없는 일이 아닌가.

그때였다.

"사숙! 어서 오십시오!"

일명이 반색을 하면서 고개를 숙였다.

기척도 없이 내 뒤에 나타나다니?

놀란 노파는 번개처럼 뒤를 돌아보았다.

그런데 아무도 없었다.

"이런……?!"

어떻게 된 일인지 직감한 노파는 대노하여 머리를 획 돌렸다.

너무나 뻔한 속임수에 당해서 어이가 없었다. 보나마나 도주하고 있을 테지만 그래 봐야 부처님 손바닥의 손오공이요, 쟁반 위의 개미새끼였다. 설사 그사이에 십 장 밖으로 도망가고 있더라도 한 번 도약이면 잡을 능력을 이 노파는 가지고 있었다.

하지만 그게 다가 아니었다.

"으앗?!"

그녀는 자신도 모르게 비명을 질렀다.

고개를 돌리자 일명의 웃는 얼굴이 눈에 들어왔다.

이놈이 왜 여기서 그대로 웃고 있지? 라는 생각을 떠올릴 여가도 없이 그녀의 눈에 흙먼지가 뿌려졌던 것이다. 놀란 비명이 그녀의 입에서 터져 나온 것은 너무도 당연했다. 그녀의 입장에서 보면 실로 교활하기 짝이 없어서 치가 떨릴 일이었고 흙먼지를 눈에 뒤집어쓴 순간에 그녀는 손에 든 괴장을 세차게 휘둘렀다.

휘—잉!

무서운 바람 소리가 일었다.

공력을 실은 저 괴장의 휘두름에 걸리면 강철이라고 할지라도 부러져 나가고 말았을 터이지만 아무것도 걸리지 않았다.

헛손질을 하자 대노한 노파는 쓰라린 눈을 억지로 뜨고서 머리를 흔들면서 눈앞을 쓸어보았다.

도주하고 있을 일명을 찾는 것이다.

하지만 놀랍게도 그 찰나의 순간에 일명의 모습은 아예 사라져 버리고 없었다.

'이게 어떻게 된?'

"세상에……!"

조금 떨어진 곳에서 그 광경을 보고 있는 청색 궁장 소녀와 예의 홍색 궁장의 소녀는 기가 막혀 입을 딱 벌렸다.

노파를 뒤돌아보게 만든 일명은 번개처럼 손에 흙 한 줌을 쥐더니 그녀가 돌아보자 고개를 들면서 흙을 그녀의 눈에다 뿌렸다. 그러고는 벌렁 뒤로 넘어져서 순간적으로 휘둘러진 괴장을 피하는가 싶더니 한 손으로 땅을 짚고서 몸을 빙글 돌렸다. 그리곤 도망가는 것이 아니라 오히려 네 발로 기어서 노파의 옆으로 스치고 그녀의 뒤로 바람처럼 도주함을 보았기 때문이다.

그러니 억지로 눈을 뜬 노파가 어떻게 앞에서 일명을 발견할 수 있으랴?

마음은 급하고 설마 그 찰나간에 자신을 스쳐 뒤로 도주했으리라고는 꿈에도 생각하지 못했을 테니 그 노파 혼자였다면 어느 정도 시간을 벌 수 있었으리라.

하지만.

"모모(姥姥)! 뒤야!"

홍색 궁장의 소녀가 소리치자 그 승부수도 허사가 되고 말았다.

쾅!

일명의 머리 위를 스치고 지나간 괴장이 놀랍게도 어른 팔뚝을 두 개나 합친 나뭇등걸을 수수깡처럼 꺾어버리는 것을 보고 일명은 사색이 되었다.

"어디 또 가보거라?"

노파는 더 이상 말도 필요없다는 듯이 괴장을 치켜들었다.

한 번 훌쩍 건너뛴 가운데 이미 일명의 앞을 가로막은 그녀였다.

그때.

"사형! 살려주세요!"

일명이 노파의 뒤를 보면서 다급히 소리쳤다.

"이 교활한 놈이 또다시 그 따위 술수를!"

노파는 사정없이 일명의 머리통을 괴장으로 후려쳤다.

태산압정(泰山壓頂)의 평범한 일식이지만 전후좌우가 봉쇄되어 그 압도적인 기세만으로도 일명은 몸을 움직일 수조차 없었다.

그저 머리가 두부처럼 깨질 수밖에.

그런데.

"아미타불! 손에 사정을 두시오."

불호 소리가 들리며 강대한 힘 한줄기가 노파의 명문혈을 쳐왔다.

그대로 괴장을 휘두르면 일명을 죽일 수는 있었다.

그러나 저 힘에 명문혈을 얻어맞는다면 노파 자신도 어떻게 될지 장담하기 어려웠다.

"어떤 놈이 감히 암습을 하는 게냐?"

노기탱천(怒氣撑天)한 노파가 이를 갈면서 수중의 괴장을 빙글 돌려 뒤를 쳐갔다.

펑!

폭음이 노파의 괴장에서 일었다.

"아미타불……."

노파의 앞에서 불호가 들려왔다.

한 손을 가슴에 세운 모습, 다른 한 손은 그 손을 받쳐 든 모습으로 한 승인이 우뚝 서 있었다. 마치 현신한 미륵불을 보듯 뚱뚱하기 이를 데 없는 그는 뜻밖에도 일묘였다. 통통한 손을 가슴에 세운 그는 평소와는 달리 굳은 표정으로 침중히 말했다.

"여시주께서는 고정하십시오."

"고정? 흥! 어디 네놈에게 그런 능력이 있는지를 봐야겠다!"

자신이 밀려난 것에 화가 난 노파는 사나운 기세로 수중의 괴장을 휘둘러 일묘를 쳤다.

부앙! 하는 휘파람 소리가 일며 강력한 기세가 일묘를 엄습했다.

일묘는 전신이 그 괴장 하에 노출됨을 깨달았다. 이미 한차례의 부딪침에서 그 노파의 무공이 자신보다 높은 것을 안 그였기에 급히 옆으로 움직이면서 한 주먹을 내질렀다.

"흥! 그까짓 금강권(金剛拳)으로?"

노파가 가소롭다는 듯이 그대로 괴장을 쳐냈다.

일묘는 상대의 힘을 알고 있기에 괴장을 치는 탄력으로 물러나려 했지만 노파는 그럴 틈을 주지 않았다.

펑!

폭음과 함께 일묘는 절로 답답한 신음을 흘렸다.

팔이 부러지는 것 같은 느낌과 함께 감당하기 어려운 충격에 잇달아 대여섯 걸음이나 물러나는데 노파는 조금도 사정을 보지 않고 계속해서 괴장을 쳐오고 있었던 것이다.

'젠장! 일났군!'

일명은 일묘가 잇달아 물러나는 데 급급한 걸 보고 다급해졌다.

일묘가 죽고 나면 다음 차례가 누군지 너무나 뻔한 것이기 때문이다.

"게 서랏!"

일명이 슬금슬금 물러나다가 냅다 달리는 것을 발견한 홍색 궁장의 소녀가 날카롭게 소리쳤다.

'놀구 있네! 너 같으면 이 마당에 서겠어?'

일명은 뒤도 돌아보지 않고 줄행랑을 쳤다.

휙, 휙—

등 뒤에서 뭔가가 날아오는 소리가 느껴졌다.

일명은 다급하게 옆으로 몸을 던졌다.

팡!

귓전을 스친 지풍(指風)이 방금 일명이 있던 곳 앞의 나무에 구멍을 퍽, 뚫어놓았다. 만약 조금만 고개를 돌리는 것이 늦었다면 구멍이 뚫린 것은 나무가 아니라 일명의 머리였으리라.

"어디야?"

다급히 몸을 날려온 홍색 궁장의 소녀는 당황해 중얼거렸다.

뜻밖에도 일명이 몸을 날린 곳은 산비탈. 잔뜩 잡풀이 비스듬히 우거진 곳이라 어디로 굴러 내려갔는지 알 수가 없었던 것이다.

"야, 이 치사한 새끼중 놈아! 널 구하려던 사람이 죽게 되었는데 너만 살겠다고 혼자 도망을 가?"

홍색 궁장의 소녀가 사납게 소리쳤다.

하지만 사라진 일명이 나타날 리가 없었다.

"진매! 그게 무슨 말투야? 왕야께서 아시면 크게 혼날 거야!"

"알긴 어떻게 아셔? 네가 말하지 않으면 어떻게 아시겠어? 내 오늘 이놈을 반드시 잡아서 죽여 버리고 말 테야!"

홍색 궁장의 소녀는 이를 갈았다.

'지독한 년 같으니…….'

일명은 그 말을 들으면서 이를 갈았다.

반드시 복수를 해주고야 말겠다…….

일명은 그녀로부터 불과 이삼 장 떨어진 비탈 구덩이에 바짝 몸을 붙이고 있었다. 그녀가 서 있는 곳이 튀어나와 있으니 시야에 잘 보이지 않을 것이고 잡풀이 무성해서 찾아도 쉽게 보이지 않을 터였다. 그러나 정작 찾아 내려온다면 발각되지 않는다고 장담할 수가 없으니 실제로는 숨도 못 쉬고 눈알만 굴리고 있는 판이었다.

그때였다.

"아미타불…… 소림사에서 살인을 할 작정이시오?"

침중한 불호가 들려오면서 그녀들의 뒤쪽에서 펑! 하는 굉음이 터져 나왔다.

노파의 노한 외침이 들리는 것으로 보아 누군가가 다시 나타난 것 같아 일명은 내심 안도의 한숨을 쉬고는 슬그머니 기기 시작했다.

*　　　*　　　*

잠시 후, 일명이 나타난 곳은 뜻밖에도 향적주(香積廚:주방)였다.

향적주에서는 아직도 뒷설거지 중이었다.

소림사는 승려만 천 명이 넘는 대찰(大刹)이다.

그러니 그 밥을 해대는 향적주의 규모 또한 결코 작을 수가 없었다. 아무리 하루에 두 끼만 먹는 승려들의 주방이라 할지라도. 해서 반두(飯頭)와 채두(菜頭) 등으로 나뉘어진 향적주의 승려들만 해도 수십 명이었다.

"뭐?"

곧 반두가 될 일음(一飮)은 인상을 쓴 채로 일명을 바라보았다.

"뭐긴 뭐야? 밥 달라구요! 종일 아무것도 못 먹고 쎄빠지게 돌아다니면서 심부름했더니 등가죽이 허리에 붙었어요."

짜증난 표정의 일명.

놀랍게도 그 난리를 치고 나서 배가 고파 여기로 온 일명이었다.

"그건 네 사정이잖아."

"뭐라구요?"

"절의 공양 시간은 때가 지나면 끝인 게야. 이따 오너라."

"사형!"

"가라니까."

설거지를 하던 일음은 짜증 섞인 음성으로 머리를 저었다.

"거기 밥 있잖아요!"

"시간이 지났다니까 그러네."

일음은 신경도 쓰지 않고 돌아보지도 않았다.

"아씨, 계율원 승려를 이렇게 무시하고 성할 줄 알아?"

마침내 그간 눌렀던 일명의 짜증이 폭발했다. 소림사에 오면 대번에 절세고수가 될 줄 알았더니 만날 따분한 불경이나 외라고 하질 않나, 계집애에게 죽을 뻔하질 않나…….

대체 이게 무슨 지랄이란 말인가!

일명은 대뜸 일음의 엉덩이를 걷어차 버렸다.

"아니, 이놈이 어디서? 계율원하고 여기가 무슨 상관이냐, 이눔아!"

하마터면 엎어질 뻔한 일음은 대노해 대뜸 설거지를 하던 주발을 들어 일명의 머리통을 후려쳤다.

땅!

"으악!"

일명은 머리를 움켜잡고 주저앉았다.

머리통이 윙윙— 울리는 게 도대체 정신이 하나도 없었다.

믿기지 않는 일이었다. 대체 어떻게 저 주방에서 일하는 놈의 주발 따위를 피하지 못한단 말인가? 평소 일명의 능력을 생각한다면 믿기 어려운 일이었지만 화가 난 일명은 미처 그 생각을 하지 못했다.

"주방 중놈 주제에 감히 계율원 승려를 때려?"

다음 순간, 일명은 튕기듯 일어나 달려들었다.

"이놈이 그래도 정신을 못 차리고?"

일음은 너 잘 걸렸다는 듯이 사정 보지 않고 주발을 휘둘러 일명의 머리통을 계속해서 팼다.

사정도 없었다.

퍙!

퍙퍙!

따따당— 따앙—!

머리통에서 큰 종이 울리는 것 같고 머리통이 깨질 듯 아팠다. 비틀거리던 일명은 마침내 머리를 감싸 쥐고는 뒤로 풀썩 주저앉고 말았다. 머리통이 깨지는 것만 같았다.

도대체가 어떻게 이런 일이?

일명은 너무도 어이가 없어서 멍청한 눈으로 주발을 들고서 밉상스럽게 웃고 있는 일음을 바라보았다.

"어떻게? 어떻게 이럴 수가?"

일명은 불신이 가득 찬 음성으로 계속해서 중얼거렸다.

"어떻게 피할 수가 없나? 그 말이냐? 크크크…… 소림사에 처음 온 놈들이 대충 네놈처럼 향적주를 우습게 보는 경향이 있지. 하지만 말이다……."

일음은 은근한 어조로 고개를 들이밀었다.

"소림사가 달리 천하공부출소림의 소림사인 줄 아냐? 크크크…… 향적주에도 전해오는 비전무공이 있단 말이다."

"하, 향적주에도 무공? 아니, 밥 하는 중놈 주제에 무슨 비전…… 헛!"

놀라 부지간에 내뱉었던 일명은 다시금 머리를 향해 날아오는 주발을 보고는 더 놀라서 황급히 옆으로 굴렀다.

하지만 번개처럼 서너 번을 굴러 몸을 일으키는 일명의 머리에 와서 피할 사이도 없게 사정없이 부딪치는 주발!

땅!

"크악!"

일명이 머리를 움켜쥐고서 나뒹굴었다.

"잘 알아둬라. 방금 네 녀석의 머리를 때린 게 바로 향적주의 비전, 소림복호쌍발(少林伏虎雙鉢) 중의 나한하산(羅漢下山)의 일식이니까 말이다. 크크크……."

일음이 일명을 내려다보면서 괴이하게 웃었다.

'복호쌍팔? 씨팔이다!'

일명은 이를 악물면서 일음을 노려보았지만 머리를 들기가 어려웠다. 계속 머리를 얻어맞아서 골이 휑하니 울리고 머리 전체가 온통 혹으로 도배를 한 것 같았던 것이다.

하지만 다음 순간.

"에이 씨—!"

일명은 미친 듯이 몸을 튕겨서 일음의 배를 머리로 들이박으려 했다. 그 와중에도 기회를 노리고 있었기 때문에 그 움직임은 정말 빨랐다.

"이런, 아직도냐? 회신타견(回身打犬)!"

떵~

몸을 틀며 주발을 휘둘러 때리자, 종을 울리는 소리가 일명의 머리에서 터지면서 마침내 일명의 입에서 "아이고!" 하는 비명이 터져 나왔다.

머리를 감싸 쥐고 나뒹군 일명을 보면서 일음이 말했다.

"한 번만 더 까불면 아예 밥은 없는 줄 알아라! 내일부터 네 녀석 밥은 네가 챙겨 먹어야만 할 게다. 여긴 계율원이 아니란 말이다, 알겠어?"

"으으……."

간신히 고개를 들어 등을 보인 채로 건들건들 걸어가는 일음을 보는 일명의 눈에 핏발이 섰다.

이런 개망신이라니…….

이러려고 소림사에 온 것이란 말이냐.

비척비척 화끈거리고 흔들리는 머리통을 움켜잡고서 향적주를 걸어 나서려니 화가 치밀어 가슴이 터질 것만 같았다.

'시팔…… 부엌데기까지 무공을 배우는데 천하의 운비룡이 이러고

있다니…….'

시련은 있어도 절망은 없다.

일명은 이를 악물고 눈을 부릅떴다.

어떻게든 무공을 배우고 말 테다. 저런 부엌데기에게 놀림을 당하고 살 운비룡이 아니다! 라고…….

하지만 시련은 거기서 끝난 것이 아니었다.

第十一章
좌절 속에 마침내 금제는 풀어지고…….

첫째 마당

주린 배를 움켜쥐고서, 머리를 움켜쥔 채로 계율원으로 돌아가자 일명을 기다린 것은 대계가 아니라 계율원의 원주인 심료 대사였다.

그것도 계율원의 호법승들이 달려들어서 포박을 한 채로 끌려갔다.

"대체 왜 이러는 거예요?"

일명은 사형들에게 물었지만 내심 짐작 가는 바가 있었다.

아니나 다를까?

계율원주인 심료 대사가 싸늘한 표정으로 질책하지 않는가.

"네 죄를 알렷다?"

"죄라뇨……?"

"네 이놈! 제삼규조가 무엇이더냐?"

"부준간음(不准奸淫) 의관왜사(衣冠歪斜)…… 간음하거나 의관이 흩어져서는 안 된다…… 입니다.”

심료 대사는 주장자로 바닥을 치며 꾸짖었다.

“그걸 알면서도 감히 여인의 벗은 몸을 엿보았단 말이냐?”

“그게 무슨 말씀이세요? 엿보다뇨?”

일명이 눈을 깜박거렸다. 전혀 영문을 모르겠다는 표정.

“출가인으로서 음계(淫戒)를 범하고도 모른 척하다니! 네놈이 뒷산에서 군주마마를…… 엿보지 않았다고 말할 수가 있더란 말이냐?”

“말도 안 됩니다! 그게 무슨 음계에다 부준간음이에요? 저는 피곤해서 거기서 잠을 잔 것뿐이란 말예요!”

일명은 목에 핏대를 세웠다.

정황을 들어본 심료 대사는 묘한 표정이 되었다.

“제가 바로 계율원으로 돌아오지 않은 것에 대해서 벌을 받으라면 받겠지만 그건 정말 아니라구요!”

“난감합니다.”

심료 대사의 말에 심혜 상인도 미간을 찡그렸다.

정황을 살펴보니 게으름을 부리다가 하필이면 그 자리에 군주가 나타났던 모양. 그러나 다른 사람이 아닌 군주가 펄펄 뛰니 벌을 주지 않을 수가 없었다.

“참회동(懺悔洞)으로 보내 면벽하게 할까요?”

“그건 너무 심하지 않은가?”

“차라리 잘된 일인지도 모릅니다. 외부에 노출되어 있느니 이 참에 격리시켜서 심신을 수양케 함이…….”

"나무관세음보살…… 어린아이에게 너무 가혹하네, 참회동은. 게다가 그렇게 중벌을 받아야 할 잘못을 범한 것도 아니니 자비를 근본으로 하는 불가에서 할 일이 아니지."

"그런데…… 군주마마의 모친이신 공주마마께서 중벌을 원하고 계시니……."

지객당의 심상 대사가 난감한 듯 머리를 흔들었다.

상대가 너무 나빴다.

아무리 소림사라도 공주가 직접 나선다면 도리만 찾을 수는 없었다. 그것이 문제였다.

"아미타불, 어쩔 수 없지. 내가 공주마마를 만나보겠네."

잠시 생각에 잠겼던 심혜 상인이 자리에서 일어났다.

일묘는 선방에 단정히 앉아 있었다.

무엇 하나 걸릴 것 없어 보이던 일묘는 창백한 얼굴이었다. 듣던 대로 내상이 심한 것 같아 일명은 가슴이 뜨끔했다.

"죄송해요. 사형, 너무 무서워서 그만……."

일명은 일묘의 앞에서 머리를 긁적거리다 인상을 썼다. 부어오른 머리통은 손만 대면 펄쩍 뛰게 아팠던 것이다.

"괜찮다. 네가 가지 않았더라면 더 신경이 쓰였을 게다."

피식, 웃던 일묘는 문득 손을 까닥여 일명을 가까이 오게 했다.

"왜요?"

뭔지 불안한 일명에게 은근히 묻는 일묘.

"솔직히 말해 보거라. 군주마마를 어디까지 엿본 거지?"

"무슨 소리에요? 암거도 못 봤어요! 보긴 뭘 봐요? 자다가 눈 뜨니까 앞에 있어서 그 지경이 된 건데……."

"괜찮아. 말해도…… 어디까지 봤니? 정말 목욕을 하고 있더냐? 다 벗고?"

"무, 무슨 소릴 하는 거예요?"

일명은 눈을 동그랗게 떴다.

그때 밖에서 냉엄한 음성이 들려왔다.

"일명은 이리 나오너라."

"젠장! 내가 뭘 잘못했다구 난리야……."

일명은 투덜거리며 몸을 일으켰다.

"뭐라구요?"

밖으로 나온 일명은 눈을 부릅떴다.

"그 정도로 그친 걸 다행으로 알거라. 장문인께서 공주마마께 참으로 어렵게 받아낸 조치이니라."

"말도…… 아무리 그렇다고 해도 그렇지! 어떻게 계율원의 사미를 한 방에 불목하니로 쫓아낸단 말이에요? 게다가 하루 이틀도 아니고 삼 년이라니! 그럼 삼 년 동안 내게 나무나 하란 말예요?"

"그게 싫다면 한 가지 길이 있다."

"그게 뭔데요?"

"삼 년간 참회동에 들어가는 것."

대계의 말에 일명은 입을 딱 벌렸다.

벌써 소림사에서 일 년을 지낸 일명이었다.

참회동이 어디에 있고 뭐 하는 곳인지 정도는 알고 있었다. 소림사에서도 중죄인들만 들어가는 곳. 면벽(面壁)이라는 걸 하면서 거기 있는 동안은 말 한마디 못하는 감옥 중의 감옥이 거기가 아니던가.

"공주마마께서 널 참형에 처하겠다고 펄펄 뛰셨는데 장문인께서 살업(殺業)을 지으면 태아에 좋지 않다고 설득하여 겨우 그 정도로 그친 거야. 우선은 아무 소리 마라."

일류가 속삭이듯 옆에서 말했다.

이럴 때는 뭐 하는 놈보다 말리는 시누이가 더 밉다.

"싫어! 싫다구!"

일명은 화가 나서 펄펄 뛰었다.

그러나 일명은 일개 사미였고 상대는 군주마마였다. 더구나 그 어머니인 화경 공주는 나는 새라도 떨어뜨릴 사람이니 처음부터 결과는 정해져 있었다.

재수가 없다고 할 밖에.

*　　　*　　　*

"뭐 하냐? 빨리 나무 날라야지!"

누군가가 쌓인 장작 뒤에 웅크리고 있는 일명의 엉덩이를 툭 찼다.

"뭐야?"

고개를 든 일명의 얼굴이 일그러졌다.

일명의 엉덩이를 찬 것은 배추 등의 채소를 한아름 품에 안은 이십대 젊은 중이었다.

일명이 알기론 일 자 배가 아니라 지 자 배, 자신의 사질뻘인 놈이다. 감히 사질뻘인 주제에 엉덩이를 차? 게다가 뭐라? 뭐 하냐고?

"너 죽고 싶냐?"

일명이 고개를 들이밀었다.

안 그래도 기분이 꿀꿀하던 참인데 이놈이……

라는 생각이었지만 지공인가, 지동인가 하는 이놈은 전혀 아랑곳하지 않고 피식, 웃는 게 아닌가?

"지금도 네가 계율원의 사미라고 생각하냐? 넌 지금 향적주의 심부름꾼인 불목하니란 말이야! 알겠어? 넌 계율원의 사미가 아니라구."

놈이 더러운 손가락으로 쿡쿡 일명의 이마를 찔렀다.

불목하니란 나무를 해오고 물을 깃고 말 그대로 향적주에서 허드렛일을 해야 하는 말단 중의 말단이다. 아무리 그렇다고 할지라도 이런 놈까지 운비룡을 무시하다니!

더구나 채두(菜頭)도 아니고 겨우 채승(菜僧)인 놈이?

"허참, 별 개같은……."

일명은 어이가 없는 듯 하늘을 보다가 대뜸 놈에게 달려들었다.

허점을 노린 셈이다.

배추 등의 채소를 잔뜩 든 놈이 뭘 어쩔 것인가?

"감히 선배에게 대들어?"

당황한 놈이 황급히 물러나면서 소리쳤다.

"겨우 사질인 놈이 무슨 선배야? 시팔! 넌 오늘 죽었다!"

일명이 노발대발 틈을 주지 않고 놈을 덮쳤다.

그런데 물러나던 녀석이 채소를 일명에게 와락, 던져 버리는가 싶더니 대뜸 옆에 있던 나무젓가락을 들어 일명을 찌르는 게 아닌가?

그런 가소로운 공격에 당할 일명이 아니었다.

"웃기는 놈이……."

일명은 채 말을 끝맺지도 못했다.

채 피할 사이도 없이 젓가락이 번쩍하더니 일명의 양쪽 손등을 찍었기 때문이다. 구멍이 뚫리는 것만 같았다. 지독하게 아팠다.

"으악!"

게다가 그놈은 일명이 손을 움켜쥐고서 뒤로 물러나는 순간에 일명의 가슴을 쳐버렸고 일명은 속절없이 엉덩방아를 찧고 말았다. 일명은 나가떨어진 채로 눈만 깜박거렸다. 어이가 없었다. 히쭉히쭉 웃고 있는 놈을 바라본 채로 벌린 입을 다물 수가 없었다.

"어, 어떻게?"

"어제 복호쌍발에 당했으면 알았어야지! 채두에게도 전해지는 비전절기가 있을 거라는 걸……."

그놈이 다시 히쭉, 웃었다.

아무리 소림사라고 해도 그렇지, 무슨 놈의 절이 반찬 만드는 놈까지 비전절기란 말이냐?

기가 막힌 일명은 부지간에 물었다.

"너도 따로 무공을 배웠단 거냐?"

"핫하…… 채승의 비전 소림쌍죽저(少林雙竹箸), 삼십육초를 대성한 희대의 기재가 바로 나지!"

"소림쌍죽저?"

말이야 그럴듯하지만 쌍죽저라는 말은 대나무젓가락 한 쌍이란 말이 아닌가?

어이없어진 일명은 그놈의 손에 들린 나무젓가락 한 쌍을 바라보았다. 손가락으로 젓가락을 까닥거리고 있는데, 아무리 그렇지 저것도 절기란 말인가?

"에라이!"

일명은 옆에 있던 무와 배추를 집어 던지면서 벌떡 일어나 놈에게로 달려들었다. 어떻게든 붙어서 사타구니라도 후려 버릴 셈이었다. 엉겨 붙기만 하면 어떻게든…….

하지만 고개를 틀어 무를 피한 놈이 젓가락으로 일명의 머리통을 콕 찍더니 악! 하고 머리를 감싼 일명의 팔뚝을 손가락으로 콕콕 찍어버렸다. 비명을 지르며 자세가 흐트러지자 놈은 다리를 걸었고, 넘어졌던 일명은 다시 벌떡, 몸을 일으켰지만 감히 더 이상 움직일 수가 없게 되어버리고 말았다.

"함부로 까불면 콧구멍이 네 개가 될지도 몰라?"

놈이 일명을 보면서 웃었다.

어느새 놈의 젓가락이 일명의 양쪽 콧구멍을 찌른 채로 점점 위로 솟구치고 있었다. 일명은 놈보다 키가 작기 때문에 거기에 따라 몸을 일으킬 수밖에 없었고 종내에는 까치발로 곤두서도 어떻게 할 수가 없게 되었다.

평소 일명의 몸놀림을 생각하면 이해하기가 불가능한 일이었다. 제대로 피하지도 못하다니 어떻게 이럴 수가 있단 말인가!

"어때? 탐마삽호(探馬插虎)의 일식에 이은 이 연자천운(燕子穿雲)의 일식이?"

놈이 일명의 얼굴을 보면서 빙글빙글 웃고 있었다.

일명의 눈에 핏발이 섰다.

이런 수모라니!

머리 속에서, 가슴속에서 살기가 치밀었다.

눈이 시뻘겋다 못해서 온통 핏빛으로 물들어갔다.

혈안(血眼)이라니! 심히 공포스러운 모습이었다. 일그러진 일명의 얼굴이 삽시간에 괴이하게 변해가자 그를 놀리던 놈은 은근히 켕기는 마음에 슬그머니 젓가락을 내렸다.

"까불지 마. 여기 너보다 못한 사람은 아무도 없다."

"죽여…… 버리고 말겠다!"

일명이 이를 빠드득 갈았다.

머리를 깎지 않았다면 아마도 머리카락이 온통 곤두섰으리라.

이것저것 계속 쌓이는 일이 겹치게 되자 극도로 분노하면서 눌러놓은 천살지기가 치밀어 오르는 것이다.

이마에 붉은 점이 홍옥처럼 타올랐다.

그런데……

때— 앵!

그 순간에 일명의 뒤통수를 치는 주발 하나.

"이놈이, 출가인이 살생이라니!"

주발로 일명의 뒤통수를 때리면서 이죽거린 사람은 바로 일명을 주발로 혼내준(?) 그 일음이었다.

종이 울리는 것만 같았다.

게다가 그것은 아주 시기 적절하여 공교롭게도 때마침 들끓어 오르던 일명의 천살지기를 흩어버리고 말았다.

"쪼그만 놈이 함부로 까불고 있어!"

비웃는 소리가 클클거리면서 들려왔다.

정신이 돌아온 일명은 두 주먹을 움켜쥐고는 전신을 벌벌 떨었다.

세상이 온통 핏빛으로 물들어가고 모든 걸 죽여 버리고 싶었는데 갑자기 그런 격렬한 기분이 흩어졌다. 그렇게 되자, 뇌리를 온통 휘감고 있는 것은 그저 격한 분노에 이은 참혹함뿐이었다.

눈앞이 뿌옇게 흐려졌다.

죽고만 싶었다.

미치도록 분했다.

"……."

부들부들 떨고 있던 일명은 몸을 돌려 향적주를 뛰쳐나갔다.

핫하…….

뒤에서 몇 놈이 왁자하게 웃음을 터뜨리는 소리가 들려왔다.

모조리 죽여 버리고 말 테다!

일명은 이를 갈면서 미친 듯이 뛰었다.

*　　　*　　　*

미친 듯이 일명이 달려간 곳은 뜻밖에도 장생전이 있는 소림사 뒷산이었다.

한 번 다녀온 길이니 잊어버릴 리가 없다.

게다가 이미 소림사에서 일 년 이상을 살아온 일명이니 요리조리 길을 돌아 한달음에 장생전이 있는 곳에 도달했다.
하지만 장생전이 마음대로 갈 수 있는 곳일 리가 없지 않은가.
"멈추거라."
장생전을 지키고 있던 승려 중 한 사람이 숲 속에서 모습을 드러냈다. 이름은 몰라도 대 자 배인 것을 일명은 알고 있었다. 여기에는 그 혼자가 아니라 고수들이 줄줄이 숨어 사방을 감시하고 있다.
"비켜주세요."
"이곳이 허락없이는 아무도 출입할 수 없는 중지(重地)라는 걸 모른단 말이냐? 어서 썩 돌아가거라."
중년의 그가 낮은 음성으로 꾸짖듯 말했다.
"장문인께서 혜약 태사조를 찾아뵙도록 명하셨어요."
일명이 둘러댔다.
"장문인께서? 그런데 어찌 네가 혼자 온단 말이냐?"
"저는 명을 받고 왔을 뿐이에요. 그러니 확인은 사숙께서 해보세요."
'확인을…….'
그가 잠시 멈칫거렸다.
"어서 해보세요. 전 급해요! 이미 가야 할 시간이 지났단 말에요!"
일명이 발을 동동 굴렀다.
꼬마의 서슬에 잠시 난감한 표정이었던 대자는 이내 고개를 끄덕였다. 평소라면 어림도 없을 일이었지만 이미 두어 번이나 혜약 상인에게 들락거린 일명임을 알기에 믿을 수밖에 없었다.
"좋다. 가거라. 내 알아보마."

말이 채 끝나기도 전에 일명은 눈썹이 휘날리도록 혜약 상인이 있는 곳으로 달리기 시작했다.

"고쳐 주세요!"

일명이 부르짖었다.

"이런 엉뚱한 놈을 보았나?"

혜약 상인은 어이가 없는 표정으로 자신의 앞에 무릎을 꿇고서 머리를 쿵쿵! 땅바닥에다 박고 있는 일명을 바라보았다. 누구도 감히 함부로 열지 못하는 자신의 방문을 박차고 들어와서는 저렇게 머리를 땅바닥에다 찧어대고 있었던 것이다.

"뭐든 다 할게요! 시키는 대로 다 할게요! 제발, 제발 절 고쳐 주세요. 너무 화가 나서 미칠 것만 같아요!"

일명의 목소리가 푸들푸들 떨리고 있었다.

"시간을 가지고 기다리라고 하지 않더냐?"

"무작정 기다릴 순 없어요! 태사조께서 고쳐 주시지 않는다면 누구도 할 수 없다고 들었어요. 그러니 제발 절 고쳐 주세요! 뭐든 할게요! 제발!"

"뭐든 하겠다?"

"예! 뭐든지 다 할게요!"

"소림의 제자가 된다면 하지 말아야 할 일이 한두 가지가 아니니다. 십이규조는 무엇이며 십불허는 또 무엇이더냐? 그러한 말은 소림사의 제자가 할 소리가 아니로구나. 네 정신이 제대로 박힐 때까지, 소림의 제자가 될 때까지 시간이 좀 더 필요할 것 같다. 돌아가도록 해라."

"태사조님!"

일명이 비명을 지르듯 그를 불렀다.

하지만 혜약 상인은 눈을 감아버렸다.

다시는 그를 보지 않겠다는 듯.

결국 일명은 속은 것을 알고 쫓아온 대자에게 잡혀 끌려 나가야 했다.

"제발…… 제발!"

일명의 외침이 차츰 멀어졌다.

잠시의 소란이 사라진 뒤, 감았던 눈을 떠 닫힌 문을 바라보는 혜약 상인의 눈빛은 침잠했다.

대체 사형은 무슨 의도로 저 아이를 이곳으로 보낸 것이란 말인가.

그의 얼굴은 무겁기만 했다.

그 얼굴에 떠올라 있는 것은 심한 갈등.

그는 무엇을 갈등하고 있는 것일까.

* * *

"물 한 모금 마시지 않는다고?"

"그렇습니다."

대우가 난감한 빛으로 대답했다.

일명은 거짓말까지 해서 심하게 혼이 났다.

그리곤 참회동 근신 삼 일의 처벌이 내려졌다.

아이라는 것을 감안하여 삼 일이라는 처벌이지만 불도 없는 곳에서 갇힌 채 삼 일을 보내야만 했다.

첫날.

심하게 고함을 지르고 참회동 앞을 가로막은 창살을 쥐고 상처 입은 야수처럼 울부짖던 일명은 그날 저녁부터 웅크리고 앉은 채로 꼼짝도 하지 않았다.

물도 마시지 않고 밥도 먹지 않았다.

그저 웅크린 채, 등을 보이고 앉아 있을 뿐이었다.

"잘 살펴보도록 해라. 평범한 아이가 아니니 자칫 이 일로 인해서 한(恨)이 맺히면 문제가 될지도 몰라."

심경 대사가 무거운 어조로 말했다.

그는 누구보다 일명을 잘 알고 있었다.

한낱 어린아이가 지닌 그 힘을 직접 목도한 사람인 것이다.

나한당에서 시작한 일명의 행보는 계율원에서 다시 향적주까지 얼마 되지 않는 시간에 실로 파란만장하다 할 만하였다. 그러나 처음 일명을 맡았던 나한당에서는 일명에게서 눈을 떼지 않고 있었다.

언젠가는 돌아와야 할 사람으로 믿고 있기 때문이다.

참회동.

등을 돌린 채로 어둠을 노려보고 있는 일명의 눈은 사람들이 생각하는 어린아이의 것이 아니었다.

운비룡이 무엇인가를 결심했을 때 보여주던 눈이었다.

"두고 보자구……."

일명이 어둠 속에서 나직이 중얼거렸다.

*　　　*　　　*

팍! 팍…….

기묘한 소리가 계속해서 울려 퍼진다.

한 사람이 도끼를 휘두르고 있었다. 그가 도끼를 한 번 휘두를 때마다 장작이 쪼개졌다. 단 한 번의 실수도 없는 도끼질. 그의 옆으로는 쪼갠 장작이 산처럼 쌓였다. 금강역사와 같은 칠 척 거구가 휘두르는 거부(巨斧)는 마치 나비가 날아다니는 것처럼 날렵하여 신기하기조차 했다.

일명은 그가 쪼갠 장작을 날랐다.

참회동을 나온 후부터 하는 일이었다.

장작을 나르지 않으면 산에 가서 낙엽을 긁어모았고 부러진 나뭇가지들을 주워서 땔감으로 가져갔다.

참회동에서 나온 일명은 마치 다른 사람이 된 것처럼 묵묵히 일만 했다. 종일 나무를 날랐고 향적주의 말단 불목하니로서 동네 강아지처럼 빨빨거리고 다니면서 물을 긷고 낙엽을 긁었다.

저놈이 우짠 일이래?

라는 사람들의 생각을 불식시키기라도 하듯이 며칠이 지나가도 말썽을 피우기는커녕, 그저 열심히 일만 했다. 암중에 그를 지켜보던 사람들은 괴이했지만 저 꼬마가 대체 무슨 생각을 하는지는 아직 짐작키 어려웠다.

탁, 탁…….

기계적으로 장작을 패는 거한의 모습을 바라보고 있던 일명은 장작을 한아름 들고는 그 자리를 떠났다.

그 뒷모습을 거한의 눈길이 슬쩍 훑었다.

머리를 깎았을 뿐, 텁수룩한 턱수염에 퉁방울 같은 눈은 마치 산적을 보는 것 같은 거한이었다.

씨익, 까닭 모르게 웃은 그는 이내 다시금 장작을 패기 시작했다.

퍽! 퍼퍽…….

장작은 향적주뿐만 아니라, 각 선방에도 소용이 된다.

이미 만산홍엽인 가을이니 선방에 불을 때야 하기 때문이다.

소림사의 불목하니는 일반 절과는 조금 다르다.

불목하니라고 하는 것은 절에 들어오면 가장 처음 해야 하는 말단이었다. 물을 긷고 장작을 나르고 하다가 채승이 되어 반찬을 다루게 되고 한 단계 올라가면 밥을 하는 반승이 된다. 반승을 졸업하면서 행자(行者)로서 수행을 할 수가 있게 되는 것이 일반적이었다. 그러나 소림사에서는 대체로는 그 역할이 처음부터 정해지고 거의 바뀌지 않는 경우가 대부분이었다. 소위 말하는 그 방면의 전문가가 되는 것이다. 해서 수행도 향적주에서 일을 하면서 같이 한다.

불목하니들은 향적주에다 장작을 나를 때 외에는 거기조차 들어갈 여가가 없었다.

나무를 가져오고 물을 길어야 하기 때문이다.

선방 뒤에서 아궁이에다 장작을 집어넣던 일명은 긁어모은 낙엽을 다른 선방 아궁이에다 집어넣고 있는 사람 하나를 보았다.

텁수룩한 수염에 깎지 않아 제멋대로 뒤엉킨 머리카락. 승려가 아닌 듯 뵈지만 목에는 염주를 걸었고 승복도 입었다.

목노(木老).

여기서 일하는 첫날 본 사람이 바로 그였다.

불목하니로서 가장 오래된 사람이라 나이가 몇인지도 아는 사람이 없다 하였다. 말수도 적고 그저 묵묵히 일만 하는 그를 사람들은 목노라 부른다 했다. 법명도 없이…….

일명은 그가 중인지 아닌지 볼 때마다 헷갈렸다. 중이라면 머리를 깎아야 하는 게 아닌가 말이다.

낙엽을 다 쓸어 넣은 목노가 굽은 허리를 펴다 일명을 발견했다.

말수는 적지만 보는 사람에게 모두 순박한 웃음을 지어 보이는 그는 일명을 보자 몇 개 남지 않은 이를 드러내며 웃어 보였다.

그를 보자 문득 생각이 동한 일명이 물었다.

"목노, 불목하니들도 비전절기 있어요?"

"비전(秘傳)?"

목노가 눈을 끔벅거렸다.

"그래요. 채소 다듬는 놈이나 밥 하는 놈들도 다 비전이랍시고 씨부리고 다니던데……."

그 말에 목노는 피식 웃었다.

"왜 일광(一匡)에게 물어보지 않고?"

일광이란 일명이 좀 전에 보고 온 거한을 말한다.

"에이, 그 거구야 종일 도끼를 휘두르고 있으니 하다못해 나무 뽀개는 도끼질이라도 배웠겠죠. 거기다 물어보면 뭐 해요?"

"흘흘…… 고연 놈이로세. 그럼 이 늙은이는 만만해 보인다는 게냐?"

"뭐, 꼭 그렇지 않다는 것도 아니지만서두……."

중얼거리면서 일명은 그 자리를 떠났다.

뭐, 하기야 불목하니까지 비전절기가 있다면 진짜 웃기는 일이 아닌가 말이다.

그런 일명의 모습을 구부정한 허리의 목노는 사람 좋은 웃음을 띤 얼굴로 바라보고 있었다.

*　　　*　　　*

밤이 되었다.

멀리서 뎅그렁거리는 풍경 소리가 귓전을 건드린다.

일명은 소리도 없이 선방에서 일어났다. 퀴퀴한 냄새가 코를 찔렀다. 계율원과는 달리 불목하니들이 자는 방은 제대로 청소가 되지 않았다. 청결을 강조하는 소림사이지만 불목하니들이 자는 방까지 하나하나 간섭하기에는 손이 모자랐다.

다른 사람들이 자는가를 살펴본 일명은 살그머니 문을 열고 나섰다.

어둠은 이미 천지를 덮었다.

이따금 들리는 풍경 소리 외에 들리는 것은 오로지 천뢰구적(天籟俱寂: 세상이 고요함의 의미)함뿐.

주위를 돌아본 일명은 소림산문 쪽으로 가기 시작했다.

"무슨 일이냐?"

야경승이 나타나서 일명의 앞을 가로막았다.

밤이 되면 허락없이 밖으로 나가는 것은 금지인 까닭이다.

"나한당으로 사부님 찾아가요. 존 말 할 때 비켜요!"

일명은 투덜대면서 척척 앞으로 걸어가 야경승을 밀쳐 내면서 산문을 나섰다.

야경승은 어이가 없었지만 일명이 소계를 건너 나한당으로 들어가는 것을 보자 말릴 방도가 없어서 내버려 두어야 했다.

"어쩐 일이냐?"

심경 대사는 갑자기 나타난 일명을 뜻밖이란 표정으로 맞았다.

"소림사는 절 보내줄 생각이 없는 건가요?"

날이 밝으면 오라는 말에도 막무가내로 생떼를 써 그를 만난 일명의 물음.

뜻밖의 물음에 심경 대사는 멈칫하다가 고개를 끄덕였다.

"불가하구나. 이미 소림의 제자가 된 이상, 너를 함부로 보낼 순 없다. 만약 네가 억지로 나가려 한다면 너를 참회동에 가두어서라도 나가지 못하게 할 수밖에 없겠지. 하지만 그렇게 한다면 어린 네게 너무 가혹한 일이 될 것 같구나."

일명은 일그러진 얼굴로 그를 보았다.

"왜, 왜 절 소림사로 데려온 거예요. 무공을 가르쳐 준다고 하더니 이게…… 그 약속인가요?"

"아미타불……."

심경 대사는 길게 한숨을 내쉬었다.

"너는 특별한 힘을 타고났다. 그 힘은 네가 태어나던 때에 혜인 사숙께서 봉인했지만 언제 깨어날지 모른다. 만약 그렇게 된다면 세상에 매우 좋지 않은 영향을 미칠지도 몰라서 본 사에서는 너를 세상으로 그냥 내보낼 수가 없다. 나로서도 어찌할 수가 없는 일이다. 일체유심조(一切唯心造)라, 모든 것이 마음속에 있으니 너는 이제부터라도 불법을 배우고 공부를 하여 미망(迷妄)에서 벗어나도록 수행의 길을 가도록 하거라. 처음에는 어렵겠지만 수행을 하다 보면…….”

“절 공부하게 해주세요.”

“공부를?”

뜻밖이란 듯이 심경 대사가 눈을 크게 떴다.

“마음 공부 따윈 모르겠어요. 하지만 이렇게 살고 싶은 생각은 없어요! 사조께서도 제가 수행이나 하고 있을 아이가 아니란 건 아시죠? 소림사가 절 고쳐 주지 못한다면 제 스스로 절 고치겠어요. 그러니 절 공부할 수 있도록 해주세요!”

이 또한 어린아이가 할 말이 아니었다.

심경 대사는 묵묵히 자신을 똑바로 보고 있는 일명을 보았다.

당돌한 눈빛이고 강한 의지가 깃든 눈이었다.

역시 평범한 어린아이가 아니었다.

“어떻게 말이냐?”

“장경각에서 글을 읽고, 약왕전에서 의술을 공부할 수 있도록 해주세요. 어딜 가더라도 방해하지 말고. 안 그러면…….”

“안 그러면?”

“전 기회를 봐서 소림사를 떠날 거예요.”

“불가하다. 네 능력으로는 결코 그렇게 할 수가 없다.”

“과연 그럴까요? 저랑 내기하실래요? 제가 언제까지 소림사를 떠날 수 있을 건지? 한 달? 일 년?”

일명은 씨익, 웃었다.

"사실은 지난 며칠간 많이 생각했죠. 그냥 도망갈까 말까……. 하지만 아무리 생각해도 이대로 도망가자는 건 화가 나더라구요. 해서 하는 데까지 해보기로 했어요. 그래서 찾아온 거죠. 만약 허락해 주지 않는다면 정말 도망가고 말 거예요."

일명이 다시금 말을 덧붙였다.

"……."

심경 대사는 입을 닫았다.

저 아이의 눈을 보라.

전혀 어린아이라고 볼 수 없는 저 강렬한 눈빛!

누가 저 고집을 꺾을 수 있을 것인가.

해달라는 대로 해주어도 문제가 될 소지는 별로 없을 터이다. 아직은 어린아이이긴 하지만 워낙 영악하니, 만약 계속해서 도주하려고 한다면 저 꼬마 녀석은 많은 사람들을 골탕먹일 것이 분명했다.

"네 말대로 해주마. 공부하겠다는 데 막을 까닭이 어디 있겠느냐? 하지만 장경각의 출입에는 한계가 있을 수밖에 없으니 네가 갈 수 있는 곳은 일층까지 뿐이다."

"일층? 이층부터는 뭐가 있죠?"

"본 파의 진산무공(鎭山武功)인 칠십이절기들이 거기에 있지. 또한 귀한 불경들도 거기에 보관되어 있다."

"보기만 하면 안 될까요?"

어이없는 질문에 심경 대사는 쓴웃음을 머금었다.

"각 문파의 진산비기는 아무나 볼 수가 없는 것이다. 더구나 너는…….”

“만약 제가 마두가 되어 소림사를 떠나기라도 한다면 머리가 아플 것이다. 그런 말인가요?”

“그런 게 아니라…….”

“혜인 사백조께선 소림사의 절기로 절 금제하셨죠? 그런데 저는 뭘로 그걸 풀 수가 있는 거지요? 그냥 나한권이나 배워서?”

“그만. 네가 필요할 때마다 내가 널 도와주마. 현재로서는 그 이상은 아무것도 할 수가 없다! 한 번에 모든 걸 하려고 하지 말거라. 혜인 사백께서도 처음부터 모든 걸 아신 건 아니었다.”

“…….”

이번에는 일명이 말없이 심경 대사의 눈을 바라보았다.

그리곤 고개를 끄덕였다.

“그러죠. 오늘은 일단…….”

일명은 꾸벅 절을 하고 일어났다.

조금도 미련을 두지 않고 떠나는 일명의 작은 뒷모습을 보는 심경 대사의 마음은 어딘지 모르게 불안하기만 했다.

다른 사람도 아닌 혜약 사숙까지 나서도 안 된 일을 제 스스로가 해 보겠다는 발상부터가 터무니없다. 아무리 일명이 천재라고 하지만 해서 될 일이 있고 죽을힘을 다 해도 안 될 일이 있는 법이다.

그런데 저놈은 단순히 그렇게만 생각하기에는…….

둘째 마당

일명은 다음날 날이 밝자 장경각으로 가서 학승(學僧)이 하는 공부를 할 수가 있게 되었고, 오후에는 약왕전으로 가서 의술을 배울 수가 있게 되었다.

하지만 일람첩기(一覽輒記:한 번 보면 모두 기억하며)에 과목성송(過目成誦:본 책은 모두 욀 수 있다)인 일명이 보통 사람과 같이 공부를 할 수가 있을 리가 없었다.

그저 첫날은 장경각이 어떻게 생겼나 돌아보기 위해서 죽치고 있었고 그 다음날부터는 책만 빌렸다.

장경각(藏經閣)은 세간에 알려진 것과는 달리 허락만 받으면 소림사의 대중 누구라도 출입이 가능했다. 대웅전 뒤에 있어서 소림사가 망하기 전에는 외인이 진입한다는 것은 불가능했지만.

비록 일층뿐이라고는 하지만 그 일층에 있는 것만 해도 각종 불경에 다 무공 서적까지 끝이 보이지 않을 정도로 많았다.

일개 사미인 일명에게 홀로 장경각에 출입할 수 있는 권리를 준 것은 분명히 특별 대우였다.

까마득히 늘어선 서가에 빼곡이 찬 책들을 바라보던 일명은 고개를 내밀었다.

그 눈길이 닿는 곳에는 장경각을 관리하는 대수 화상이 자리에 앉아 자신을 바라보고 있었다. 얼핏 봐도 대여섯 명은 여기저기를 돌아다니면서 감시를 하고 있는 것 같았다.

장경각주인 심청 대사는 코빼기도 보이지 않았다.

이층으로 통하는 유일한 출입구인 계단은 바로 그 대수 화상의 뒤에 있어서 그를 통하지 않고는 출입이 불가능했다. 게다가 설사 그를 따돌리고 계단 위로 올라간다 할지라도 거기에도 지키는 사람이 또 있으니 허락없이 장경각으로 올라간다는 것은 전혀 가능하지 않은 일이었다.

일명은 아예 그쪽으로는 눈길도 주지 않는 것처럼 보였지만 온 신경이 온통 다 그쪽으로 가 있었다.

어차피 거기 가보기 위해서 장경각에 들어온 것이기 때문이다.

어떻게 가야 할지는 이제부터 생각해도 늦지 않을 터였다.

눈앞인데 못 가본다면 일명, 아니, 운비룡의 체면이 서겠는가. 십 년 이십 년 뒤에 일명이 소림사 장문인이 된다고 해서 뭐 천지가 개벽할 것도 아닌 판인데 말이다.

장경각의 출입은 허락되었지만 그렇다고 해서 불목하니라는 것이

면제된 것은 아니었다. 일은 일대로 하면서 틈이 날 때마다 달려와서 글을 봐야만 했다. 공부를 한다는 것은 결코 쉬운 일이 아니었고 일명의 체질상, 아무리 단단히 결심을 했더라도 쉬울 수가 없었다.

일명이 일람첩기할 능력을 지녀서 한 번 보기만 하면 줄줄 외다시피 하지 않았다면 하다가 포기해야 할 만큼 어려운 일이었다.

며칠은 힘들어서 헐떡거리느라 정신이 없었다.

머리가 아니라 몸이 너무 힘들었다.

일명이 눈을 빛내면서 보고 있는 책은 의술서와 무공 서적이었다.

비록 칠십이종 절기는 아니라고 하더라도 기본적인 무공서는 일층에도 있었다. 그것도 하나둘이 아니라 상당한 양이. 그것들의 수준만 해도 이미 일명을 한참 뛰어넘는 것들이라 일명은 미친 듯 그 책들을 읽어댔다.

겨우 낙엽을 다 긁어모아서 아궁이에다 집어넣고는 소나무 아래 퍼져 버렸다. 날이 어두워지려면 아직 좀 남았다. 조금 여유가 생기자 약왕전에서 준 소림사 비전혈행도의 행결(行訣)을 생각했다.

소림 의술의 기초는 우선 사람 몸에 있는 혈도를 아는 것에서 비롯하기 때문에 그 혈도를 모두 외우는 것이 중요했다.

본초학은 그 다음부터였다.

일명은 눈을 감은 채로 그 가결(歌訣)을 중얼거리고 있었다. 가결이란 노래처럼 운율을 넣어서 잘 욀 수 있도록 한 것이었다.

그런데.

뭔가가 갑자기 퍽! 얼굴을 치는 게 아닌가.

"야, 뭐냐? 일 안 해? 너 혼자만 노냐?"

뒤이어 들려오는 소리, 느닷없이 얼굴을 얻어맞자 일명은 심하게 화가 나서 눈을 치켜떴다.

눈앞에 시원찮게 생긴 허름한 승복을 걸친 젊은 비구 한 놈이 서서 자신을 내려다보고 있었다. 등에다 나뭇가지들을 잔뜩 짊어져 사람이 아니라 얼핏 나뭇단처럼 보였다.

지변(智邊)이란 놈인데, 같은 불목하니였다.

좀 모자란 듯하지만 아주 열심히 일을 하는 놈이었다. 하지만 저놈은 지 자 배분이니 자신의 사질뻘이다. 나이가 몇 살 많다고 해도…….

게다가 얼굴 옆에서 냄새를 피우고 있는 건 놈이 신던 다 헤어진 짚신이었다. 고린내로 코가 떨어져 나갈 것만 같았다. 묘강 땅에 있다는 독기(毒氣)도 저거보다는 덜할 터였다.

이런 시팔!

저 냄새나는 물건을 내 얼굴에다가 던졌다는 거지?

일명은 눈이 뒤집어졌다.

"이 시펄 놈이 엇다가 냄새나는 개발싸개를 던진 거야?"

입에서 대뜸 걸쭉한 욕이 터져 나왔다.

"뭐라고? 시펄? 개발싸개?"

소나무 밑에 활개를 펴고 누워 있던 일명의 얼굴을 때린 짚신을 집어 들던 지변은 어이가 없다는 빛이 되어 엉거주춤 일명을 바라보았다. 아무려면 일명이 저렇게 대뜸 욕을 할 줄은 생각지도 못했기에.

퍽!

그 얼굴에 다짜고짜 꽂히는 일명의 주먹.

"그래, 이 개자식아! 사질 주제에 감히 어디다……."

일명은 놈의 콧등에다 일격을 패주곤 튕기듯이 일어나 얼굴을 감싸쥐고 뒤로 물러나는 놈의 사타구니 사이를 발로 쳐 올렸다.

낭심을 한 대 맞고 버티는 놈은 본 적이 없다.

"아코!"

그런데 비명과 함께 정작 뒤로 물러난 사람은 일명이었다.

놀랍게도 코를 움켜잡고 뒤로 물러나던 지변이 다급히 손에 든 짚신을 휘둘러 일명의 발을 쳐버렸던 것이다.

별거 아닌 짚신이었다.

그런데 별것 아닌 그 짚신에 맞자 일명은 다리뼈가 부러진 것만 같아서 비명과 함께 껑충 뒤로 물러나야 했다.

지독하게 아팠다. 참기 어려울 만큼.

"이놈이? 너, 당장 그 자리에 무릎 꿇지 못해?"

일명은 사납게 지변을 쏘아보았다.

지변이 피식, 웃었다.

"잘못은 지가 하구 큰소린 지가 하는군. 다 같이 일해야 하는데 왜 너만 놀아? 여긴 배분타령이 아니라 일하는 곳이라구! 보자 보자 하니 어린애가 맞먹으려고 드네? 이눔을 그냥 콱!"

지변이 짚신짝을 치켜들었다.

그게 시작이었다.

일명이 평소 덜떨어진 놈으로 여겨 눈 아래로 두었고 아예 신경도 쓰지 않았던 저 바보 같은 놈이 휘두르는 짚신에 복날 개 패듯 얻어터지기 시작한 것은.

짚신이 때리는 것이 이처럼 아플 줄을 일명은 꿈에서라도 생각해 본 적이 없었다.

퍽퍽퍽…… 파아악!

뭐가 어떻게 된 것인지도 모르고 그저 죽어라 맞다가 보니 일명은 맥없이 땅바닥에 널브러진 자신을 발견하게 되었다. 안 아픈 곳이 없고 얼굴도 떡판이 되었다. 몽둥이 찜질을 당한 것만 같았다.

"마, 말도 안 돼……."

일명은 땅에다 등을 붙인 채로 이 믿기지 않는 일에 눈만 끔벅거렸다.

"뭔지 궁금하냐? 헤헤…… 이게 불목하니들에게 전해오는 비전인 육십사초 소림승혜(少林僧鞋)다! 헤헤헤…… 듣자니 불목하니들에게도 비전이 있나 궁금했다며? 네 소원을 풀어준 셈이니 고맙게 생각해라. 언제라도 궁금하면 말해, 또 보여주마!"

지변이 손에 들린 두 짝의 짚신을 흔들어 보이며 밉살스럽게 웃어 보였다.

언제 한 짝을 마저 벗은 걸까?

일명의 눈앞에는 고린내를 풍기는 지변의 맨발이 보인다.

장과로기려(張果老騎驢), 한상자취적(寒湘子吹笛)…….

얻어맞으면서 얼핏 듣기로는 그럴듯한 초식명을 계속 들었던 것 같았다. 저 말도 안 되는 냄새나는 짚신의 휘두름에 붙여진 말도 안 되는 초식 이름이라니! 그리고 그것을 한 번도 피해내지 못하다니…….

더구나 놈은 나뭇단까지 짊어진 채였다.

너무도 기막힌 일명은 널브러진 채로 한참 일어나지 않고 그대로 뻗어 있었다.

눈앞에서 짚신짝이 냄새를 풍기면서 춤을 추고 있는 모습이 보이는 것만 같았다.

얼핏 보기에도 간단한 움직임이 아니었다.

어찌 놀랍지 아니한가!

불목하니들이 신고 다니는 저 다 떨어진 짚신짝을 휘두르는 무공이 있을 수가 있다니…… 생각지도 못한 일이었다.

대체 이 소림사라는 곳은 어떻게 되어먹은 곳이란 말인가.

반승, 채승에 이어 불목하니까지 따로 무공이라니!

너무 어이가 없었다.

"야! 계속 누워 있을 거냐? 일 안 해?"

짚신을 신던 지변이 일명을 툭, 차면서 물었다.

"……."

일명은 그를 사납게 쏘아보곤 이를 악물고서 일어나 그 자리를 떠났다.

"네 발 밑에 거미 있다!"

지변의 소리침에 막 발을 내딛으려던 일명이 주춤했다.

정말 그 발 밑으로 제법 큰 거미가 있었다.

"출가인은 살생을 금해야 하는 법이……."

말을 하던 지변이 입을 딱 벌렸다.

일명이 조금도 망설임없이 발을 내려 거미를 밟아버렸던 것이다.

"난 거미 싫어해."

말과 함께 일명은 거미를 밟고서 그곳을 떠났다.

멀뚱하게 자신의 뒷모습을 바라보는 지변을 뒤로하고.

"캬하하~ 제법 쬐그만 놈이 성질은 있군……."

지변이 머리를 흔들며 가소롭다는 듯이 크게 웃어댔다.

그런 모습을 한 사람이 더 바라보고 있었다. 때마침 멀지 않은 곳에서 낙엽을 긁고 있던 목노였다. 목노를 발견한 지변은 어색한 웃음을 띠고는 서둘러 아래로 내려가 버렸다.

이를 악물고 하늘을 올려다보았다.

그처럼 맑고 푸른 하늘이 뿌옇게 흐렸다. 아무것도 보이지 않았다. 볼 위가 뜨거워졌다. 참고자 해도 눈물이 줄줄 흘러내렸다.

미치도록 분했다.

또 화가 났다.

개봉성에서의 운비룡은 말 그대로 구름 속의 용과 같았다.

내일이면 곧 개봉성을 손아귀에 넣고 좌지우지할 수 있을 것만 같았었다.

그런데 이게 뭐란 말인가?

"이렇게는 살지 않을 거야……."

일명은 뿌드득! 이를 갈았다.

화가 치밀어 견딜 수가 없었다.

모조리 다 죽여 버리고만 싶었다.

그래서 자신을 우습게 여긴 저놈들을 모두 피떡을 만들어 버리고 싶었다. 일명의 눈에 핏발이 섰다. 치미는 화를 참을 수가 없었다. 가슴 속에서 살기가 무럭무럭 치밀어 올랐다.

"와아악!"

일명은 치미는 살기를 참지 못하고는 괴성을 지르면서 달리기 시작했다.

이리 부딪치고 저리 부딪치고 한참을 미친 듯이 달리던 일명은 점점 더 강력한 힘이, 주체할 수 없는 살기(殺氣)가 들끓어 오르는 것을 느끼게 되었다.

보이는 모든 것을 죽여 버리고 싶은 살의(殺意)!

공포스러운 살기가 전신으로 치달리고 있었다.

방금 자신을 개 패듯 팬 지변이란 놈의 머리통을 깨부수고 싶었다.

불끈, 움켜쥔 주먹에서 가공할 힘이 솟아났다.

눈앞으로 길게 뻗은 나뭇가지가 급히 달려왔다.

격렬하게 일명의 몸에 부딪친 어른 팔뚝만한 나뭇가지들이 수수깡처럼 뚝, 뚝, 부러져 튕겨 나갔다.

세상의 모든 것을, 그 무엇이라도 다 한 방에 날려 버릴 수 있을 것만 같은 힘이 온몸에, 전신으로 미친 듯 달려가고 있었다. 바위를 뛰어넘고 시내를 개울을 건너뛰었다. 절벽도 건너뛰고 눈앞을 가로막는 모든 것을 부시고 건너뛰면서 달렸다.

무엇도 앞을 가로막지 못했다.

펑!

눈앞에 별이 번쩍했다.

미친 듯 앞으로 치달리고 있던 일명이 큰 나무 둥치에다 머리를 박고는 비틀, 뒤로 물러선 것이다.

"크아앗!"

화가 난 일명의 눈동자가 돌아갔다.

그 눈은 이미 핏물이 흘러내릴 듯한 완벽한 핏빛이었다.

그것과 같은 섬뜩한 핏빛[血光]이 일명의 이마에서 나타났다. 처음에는 희미했던 그 핏빛이 눈빛에서 혈광이 드러남과 동시에 홍옥이 이마에 박힌 듯 발현(發現)하여 빛을 뿌리기 시작했다.

바로 지난날 천요랑군과 싸우면서 발작했던 바로 그 핏빛!

그 무서운 핏빛이 일명의 이마에서 어른거리며 빛을 내고 있었다.

산천이 쩌렁 울릴 괴성과 함께 일명은 양손을 휘둘러 자신을 공격했던 나무 둥치를 쳤다.

펑!

아름드리 나무 둥치가 흔들거리며 나뭇잎을 비 오듯 떨어뜨렸다.

"크악, 크아악!"

일명은 나무 둥치가 부러지지 않자 화가 나서 꼭지가 돌아버렸다.

이마에도 핏발이 섰다.

앙다문 입에서 시작한 힘줄이 턱까지 곤두섰다.

스스스스…….

핏빛 아지랑이가 날개처럼 일명에게서 뿜어져 나왔다.

어른이 양손을 돌려도 안 될 아름드리 나무를 움켜쥐자 진흙처럼 손이 쑥, 들어갔고 그렇게 용을 쓰자 나무는 비명을 지르며 뿌리째 뽑혀 올라왔다.

일명의 체구를 생각한다면 상상키도 어려운 일이었다.

쿠콰콰!

아름드리 나무를 훌쩍 뽑아낸 일명은 그것을 나무젓가락 집어 던지

듯이 던져 버렸다. 몇 그루의 나무들이 서로 부딪쳐 넘어지면서 산을 떨어 울리는 굉음을 토해냈다.

숲 속의 동물들이 놀라 이리 뛰고 저리 뛰었다.

새들이 비명을 지르며 하늘로 날아올랐다.

"캬하하하하……!"

일명의 입에서 통쾌한 웃음소리가 사악하게 터져 나왔다.

보이는 모든 것이 핏빛이었다.

타는 듯 목이 말랐다.

알 수 없는 어떤 것들이 그의 뇌리에서 웅웅거렸다.

바로 그때였다.

"아미타불…… 누구이길래 소림사 경내에서 이런 짓을 한단 말이오?"

이때 일명의 시야에 보이는 것은 모두 피처럼 붉기만 했다.

그 붉은빛 가운데 누군가의 모습이 보였다.

소림사의 중이었지만 지금의 일명은 그가 누구인지 알아볼 수 없었다. 다만, 그가 외는 아미타불이라는 염불 소리만이 귀에 거슬릴 뿐이었다.

"크아악!"

괴성과 함께 일명이 그를 노려보았다.

살기에 가득 찬 시뻘건 눈빛.

상상하기 어려운 괴기한 기운이 승려의 정신을 옭아맸다.

"마, 맙소사!"

대경실색한 승려가 양손을 합장하면서 크게 고함쳤다.

동시에 그는 앞으로 일장을 때려냈다.

웅장한 장세가 일어나 일명을 쳤다.

펑!

"크악!"

작은 체구의 일명이었지만 내가진력에 정통으로 얻어맞고도 어깨를 움찔했을 뿐이었다.

하지만 그 일격은 일명의 흉성을 폭발시키기에 충분했다.

짓눌러 죽여도 시원치 않을 벌레 한 마리가 앞에서 뭐라고 듣기 싫은 소리를 질러대면서 자신을 공격하니 어찌 그냥 둘 것인가.

"크으으…… 죽여…… 버리겠다……."

악마의 저주와 같은 신음이 일명의 입에서 흘러나왔다.

그 눈빛을 본 승려는 거미줄에 걸린 파리처럼 꼼짝할 수가 없었다. 손이 떨어지지도, 입이 벌어지지도 않았다. 그저 처절한 공포가 전신을 옭아매고 있을 따름, 그의 눈에 핏물이 고이고 입에서는 핏물이 줄줄 흘러나왔다.

"꺽꺽……."

그는 무엇에 홀린 듯 껄떡거리면서 버둥거렸다.

불호를 외고 내공을 모아 정신을 바로잡으려 했지만 형용할 수 없는 공포는 이미 그의 정신을 온통 짓누르고 있으니 저항조차 할 수가 없었다.

파스스스…….

그의 옆에 있던 초목들이 빛 바래는가 싶더니 이내 바삭바삭 말라비틀어 부서지기 시작했다.

저주라도 내린 듯 공포스러운 기운이 일대를 휩쓸고 있었다.

"크아—악?"

그런데 그때 갑자기 일명이 머리를 움켜쥐는 것이 아닌가.

누군가가 머리 속에서 무엇인가 말을 하는 것만 같았다. 심산유곡(深山幽谷) 저 깊은 곳에서 울려 나오는 종소리와 같은 울림……. 그것은 지금의 일명에게는 너무도 듣기 싫은 천뢰(天籟)의 소리!

"크으으……."

일명의 전신에서 일어나 퍼지던 핏빛 광채가 크게 흔들렸다.

그 바람에 거의 빈사지경에 이르렀던 승려는 겨우 정신을 차리고는 절로 아미타불을 외웠다.

순간 일명은 사납게 부르짖으며 그를 쳤다.

"으아악!"

승려가 훌훌 피를 뿌리며 날아갔다.

그리고 일명은 다시 달리기 시작했다.

듣기 싫은, 괴이한 소리가 어디선가 들려오고 있었기에 그것을 피해 가기 위해서였다.

광포하게 소리쳐도 미친 듯 도리질쳐도 그 울림은 끊이질 않았다.

일명은 미친 듯 소리치면서 달렸다.

그가 지나간 곳에 있던 모든 것들은 공포에 질려 떨었다.

누군가가 앞을 가로막은 듯했지만 일명의 힘에 피를 토하며 튕겨졌다. 일명은 아랑곳하지 않고 미친 듯이 달리기만 했다. 전신에서 붉은 기운을 넘실거리며 달리는 일명의 속도는 놀라울 정도였다.

그럼에도 그 소리는 사라지지 않고 일명을 따라왔다.

이리 부딪고 저리 부딪치면서도 질주하던 일명은 갑자기 무엇인가에 부딪치고는 쓰러졌다.

그곳은 비탈이라 일명은 그대로 구르기 시작했다.

한참을 격렬하게 굴러 내린 뒤, 일명이 겨우 정신을 차리고 일어나니 주위는 칠흑처럼 어두웠다.

그때, 그 듣기 싫은 소리가 다시금 들려왔다.

"크아아…… 누, 누구냐—아—아?"

마침내 일명은 참지 못하고 주위를 돌아보면서 고함쳤다.

그 음성은 사악하고 쇠를 마주 긁어대듯이 고막을 찔렀다. 지변에게 얻어맞아 떡판이 된 얼굴에 핏줄이 툭툭 불거지고 시뻘건 안개와 같은 혈기(血氣)에 휘감긴 일명은 누가 보아도 불과 얼마 전까지의 일명이라고는 알아보기 힘들었다.

"옴마니반메훔…… 옴…… 마아니 반메후움!"

웅얼거리며 머리 속에서 들려오던 소리가 점차 형체를 갖추면서 선명하게 들려왔다.

"크아아—아악!"

일명이 괴로운 외침을 질러대면서 머리를 움켜쥐고 흔들었다.

퍽퍽!

그의 몸짓에 부딪친 바위들이 부서지면서 돌 가루가 피어올랐다.

바로 그때, 고개를 들던 일명의 눈에서 무서운 혈광이 쏟아졌다.

어둠 속에서 홀연 나타난 한 사람의 모습을 발견했기 때문이다.

그를 발견한 순간, 일명은 고함치면서 그에게 달려들었다.

쾅!

폭음이 터지면서 일명이 뒤로 튕겨졌다.

격렬한 타격음과 동시에 일명은 튕기듯 다시 일어나 그 인영에게 달려들었다.

콰—쾅!

다시 폭음이 터지고 일명은 물러나야 했다.

그것이 시작이었고 놀랍게도 근 반 시진이 넘게 그 상황은 계속해서 이어졌다.

일명은 점점 강해졌고, 점점 더 빨리 일어났으며, 점점 무서워졌다.

마지막에는 거의 날아다니는 것만 같았고 움직이는 것이 제대로 보이지도 않을 정도에 이르렀다.

어느 순간.

쾅!

이제까지의 모든 충격을 합한 것 같은 강력한 폭음이 터지며 일명은 한쪽 구석에 처박혔다.

"크으으으……."

이번에는 일명도 괴로운 신음을 흘리면서 금방 일어나지 못했다.

하지만 그 눈에서 쏟아져 나오는 소름 끼치는 혈광은 오히려 더욱 강렬해진 것 같았다.

그때 기이한 음성이 들려왔다.

"화가 나느냐? 나를 죽이고 싶으냐?"

"크으……."

그처럼 미친 듯 나대던 일명도 이젠 상대가 만만치 않음을 알게 된 듯 사나운 표정으로 잡아먹을 것처럼 그를 쏘아보고만 있었다.

"네 이름이 무엇인지 아느냐? 지금 너에게 무슨 일이 일어나고 있는지 너는 알고 있느냐? 지금 너는 천하를 피로 물들일 힘을 가졌다. 하지만 그 힘에 너를 맡긴다면…… 너는 사라지고 천살의 마왕(魔王)이 세상에 나타나게 될 것이다."

"크으으……."

"생각해 보거라. 그것이 네가 원하는 바이더냐?"

"그래. 그게 내가 원하는 거야……."

한참 이글이글 불타는 눈으로 인영을 쏘아보던 일명이 괴악한 음성으로 대답했다.

"아니, 그건 네가 원하는 바가 아니지."

인영의 눈에서 기이한 빛이 일기 시작했다. 마(魔)를 쳐부수는 항마(降魔)의 법력(法力)이 깃든 눈이었다.

"네 이놈! 세상 모든 사람을 죽이고 천하를 피로 물들이는 것이 네가 원하는 바라고? 그렇게 세상의 모든 사람을 다 죽이고 싶더냐? 그중에 네가 죽이면 안 되는 사람이 아무도 없더란 말이냐?"

"죽이면 안 되는 사람…… 따윈, 없어……!"

일명이 망연한 표정이었다가 머리를 저으며 부인하려고 했다.

바로 그 순간!

"할[喝]!"

그 인영이 벽력같은 호통과 함께 발을 굴렀다.

"크앗!"

강력한 심신의 충격!

일명은 마치 벼락에 맞은 듯한 그 충격에 부지중에 비명을 터뜨려야 했다.

"정신 차렷! 정말 네겐 소중한 사람이 아무도 없단 말이더냐? 네 부모 형제, 친구도 모두 죽이겠단 말이냐!"

그 질타에 일명은 불현듯 전신을 부르르 떨었다.

"대호 혀엉……."

일명이 중얼거렸다.

세상에서 가장 좋아하는 사람.

형의 모습이 선명히 눈앞에 떠올랐다.

얼핏 보면 어눌한 듯 보이는 순박한 모습의 형. 그 거구의 형은 언제나 그에게는 아버지고 어머니고 형이었다. 가장 든든한 일명의 기둥이고 버팀목이었다.

그런 그를 죽이다니…….

"아니…… 그럴 수는 없……! 크악!"

중얼거리던 일명은 비명을 지르며 머리를 움켜잡았다.

그의 몸이 갓 잡아 올린 생선처럼 바닥에서 펄쩍 뛰어올랐다.

천살의 기에 일명의 의지가 반항을 하자 격렬한 충돌이 내부에서 일어나는 것이다.

"크아아—악! 크아악!!"

일명은 머리를 움켜쥐고서 사방을 굴러다녔다.

핏빛이 미친 듯이 일렁거렸다.

"옴—마니반메훔! 악마가 너를 지배하게 하지 말지어다. 네가 악마를 지배하라! 너의 주인은 악마가 아니라 바로 너임을 잊지 않으면 누구도 네가 아닌 자가 너를 지배하지 못하리라!"

인영이 손을 내밀었다.

어둠 속에서 기이한 광채가 떠올라 일명의 머리를 감싸기 시작했다.

그 손에서 뿜어지는 빛무리를 일명의 몸에서 피어오르는 혈광은 격렬히 흔들리면서 반발했다. 폭풍과도 같은 기운과 섬뜩한 괴향(怪響)이 무섭게 사방을 떨어 울렸다.

"크아아아아아아악─!"

일명의 입에서는 끊임없이 괴악한 외침이 터져 나왔다.

움켜진 머리.

처절한 고통이 전신을 휘감았다.

이마에 선명히 드러난 홍옥과도 같은 붉은 점은 무서운 혈광을 뿜어내면서 인영을 노려보고 있었다. 놀랍게도 그것은 지금까지와는 달리 형체를 갖춘 그것은 또 하나의 눈이었다.

공포의 힘을 가진 천살의 눈!

보통의 사람이라면 그 눈빛을 받는 것만으로도 심령(心靈)을 빼앗겨 버려 종이 되고 말 것이고 그 눈빛의 의지로 죽음까지도 마음대로 할 수 있을 것이었다.

하지만,

"감히 어디서 반항을 하려는 것이냐? 다냐타 바로기에 사바라야 살바도따 오하야미 사바하!"

인영이 눈을 부릅뜨고서 사자후를 터뜨리는 것이 아닌가.

마군을 항복받는다는 불가의 관세음보살총섭천비수진언(觀世音菩薩總攝千臂手眞言)이었다.

끄아─아─악!

일명의 이마에 생긴 제삼의 눈이 고통으로 홉떠졌다가 참혹하게 일그러졌다. 일명이 머리를 움켜쥔 채로 전신을 떨었다. 참혹한 고통! 일명은 그렇게 정신을 잃어버렸다. 일명의 전신에서 서서히 혈광이 가라앉기 시작했다.

대신 일명의 이마에 떠오른 것은 한줄기 상화로운 금빛.

"다행이로군. 대반야심광이 제때 일어나 금제를 깨뜨릴 수 있었구나. 아미타불…… 혜인의 법력은 역시……."

그 광경을 지켜보고 있던 인영이 머리를 끄덕였다.

일명이 정신을 차린 것은 한참이나 지나서였다.

사방이 컴컴해 순간적으로 아무것도 보이지 않았다.

"여기가 어디지?"

일명은 주위를 둘러보았다.

생각나는 것은 신나게 얻어터진 다음 극도로 화가 나면서 미친 듯 달린 것뿐…… 그 뒤로는 뭐가 어떻게 되었는지 기억도 나지 않았다. 전신이 중병을 앓은 듯 손가락 하나 까딱하기 힘들었다.

그때였다.

"정신이 드느냐?"

어디선가 들려오는 음성.

"헛?"

일명은 절로 헛바람을 토하며 흠칫, 뒤로 물러났다.

턱, 둔중한 것이 퇴로를 막았다. 서늘한 느낌은 그것이 바위임을 말해 주고 있었다. 등을 붙인 채로 손으로 뒤를 더듬자 울퉁불퉁한 바위가 계속 이어져 있는 것 같았다.

'석벽일까?'

지금 어디에 있는지를 속으로 생각을 굴리지만 눈은 놀람을 가득 담은 채로 앞을 바라본다.

어둠 속에서 놀랍도록 번쩍이는 빛 두 줄기가 빛나고 있었다.

그 빛은 사람의 눈이었고 일명을 바라보며 말을 하기 시작했다.

"무공을 배우고 싶으냐?"

난데없는 소리에 일명은 멀뚱 그를 바라보았다.

아무리 눈에 힘을 주어도 어둠 속이라 누군지 알아볼 수가 없었다.

이어 들려온 음성.

그 음성은 일명을 놀라게 하기에 족했다.

"혜인이 너에게 베푼 금제를 해제하여 네가 무공을 배울 수 있도록 해주겠다. 배우고 싶으냐?"

혜인 대종사가 소림사에서 어떤 신분인지 아는 일명이었다.

그런데 그런 그를 혜인이라고 부르다니…….

"어, 어떻게? 당신은 누군가요? 소림사의 사람인가요?"

"그렇게 말할 수도 있겠지. 배우기 싫다면 답하지 않아도 된다."

"그, 그럴 리가! 그런데 정말 제 금제를 풀 수가 있나요?"

"그렇다."

"……."

일명은 입을 열지 않았다.

열지 않는 것이 아니라, 열지 못하는 것이다.

가슴이 벅차서.

이런 일이 일어나다니!

그의 금제는 이미 조금 전에 깨어졌다. 하지만 그것을 알 리 없는 일명은 그저 가슴이 뛸 뿐이었다.

…….

인영도 말을 하지 않았다.

어둠 속에서 묵묵히 일명의 답을 기다리고 있을 뿐.

어둠에 눈이 익자 좀 떨어진 앞에 한 사람이 어딘가에 앉아 있는 것을 알아볼 수가 있었다.

"제게…… 원하는 게 있나요?"

"물론이다."

"그게…… 뭐죠?"

"네가 배울 무공은 소림사를 지키는 호사신공(護寺神功)이다. 하지만 소림사 내에서 아는 사람이 없으며 오직 일맥단전(一脈單傳:한 사람에게만 전함)하여 내려오는 것이다. 네가 이 무공을 배우겠다면 네 금제를 풀어주마."

"단순히 그것뿐인가요?"

"아니."

"그럼요?"

"넌 네가 지닌 무공을 드러낼 수가 없다. 소림사에 존망 위기가 닥치기 전에는 이 무공을 쓰면 안 된다는 말이다. 다른 사람에게 네 존재를 알려서도 안 된다."

"그런 말도 안 되는……."

"약속하지 않겠다면 이 일은 없던 일로 하마."

인영이 일어섰다.

일명은 다급해졌다.

"아, 아뇨! 야, 약속하죠! 약속하면 될 거 아니에요?"

"그 자리에 무릎을 꿇어라."

"예?"

일명은 눈을 깜박거렸지만 이내 강력한 힘이 자신을 누르는 것을 느낌과 동시에 그 자리에 무릎을 꿇어야 했다.

"이제 너를 소림암종(少林暗宗)의 제이십칠대 계승자로 받아들이리니, 이를 어긴다면 십팔층 지옥의 유황불에 빠져 윤회의 겁(劫)을 벗어나지 못하리라. 맹세하거라!"

"이, 일명, 맹세합니다."

일명이 머리를 조아렸다.

하지만 내심은 전혀 달랐다.

'젠장! 쎄빠지게 무공을 배워서 쓰지도 못하면 그게 말이나 되냐? 이건 강요에 의한 거니까 무효라구. 그냥 헛소리만 한 것뿐이지. 그럼! 진심으로 하는 게 아니니 맹세일 수가 있겠어?'

일명은 자문자답하면서 다짐에 또 다짐을 했다.

그의 말도 안 되는 내심을 알 리 없는 인영은 침중한 음성으로 일명에게 말했다.

"네가 배울 무공은 제석참마공(帝釋斬魔功)이라 한다. 불가의 무공이되, 불가의 무공이 지닌 자비와 용서보다는 악마를 항복받기 위해서 만들어진 무공이라 그 위력은 마공이라 할 만큼 강력무비하다."

'죽이는 거네!'

일명의 입이 참을 수 없는 기쁨에 쫙, 찢어졌다.

"치, 칠십이종 절기와는 어떤 게 더 센가요?"

"칠십이종 절기는 계도(啓導)를 위한 무공이지만 제석참마공은 마도를 참하기 위해서 만들어진 무공이다. 위력을 비교하려 하지 말거라. 평범한 무공이라면 이 무공을 감추어 소림암종(少林暗宗)이라 하여 따로이 두지 아니 하였으리. 눈을 감아라!"

"눈을요?"

"네게 가해진 금제를 해제하리라."

순간, 퍽퍽! 하는 소리와 함께 일명은 머리 속에서 섬광이 폭죽처럼 튀는 것을 느꼈다.

눈 속에서 빛이 폭발하는 것만 같았다.

일명이 휘청거리면서 눈을 감았다가 뜨자 갑자기 주변이 달라졌다.

그처럼 어둡던 주위가 밝아진 것이다.

대낮처럼은 아니지만 충분히 사물을 알아볼 수 있을 정도로 환했다.

동굴이었다.

원형의 그 동굴에는 주위를 돌아가면서 여덟 개의 조각상이 버티고 서 있었는데, 두 눈을 부릅뜬 그 형상은 심히 공포스러웠지만 일명은 그것이 절의 산문에 있는 금강역사상임을 알아볼 수가 있었다.

절의 금강역사들은 좌우로 둘인데, 이 동굴에 새겨진 금강역사는 둘이 아니라 여덟이었다.

게다가 그 형상은 제각기 모두 달라 기이하기 이를 데 없었다.

그 가운데 커다란 글자가 눈을 찔렀다.

〈참마팔법(斬魔八法)! 악마를 항복받기 위해 이 무공을 남기니, 헛되이 세상에 전하지 말라.〉

『소림사』 3권으로 계속…